सोने की डाल

राहुल सांकृत्यायन

प्रभाकर प्रकाशन

HB ISBN: 978-93-56824-69-0
ISBN: 978-93-56828-18-6
eISBN: 978-93-56828-31-5

© प्रकाशकाधीन

प्रकाशकः प्रभाकर प्रकाशन

प्लॉट नं.–55, मेन मदर डेयरी रोड
पांडव नगर, ईस्ट दिल्ली-110092
फोनः 011–40395855
व्हाट्स ऐपः +91 9319228272
ई-मेलः sales@pharosbooks.in
वेबसाइटः www.prabhakarprakashan.com

प्रथम संस्करणः 2024

मुद्रकः सुषमा बुक बाइंडिंग हाउस ओखला इंडस्ट्रियल
एरिया फेस-II, नई दिल्ली-110020

सोने की ढाल
राहुल सांकृत्यायन

प्राक्कथन

1923-25 ईसवी में दो वर्ष मुझे हजारीबाग जेल में रहना पड़ा था। उस समय 'स्वान्तःसुखाय' मैं कुछ काम करता था। उसी में तीन अंग्रेजी उपन्यासों के अनुवाद का काम भी था। "शैतान की आँख", "अब निराले हीरे की खोज" और "विस्मृति के गर्भ में" कुछ मास पहिले छप गए। अब "जादू का मुल्क" और "सोने की ढाल" पाठकों के सामने जा रहे हैं। मुझे अफसोस है, जिन ग्रन्थों के पिछले अनुवाद हैं, उनका और उनके कर्ताओं का नाम मैंने नोट नहीं कर रखा, दूसरी तरफ से भी प्रयत्न करने पर मुझे नाम नहीं मालूम हो सके। अनुवाद में बहुत अधिक स्वतन्त्रता से काम लिया गया है। अनुवाद सौर तिथि 16.4.1981 ई० को शुरू हुआ और 25.4.1981 ई० को समाप्त हुआ।

राहुल सांकृत्यायन

अनुक्रम

बेड़ा

कप्तान प्रताप नारायण ने पुल पर से कहा—'शिव, शिव!'

'आया, बाबूजी'—शिवकुमार ने तुरन्त उत्तर दिया।

शिवकुमार जहाज के डेक पर आरामकुर्सी पर बैठा हुआ था। गर्मी तेज थी, इसलिए उसके शरीर पर सिर्फ एक मलमल की कमीज और धोती थी। एक बन्दरिया उसके कन्धे पर बैठी थी। उसने खेल के तौर पर अपने हाथ को कन्धे की ओर बढ़ाया, किन्तु बन्दरिया पीछे की ओर खिसकते-खिसकते नीचे कूद पड़ी और धीरे से पास की मेज पर बैठकर दाँत किटकिटाने और ओंठ फरफराने लगी। वह वहाँ से आँखें बराबर मटका रही थी और उसके दाँत की बत्तीसी रह-रह कर चमक उठती थी।

शिवकुमार की टोपी नीचे गिर गयी थी। उसने जल्दी से उसे उठा कर सिर पर रखा और तुरन्त पुल की ओर अपने पिता के पास चल दिया। कप्तान ने प्रातःकालीन धुँधले समुद्र की ओर अँगुली का इशारा करके कहा—

'वह क्या है, देखो तो?'

शिवकुमार ने अपने पिता के हाथ से दूरबीन को ले उस काले दाग की ओर लगाया जो जहाज और समुद्र तट के बीच में था। वह इतना क्षीण और पानी से मिला हुआ था कि कुछ पता न लग सकता था, किन्तु इतना अवश्य मालूम होता था कि समुद्रतल पर कोई चीज है जो लहरों के झोंके से ऊपर-नीचे हो रही है। शिव ने यह कहते हुए दूरबीन को कप्तान के हाथ में दे दिया—

'आपको क्या मालूम हो रहा है, बाबू जी?'

कप्तान प्रताप नारायण काश्यप—'कुछ भी साफ नहीं, शिव!'

शिवकुमार—'चट्टान तो नहीं?'

कप्तान काश्यप—'नक्शे में यहाँ कोई चट्टान नहीं दिखलाई गई है।'

शिवकुमार—'हम उसके करीब से निकलेंगे।'

कप्तान—उतना करीब से नहीं, जितना कि हम चाहते हैं। वहाँ पहुँचने के लिए हमें रास्ते से थोड़ा हटना होगा। लेकिन यह क्या है? दूरबीन को फिर आँखों पर लगाकर 'यह नाव नहीं है, इसमें मस्तूल का पता नहीं है। इसके ऊपर यद्यपि कुछ हिलती-डुलती चीज भी दिखाई नहीं दे रही है, तथापि यह चीज समुद्र के भीतर की ओर बढ़ रही है, लहरों के विरुद्ध आगे बढ़ रही है।

आश्चर्य से शिव ने कहा—'लहरों के विरुद्ध?'

कप्तान—'हाँ, जो कुछ थोड़ी-बहुत लहर है, उसके विरुद्ध।'

शिव—'किसी भग्न नौका का टुकड़ा तो नहीं है, बाबू जी?'

कप्तान—'नहीं।'

शिव—'शायद कोई मृत ह्वेल हो?'

कप्तान—वह उतनी बड़ी नहीं है और मृत ह्वेल यहाँ नहीं पाई जा सकती। हम लोग, शिव, ऐसे बृहत्काय सामुद्रिक जन्तुओं के बसेरे से दूर हैं और सबसे बढ़कर बात यह है कि मृत ह्वेल तट की ओर जायगी, समुद्र के भीतर की ओर नहीं, तथा उसकी गन्ध भी हमें मालूम होती। नहीं? बच्चा, इसका कोई और रहस्य है। किस दिशा में हम चल रहे हैं, दुर्गा?

जहाज चलाने के चक्के पर बैठा हुआ आदमी बोला—'जरा-सा उत्तर की ओर झुके हुए उत्तर-पश्चिम का कोना है, महाशय।'

कप्तान—'और जरा उत्तर की ओर ले जाओ तो।'

दुर्गादत्त—'और उत्तर कर दिया, महाशय।'

वह लोग स्वेज की खाड़ी में प्रवेश कर रहे थे। रात ही में उन्होंने 'शद्वान द्वीप' को पार कर लिया था, अब वह 'जबल' के बराबर जा रहे थे। प्रातःकाल की धुंध समुद्र-जल के ऊपर छाई हुई थी। 'सीनाई प्रायद्वीप' का दक्षिणी छोर—रास-मुहम्मद का निचला सिरा दिखाई नहीं देता था और न जब्लतूर की प्रकांड संगरवारे की श्रेणियों और समुद्र के बीच की बालुकामयी उपत्यकाएँ ही। पर्वत का पृष्ठ भाग धुंध के ऊपर, उस प्रातःकाल की गुलाबी किरणों में रत्न की भाँति दिखलाई दे रहा था।

कप्तान काश्यप ने दूरबीन को शिवकुमार के हाथ में जल्दी से देकर कहा—'लो, शिव। शिव, अब देखो तो।'

शिवकुमार ने दूरबीन से देखते हुए कहा—'यह तो बेड़ा है, बाबू जी।'

कप्तान—'उसके ऊपर कोई है।'

शिवकुमार—बीच में कुछ दिखाई पड़ रहा है, लपेटा हुआ और निश्चल—कोई गट्ठर-सा जान पड़ता है; नहीं, यह कोई सजीव पदार्थ है।'

कप्तान—'क्या? गट्ठर?'

शिवकुमार—'नहीं। बेड़ा, यदि यह बेड़ा है। इसमें पोंछ भी है जो बराबर हिल रही है। मैं देख रहा हूँ, यह पानी, पीछे हटाता जा रहा है। ओहो! बाबू जी—पोंछ नहीं, एक आदमी है जो तैरता हुआ बेड़े को आगे की ओर ढकेल रहा है, वह, वहाँ। मैं ठीक देख रहा हूँ।'

कप्तान—'कैसे?'

शिवकुमार—'उसने अपने कन्धे को उठाकर सिर हिलाया, जान पड़ता है आँखों और बालों से पानी झाड़ने के लिए।'

कप्तान—'हमें जल्दी ही पता लग जाता है। बेड़ा? इस मरुभूमि में लकड़ी कहाँ से मिली। जान पड़ता है किसी डूबते 'धो' से बचकर वह तैर रहा है। धो बड़ी हल्की नाव होती है, शिव, जरा भी बोझ कम-वेशी होते ही उलट जाती है। हमें इसे बचाना चाहिए। दुर्गा, और जरा पश्चिम होते हुए उत्तर लो।'

दुर्गादत्त भी इस मनोरंजक वार्तालाप को सुनने और समय-समय पर उसे काले दाग की ओर देखने में व्यस्त था। उसने कहा—'पश्चिम होते उत्तर ही चल रहा हूँ, महाशय।'

पर्दा हट रहा था। सूर्य धुंध को पी रहे थे। पर्वत का गुलाबी रंग अब नीलिमा लिए भूरे रंग में परिणत हो गया था। उस श्वेत रेखा के आगे, जहाँ समुद्र-तरंगें तट पर टकरा रही थीं, सूक्ष्म श्वेत बालुका दूर तक दिखाई दे रही थीं। जैसे-जैसे सूर्य-प्रकाश अधिक होता जा रहा था, जैसे-जैसे जहाज नजदीक पहुँचता जा रहा था, वैसे ही वैसे बेड़ा भी स्पष्ट होता जा रहा था।

वह नाविक भी, जो इस समय ड्यूटी पर न थे, असाधारण रीति से जहाज के मुख-परिवर्तन को देखकर दो टोलियों में होकर कुछ तो माँगे पर और कुछ ऊपर की छत पर स्टारबोर्ड के कोने में जमा हो गये थे। वह सभी बेड़े की ओर देख रहे थे जो अब स्पष्ट मालूम हो रहा था और एक दूसरे की ओर मजाक से इशारा कर रहे थे। किन्तु थोड़ी ही देर में उनके मजाक ने गम्भीरता का रूप धारण कर लिया, क्योंकि इसी समय धुंध की आड़ से एक नाव निकल आई, उसका पाल बहुत भारी और हवा से भरा था और कुछ बड़े-बड़े डाँड़ अगल-बगल में चल रहे थे। वह सीधी बेड़े की ओर बढ़ रही थी।

शिव अब भी दूरबीन को लगाये देख रहा था। कप्तान ने एक दूसरी कुछ कम शक्ति की दूरबीन उठा ली। दोनों ही नाव की ओर देखने लगे।

कप्तान—'अब उसे हमारी आवश्यकता न पड़ेगी, अब हमें अपना रास्ता पकड़ना चाहिए।'

शिव चिल्लाकर बोला—'नहीं! बाबू जी, नहीं।'

कप्तान—'क्यों, मेरे बच्चे?'

शिव—'वह बचाने के लिए नहीं आ रहे हैं। वह उनसे डर रहा है। वह अभी अपने पीछे की ओर देख रहा था। उसने उन्हें देख लिया। देखो!'

कप्तान ने देखा कि तैराक अपनी सारी शक्ति लगाकर बेड़े को आगे बढ़ाने का प्रयत्न कर रहा है। उसने करवट बदली है और थक कर अब दूसरे हाथ से पानी हटा रहा है, दाहिने हाथ से उसने बेड़े को पकड़ा है। एक साथ अपने हाथों और पैरों से पानी को रुई के गोले-का-सा करके पीछे फेंक रहा है।

कप्तान—'यह हमारे दखल देने की बात नहीं है। शायद हम लोग भी यद्यपि मुश्किल में पड़ जायें तथापि शिव, मैं नहीं चाहता कि इस समय बिना सहायता किये इस अभागे पुरुष को आफत में पड़ने दूँ।'

शिव ने बड़े जोश में आकर कहा—'यह बड़े कठोर दिल का काम है, बाबू! ओह, बाबू जी, वह दो हैं दो!'

कप्तान—'दो?'

शिवकुमार—'हाँ। बेड़े के ऊपर का गट्ठर भी आदमी ही है। वह बाँध कर मुर्दे की भाँति रखा हुआ है, किन्तु है जीवित। अभी उसने अपना सिर उठाया था। मैंने उसने देखा। एक बूढ़ा है, दाढ़ी बड़ी लम्बी और सन की तरह सफेद है। वहाँ, आपने उसे देखा नहीं बाबू जी? वह! फिर सिर उठाया जान पड़ता है, तैरने वाले से कुछ बोलता है।'

कप्तान—'तैरने वाले से बोलता है?'

शिव—'यद्यपि मैंने उसकी आवाज न सुनी और न ओंठ ही हिलाते ही देखे, तथापि उसके बोलने के साथ ही तैरने वाले ने फिर एक बार जान छोड़कर तैरना शुरू किया। ओह, कितनी जल्दी वह नाव आ रही है। वह इन्हें पकड़ लेंगे बाबू जी, पकड़ लेंगे, यदि हम उनके बीच में नहीं पहुँच जाते।'

कप्तान काश्यप को मालूम हुआ कि शिवकुमार की बात बहुत ठीक है। उनके सम्मुख एक सामुद्रिक भीषण कांड होने जा रहा है जिसे उसके रचयिताओं और 'कदम्ब' के बेबस यात्रियों के अतिरिक्त शायद कोई न जान सकेगा।

उन्होंने नीचे इंजीनियर सैयद रहमान को संकेत किया कि जहाज की चाल खूब तेज कर दे। उन्होंने बालक (हेल्म्स मैन) के हाथ से पहिया लेकर उत्तर लिए पूर्व की ओर घुमा दिया और फिर दुर्गा को देकर उसे ही चलाने के लिए कहा। अब वह इस बात के लिए बड़े उत्सुक थे कि किसी तरह बेड़े को नाव वालों के हाथ में न पड़ने दें।

शिव को अपने पिता के हुक्म और दिलचस्पी को देखकर बड़ी खुशी हुई। उसने अपने पिता के हाथ को पकड़कर कहा—'अब भी बाबू जी, हम उन्हें हरा देंगे।' दुर्गादत्त ने इस पर उत्सुकता के साथ मुस्करा दिया।

उसके नीचे वाली दो टोलियाँ भी इस सारे दृश्य को बड़ी उत्सुकता के साथ देख रही थीं। अब यह स्पष्ट था कि नाव वाले पीछा कर रहे थे। दृश्य बड़ा करुणाजनक था। एक ओर तो विशाल पाल और दो बड़े-बड़े डाँडों से चलाई जाने वाली नाव थी और दूसरी ओर थक कर शिथिल हो जाने के करीब पहुँचा हुआ आदमी एक बेढंगे बेड़े को तैर कर खे रहा था। जब 'कदम्ब' और घूमा और उन्होंने देखा कि कप्तान बीच में पड़ने जा रहे हैं, तो वह सब भी ऊपर पहुँच आये, दुर्गा ने एक सूखी हँसी हँसी और सब फिर उधर देखने लगे।

शिव और उसके पिता ने फिर अपनी दूरबीनों से देखना शुरू किया, वस्तुतः शिव ने तो दो चार सेकेन्ड ही के लिए उसे आँखों से हटाया था। अब नाव और बेड़ा दोनों ही बहुत नजदीक थे। सैयद रहमान जहाज के पेंदे में थे और बिलकुल जान न रहे थे कि ऊपर क्या हो रहा है और

न यही जानते थे कि जहाज का रूख बदल दिया गया है, तो यह समझ कर कि कोई आवश्यक काम आ पड़ा होगा। उन्होंने तुरन्त कप्तान के संकेत को स्वीकार करके ब्वायलर और इंजन में जो कुछ भी भाप की शक्ति थी, उसे खोल दी, और, और भी कोयला झोंकने के लिए कहा। अब चिमनी से खूब घना धुआँ निकलने लगा। सिलेण्डरों में भाप साँय- साँय करने लगी, पिस्टन बड़ी जल्दी-जल्दी काम करने लगे; प्रोपेलर में अधिक जीवन दिखाई पड़ने लगा और पहियों ने बड़ी शीघ्रता से नील जल को चूर्ण करके श्वेत बर्फ के रूप में पीछे फेंकना शुरू किया। 'कदम्ब' अपनी शीघ्रतम चाल से आगे बढ़ रहा था।

शिव—'बाबू जी देखिए, तैरने वाला बिलकुल लड़का है।'

कप्तान—'तुम्हारी ही उम्र का, शिव।'

शिव—'अब हम पहुँचे दाखिल हैं, सैयद साहब ने बड़ी फुर्ती की है।'

कप्तान—'बहुत अधिक।'

'ओह, नरपिशाच!' शिव, दाँतों से ओठों को काटते हुए और घूँसे को पीछा करने वालों की ओर तानकर एकदम चिल्ला उठा।

कप्तान—'क्या है, अब बेटे?'

शिव—'अब वह गोली छोड़ रहे हैं।'

कप्तान—'कभी नहीं।'

शिव—'हाँ, दो आदमी माँगे पर झुके निशाना बाँध रहे हैं। मैं उनकी बन्दूकों की नली देख रहा हूँ, आप नहीं देख रहे हैं।'

कप्तान—'हाँ, ठीक बाँध रहे हैं।'

नलिया नाव के माँगे पर टिकी हुई थी, वह बड़ी लम्बी थीं—शायद टोपी वाली बन्दूकें थीं। दोनों आदमियों के सिर और कन्धे दिखलाई दे रहे थे।

जैसे ही कप्तान ने नलियों को देखा, वैसे ही उनमें से एक ने सफेद धुआँ उगला और एक ही क्षण बाद दूसरी से भी। जरा ही देर में गोली की धीमी आवाजें सुनाई दीं। निशाना लगाने वालों का सिर अब आड़ में छिप गया, शायद वह दूसरी बार बन्दूक भरने लगे होंगे।

शिव ने गहरी साँस छोड़ते हुए कहा—'मैंने एक ही आवाज सुनी, बाबू जी।'

कप्तान—'वह तैरने वाले को न लगी।'

शिव—'और दूसरे को?'

कप्तान—'तैरने वाले को नहीं लगी, क्योंकि वह अब भी पानी काट रहा है और दूसरी गोली अवश्य बेड़े में लगी होगी।'

शिव—'लेकिन आदमी को तो नहीं न, बाबू जी?'

कप्तान काश्यप ने इसका उत्तर न दिया। उन्होंने सिर्फ इतना ही कहा—'उनके दूसरी बार फैर करने से पहिले ही हम बीच में पहुँच जायेंगे।' शिव—'भगवान करें।'

ठीक उसी समय 'कदम्ब' का माँगा दोनों के बीच में पहुँच गया, इसी वक्त दूसरी बार आवाज सुनाई दी। एक तो बहक गई और दूसरी गोली कदम्ब के मुँह के निचले तख्ते में लगी। एक ही क्षण में बेड़ा जहाज की आड़ में आ गया। नाविकों ने करतल ध्वनि की और उसमें बहुत से बेड़े की ओर देखने के लिए दौड़ पड़े। कप्तान काश्यप ने लगातार इंजीनियर को संकेत किया। चाल आधी, फिर चौथाई, फिर धीमी और फिर एकदम बन्द कर दी गई। तब दुर्गादत्त को हाथ से इशारा करके पहिये को ऐसे घुमाने के लिए कहा कि जिसमें जहाज बेड़े को इस तरह छाप ले, जैसे पक्षी डैने के अन्दर अपने बच्चों को छाप लेती है।

नाविकों की करतल ध्वनि से नाव वालों ने अपनी असफलता भली प्रकार जान ली। पतवार घूम गया, पाल तिर्छा कर दी गई, दाहिनी ओर के डाँड़ ने नाव को घुमा दिया और जरा ही देर में नाव दूर जाने लगी। बेड़ा उसके रक्षकों के भरोसे छोड़ दिया गया।

शिव ने दूरबीन बक्स में रख दी। अब उसकी आवश्यकता न थी। बेड़ा बिलकुल नजदीक था। बूढ़ा अपनी एक चद्दर में लपेटा, बेड़े पर रखकर रस्सी से बाँधा हुआ था। उसका सिर कुछ उठा हुआ था। उसकी आँखें सर्वथा बन्द थीं। उसका चेहरा पीला था। उसकी लम्बी श्वेत दाढ़ी उसकी पतली छाती पर पड़ी हुई धीरे-धीरे हिल रही थी। वह बिलकुल शान्त—मृत्यु की भाँति शान्त था। शिव को सन्देह होने लगा कि उसके शरीर में प्राण ही नहीं है।

किन्तु उसका यह सन्देह एक दूसरी ओर आकृष्ट हो गया। उसने एक जोर की सिसकने की भी आवाज सुनी और अब जब कि पीछा करने वाले हट गये थे, लड़के ने बेड़े को हाथ से छोड़ दिया और बिलकुल शिथिल हो पानी में डूब गया।

कप्तान ने अपने आदमियों को पुकार कर कहा—'जल्दी प्राणरक्षक नावों को नीचे गिराओ।' शिव ने और प्रतीक्षा न की। उसने टोपी अलग फेंकी और झट कट घरे पर चढ़कर पानी में छलाँग मार दी।'

वह एक अच्छा तैराक था। पानी शान्त और साफ था। उसके पिता ने कुछ परवाह न की। सिर्फ एक डर था कि डूबने वाला कहीं घबराहट में उसकी गर्दन न पकड़ ले, नहीं तो नाव पहुँचने से पहिले ही दोनों नीचे चले जायेंगे। लड़का डूब कर फिर मुँह से पानी थूकते ऊपर आया। शिव कावा काट कर उसके पास पहुँचा और पीछे से उसके केशों को पकड़ लिया।

शिव—'शांत? शांत रहना ठीक होगा। छटपटाओ मत।'

वह ऐसे ही इतना थक गया था कि उसके लिए छटपटाना सम्भव न था, किन्तु वहाँ तो उसे शिव की शिक्षा का भी कुछ पता न लग रहा था। उसके शब्द उसके लिए व्यर्थ के शब्दानुकरण थे, तो भी स्वर स्नेहयुक्त था, इसलिए लड़के ने शिव की ओर मुँह फेरा और मुस्करा दिया।

शिव—'ठीक! अब कोई डर नहीं। अब बाल छोड़कर उसने ठोड़ी के सहारे उसे ऊँचा कर रखा। बेड़ा बहुत दूर नहीं गया है और नाव आ रही है, धीरज धरो!'

लड़के ने उत्तर में कुछ कहा, किन्तु शिव को उसमें से कुछ भी न मालूम हो सका।

शिव—'मुँह बन्द रखो, मैं तुम्हारी फारसी नहीं समझता। लेकिन ठीक! मैं तुमसे सहमत हूँ। यह बेड़ा है। शांत—मैं तुम्हें मदद देता हूँ। वहाँ!' यह कहकर वह उसे ढकेलते हुए बेड़े के पास पहुँचा।

तुरन्त लड़का शिव के हाथ से निकल कर बेड़े के ऊपर चला गया। शिव उसकी ओर देखने लगा। उसने अपने हाथ वृद्ध के चेहरे पर फेरे, पहले एक ओर फिर दूसरी ओर। और तब उसके ऊपर झुक कर उसने भौहों को चूम लिया। वह सुन रहा था कि लड़का वृद्ध से प्रेम और करुणा भरे स्वर में कुछ कह रहा है, किन्तु उसे समझने में वह असमर्थ था। लेकिन वृद्ध की ओर से कोई भी उत्तर या समझने का लक्षण न दिखलाई पड़ता था। लड़के का हृदय मारे शोक के भर गया और उसके नेत्रों से अश्रु बिन्दुओं की धार बँध गई। उसे मालूम हुआ, वृद्ध के शरीर में अब प्राण नहीं है।

नाव पास आ गई।

'अच्छा होगा, रामनन्दन बाबू जो आप उसे तकलीफ न दें।' शिव ने चेहरे से लड़के की ओर इशारा करते हुए नाव के मुखिया से कहा।

रामनन्दन सहाय ने भौहों को ऊपर करते हुए कहा—'क्या यह उससे खराब है?'

शिव—'मुझे ऐसा ही जान पड़ता है।'

रामनन्दन सहाय—'बेड़े को खींच ले चलते हैं और देखें कप्तान क्या कहते हैं। तुम ऊपर आते हो न, शिव?'

शिव—'नहीं, मुझे खींचने वाली रस्सी को पकड़ाओ, यहाँ उसके बाँधने के लिए कोई स्थान नहीं। मैं एक हाथ से रस्सी और दूसरी से बेड़े को पकड़े हूँ और आप रस्सी पकड़ कर खींचें।'

लड़का वृद्ध के ऊपर झुका हुआ वैसे ही सिसक रहा था। उसने इस कार्यवाही की ओर कुछ भी ध्यान न दिया।

कप्तान ने रस्से वाली सीढ़ी को नीचे लटकाने को कहा और एक ही क्षण में वह नाव से उतर गये। वहाँ से पाँव रखकर फिर बेड़े पर पहुँच गये। शिव की आँखों में एक ऐसा भाव था जिसे देखने के लिए कप्तान एक क्षण ठिठक गये और फिर आहिस्ते से लड़के के कन्धे पर उन्होंने अपना हाथ रखा। लड़के ने स्वप्न से जागे की भाँति आँखें ऊपर उठाई, और कप्तान के मुख की ओर आश्चर्य से देखना शुरू किया।

'आओ' कप्तान ने कहा, किन्तु लड़के ने मानो सुना ही नहीं।

तब कप्तान यह निश्चय करने के लिए झुक गये कि बूढ़ा जीवित है या मृत और उन्हें बड़ा सन्तोष हुआ जब देखा कि उसकी साँस चल रही है। उन्होंने उसकी छाती पर बँधी ढीली रस्सी को काट दिया, हाथ को पकड़कर उन्होंने नब्ज देखी। वह अब भी क्षीण-मन्द गति से चल रही थी। उसकी पलकें सिकुड़ गई थीं, किन्तु वह उन्हें उठा न सकता था। उसके ओंठ नीले और सूख गये थे। वह बेहोश था, किन्तु सेवा-सुश्रूषा से शायद अच्छा हो जाय।

जब उन्होंने रस्सी काटी, तो देखा कि ठीक कलेजे के ऊपर गोली लगने का छेद था, तो भी खून नहीं आ रहा था। क्या पहली दोनों गोलियों में से एक क्या यहाँ पहुँच गई। खून भीतर की ओर तो नहीं बह रहा है? वही तो इस मूर्छा का कारण नहीं है? या पीछा करने और पकड़ने के भय ने वृद्ध के अत्यन्त जरा-जीर्ण शरीर पर प्रभाव डाला है? अच्छी तरह परीक्षा करने पर ही यह मालूम हो सकता है। इसे जहाज पर ले चलना होगा।

'आओ'—कहकर कप्तान ने उँगली से नाव की ओर इशारा किया। शिव अब तक नाव पर बैठ गया था। उसने भी अपने पिता के शब्दों को दुहराते हुए लड़के को अपने पास बुलाने का इशारा किया। लड़के ने फिर बड़ी उत्सुकता-भरी दृष्टि से वृद्ध के नीरव मुख की ओर देखा और तब वहाँ से उठकर नाव में गया और फिर वहाँ से शिव के साथ सीढ़ी से जहाज पर।

दूसरी रस्सियाँ भी काट दी गई और कप्तान ने स्वयं वृद्ध को जहाज पर पहुँचाने में मदद की। उसे अपने कमरे में ले गये, बेड़े की लकड़ियाँ अलग-अलग करके ऊपर उठा ली गई, नाव छत पर खींच कर जकड़ दी गई और 'कदम्ब' अपने असली रास्ते पर आकर पश्चिम की ओर हटकर उत्तर-पश्चिम दिशा में चलने लगा।

'यह कौन है, बाबू जी?' शिव ने तब पूछा, जबकि भोजन और औषधि के जोर से वृद्ध सचेत हो चुका था।

कप्तान—'एक यहूदी है।'

शिव—'यहूदी? और लड़का?'

इस छोटी अवस्था में इतने भारी परिश्रम के कारण लड़का बिलकुल शक्तिहीन हो गया था, वह खाने के बाद ही शिवकुमार के बिछौने पर सो गया। वह भी वृद्ध के ही समान ही निश्चल था, किन्तु स्वाँस नियमानुसार ले रहा था। उसे सिर्फ थकावट थी।

उसके पिता ने उत्तर दिया—'यहूदी।'

सिमियन बिन इज़्रा

कप्तान प्रताप नारायण काश्यप ने चेहरे ही से पहचान लिया कि वह यहूदी है। अभी उनमें से एक ने भी इस बात को अपने मुँह से न कहा था, खासकर लड़का तो भाषा ही न समझ सकता था। हिन्दी उसके लिए एक अपरिचित भाषा थी और वृद्ध इतना निर्बल था कि कुछ बोलना उसके लिए कठिन था। किन्तु जिस जाति के वह थे, वह उनके चेहरे पर अंकित थी।

यहूदी! कैसे यह एक बेड़े पर बहते स्वेज की खाड़ी में इतने सबेरे आ पहुँचे और क्यों वह बड़ी-बड़ी पालों वाली नाव, जिस पर के आदमी निर्दयी अरबों से मालूम होते थे इनका पीछा कर रही थी और फिर बेड़ा बनाने के लिए इस पथरीले, रेतीले, निर्जल प्रायद्वीप में इन्हें लकड़ी कहाँ से मिली? यह जानने के लिए अभी प्रतीक्षा करनी होगी। वृद्ध यहूदी, जो टूटी-फूटी हिन्दी बोल सकता था, शायद स्वेज या इस्माईलिया या पोर्ट सईद में उतरने से पूर्व इस पर प्रकाश डाले। कप्तान के मन में था कि इन तीनों बन्दरगाहों में से किसी पर उन्हें उतार देंगे।

सारे दिन भर लड़का सोता रहा और वृद्ध संज्ञाहीन था। एक शक्ति प्राप्त कर रहा था और दूसरा अर्द्धशून्यता की ओर बढ़ रहा था।

तीसरे पहर वाली तीनों घंटियों भी बज गई, किन्तु अब भी लड़के में जागने का कोई चिह्न न था। शिव ने कई बार चुपके से बिना जरा भी शब्द किये कोठरी का दरवाजा खोल कर झाँका, किन्तु बराबर लड़के को उसी करवट और घोर निद्रा में मग्न पाया। जब तीसरे पहर की घंटी बजी, तो शिव उधर गया और देखा कि उस धीरे से अपने हाथों को अपने मुँह पर किये अँगड़ाई और जम्हाई ली।

शिव—'जाग गये?'

लड़का उठ खड़ा हुआ और ऊपर के तख्ते की चोट उसके सिर पर लगी जिससे फिर आश्चर्यान्वित और व्यथित हो वह नीचे बैठ गया।

शिव—'लकड़ी बड़ी सख्त है। शांत हो लो, जैसा कि पानी में मैंने तुमसे कहा था। लकड़ी से टकरा कर अपनी चाँद गंजी न कर लो। मैं तुम्हारे लिए लालटेन जला देता हूँ, जला दूँ न? या दूसरे कमरे से लैम्प ला दूँ।'

लड़के का उत्तर था, एक घबराहट भरी दृष्टि और लकड़ी से चोट खाये सिर के भाग को जोर-जोर से रगड़ना।

शिव ने दोनों ही करना पसन्द किया। वह पहले बाहर वाले कमरे का लैम्प ले आया और फिर कमरे की लालटेन को जला दिया। रोशनी में मालूम हुआ कि बन्दरिया बड़ी मेज से हटकर बिछौने पर लड़के के पायताने बैठी हुई है।

शिव—'हाँ तुम चुड़ैल, यहाँ! उठो, आओ वहाँ से!' उसने उसे पकड़ने की धमकी दी।

वह दाँत कटकटाती हुई वहाँ से बिछौने के ऊपर की ओर भागी और लड़के के सिर और तकिये के बीच में जा बैठी।

शिव—'तुम मेरी बात सुन रही हो या नहीं? वहाँ से आओ!'— यह कहकर वह आगे बढ़ा।

लड़के ने हँस दिया और बन्दरिया ने एक नये मित्र को देख बड़ी प्रसन्नता प्रकट की। उसने अपने सिर को उसकी गर्दन से मिलाया। इस पर लड़के ने उसे अपने पास लेकर उसके सिर पर धीरे-धीरे हाथ फेरना आरम्भ किया। शिव भी पास आकर हँस पड़ा। बन्दरिया ने इस पर फिर ओंठ हिलाया और दाँत दिखाया।

शिव—'कितनी देर से तुम यहाँ हो, तारा?'

किन्तु बन्दरिया ने कुछ जवाब न दिया, उसने सिर्फ अपनी पलकें नीचे- ऊपर कीं और अविश्वासपूर्ण दृष्टि से उसकी ओर देखा। वह शान्तिभंजक है और वहाँ से इसे हटाना चाहता है, जहाँ कि उसका स्वार्थ अथवा हृदय है।

शिव—'अच्छा, यदि इसे क्या नाम लेकर कहूँ, तुम जानती हो तारा? यदि इसको विरोध नहीं है तो मेरा भी इसके लिए कोई आग्रह नहीं; सिवाय इसके कि तारा यह मेरा बिस्तरा है, इस पर मेरा अधिकार है, तुम अपने सोने के लिए कोई दूसरी जगह ढूँढ़ लो। यह यहाँ रसोइया जी हैं।' उसने भोजनागार में रसोइया की खटपट सुनकर लड़के से कहा, 'तुम बड़े बेवकूफ हो? तुमने सारा दिन सोने में गँवा दिया, यही नहीं बल्कि नाश्ता भी आधा खाया, मध्याहन का भोजन बिलकुल ही चला गया और चार बजे का जलपान भी न मिला। भला यह घटी कैसे पूरी कर सकोगे?'

लड़का अब भी बन्दरिया के सिर पर हाथ फेर रहा था। उसके लिए शिव का सारा बड़बड़ाना अर्थहीन था। उसने उसमें से एक शब्द भी न समझा। उसके लिए बन्दरिया का कटकटाना और उसका बोलना यह दोनों एक-सा ही था।

शिव ने अब संकेत द्वारा बात करना आरंभ किया। उसने भोजनागार की ओर इशारा करके अँगुली को कान पर लगाया। रसोइया जी के थाली परोसने की आवाज सुनी। उसने अपना मुँह खोला और फिर हाथ से ग्रास डालने की नकल बनाई, तब मुँह चलाने और कूचने का अभिनय किया। उसने आँखों और हाथों से एकसाथ इशारा करते हुए कहा—'चलो चलें, भोजन तैयार है।'

लड़का बिस्तरे से उठ खड़ा हुआ और उसने तारा को वहीं छोड़ दिया। मगर उसने अपने बन्दरिया-कोष के सारे शब्दों का व्यय करते हुए उसके इस असभ्यतापूर्ण व्यवहार का विरोध किया। जब लड़के को कमरे से बाहर निकलने के लिए तैयार देखा, तो तारा भी बिछौने से नीचे कूद कर आगे-आगे भाग चली, भोजनागार का द्वार खुला देखकर उसमें घुस गई, फिर कमरे की विभाजक काष्ठभित्ति पर एक खूँटी को हाथ में पकड़ कर बैठी रही। वह उसका सोने का नियमित स्थान था।

जब सब लोग खाने के लिए बैठ गए तो शिव ने लड़के के पास परसी थाली रखते हुए अपने पिता से कहा—'बाबू जी, इसका कोई नाम नहीं, क्या कह कर बुलायें?'

'नाथन कह कर पुकारो।' जिस वक्त कप्तान ने यह कहा और लड़के ने अपना नाम सुना, तो उसने उधर देखा और मुस्करा दिया।

शिव—'आपको कैसे मालूम हुआ बाबू जी?'

कप्तान—'इसके पितामह ने बतलाया था।'

शिव—'तब तो वृद्ध इसके दादा होंगे?'

कप्तान—'हाँ, उन्होंने ऐसा ही कहा है और उनको अपने पौत्र का बड़ा अभिमान है। मैंने चाहा था कि इन्हें स्वेज पर उतार दूँ, किन्तु वृद्ध बहुत बीमार हैं। अब इन्हें स्वेज नहर तक अथवा उससे आगे तक ले चलना होगा, यदि उनकी तबियत अच्छी न हुई तो। यह बड़ी ही विचित्र घटना है और मेरी मालबुक में बड़े ध्यानपूर्वक पढ़ी जायगी। मैं मजबूर हूँ, क्योंकि इन रक्त-पिपासु अरबों के हाथों में इन्हें छोड़ नहीं सकता। कहिये सैयद भाई, आपकी राय क्या है?'

सैयद रहमान : 'आपका खयाल बिलकुल ठीक है, महाशय। बूढ़े ने उतरने के लिए क्या इच्छा प्रकट की है?'

कप्तान—'अभी तक उन्होंने बहुत कम बातचीत की है।'

रामनन्दन बाबू—'आपको पूछ लेना चाहिए, नहीं तो उसकी जबान कहीं बन्द हो जाय।'

सैयद—'यह बिलकुल संभव है। आपने जिस वक्त उसे ऊपर उठाया था, उसी समय मुझे सन्देह होने लगा था।'

कप्तान—'मैं अभी निराश नहीं हूँ।'

इस वक्त कप्तान, इंजीनियर और रामनन्दन बाबू ने लड़के की ओर देखा, किन्तु वह एक शब्द भी न समझ सकता था।

शिव अब बराबर नाथन के साथ रहने लगा। उसका नाम बराबर उसकी जीभ पर रहता था, क्योंकि यही एक ऐसा शब्द था जिसे दोनों समझते थे। और बहुत जल्दी ही इसका संक्षेप नाथ भी बन गया। पहिले-पहिल इस संक्षेपीकरण से नाथन हैरान हुआ, किन्तु शिव ने इसका अर्थ उसे समझा दिया, जैसे शिवकुमार का शिव हो गया है, वैसे ही नाथन का नाथ। इस संक्षेपीकरण के साथ ही दोनों की मित्रता भी बढ़ने लगी।

शिव ने अपनी छाती पर हाथ रखकर कहा—'शिवकुमार—शिव।'

नाथन ने हँसते हुए दुहराया—'शिवकुमार—शिव।'

शिव—ठीक, इसे खयाल कर लो। जरा-सा दीर्घ को हस्व करने की आवश्यकता है। 'शिव!'

नाथन हँस पडा—'शिव!'

शिव ने अपनी ओर इशारा करके—'यह मैं।'

नाथन ने उसकी ओर ताकते हुए दुहराया—'यामें!'

शिव ने अस्वारस्य प्रकट करते हुए कहा—'नहीं, यह ठीक नहीं।' फिर उसकी छाती पर हाथ रखकर—'नाथन नाथ। यह तुम।'

नाथन ने किसी प्रकार कुछ तात्पर्य समझ लिया, यद्यपि अब भी शिव की कितनी ही बातें उसे हैरान कर रही थीं। उसने कहा—'नाथन-नाथ। या तुम।'

तीनों ही आदमी इस मनोविनोद से बड़े खुश हुए, किन्तु उन्होंने बड़ी चतुराई से इसे लड़कों ही के ऊपर छोड़ दिया।

नाथन अपने दादा के लिए बड़ा उत्सुक था। यद्यपि वह बोल न सकता था तथापि जैसे ही उसका पेट भर गया। वह भोजनागार के चारों ओर देखने लगा और बीच-बीच में उसकी नजर कप्तान के ऊपर भी आ पड़ती थी।

जब कप्तान ने ब्यालू समाप्त कर लिया, तो वह नाथन का हाथ पकड़े उसे अपने कमरे में ले गये जहाँ उसके दादा लेटे हुए थे। वृद्ध की आँखें आधी खुली हुई थीं, किन्तु वह शून्य-निस्तेज थीं। नाथन ने अपने ओठों को उनकी भौंहों पर रखा। वह जरा भी न हिले। कप्तान ने दोनों को अकेला छोड़ कर धीरे से बाहर निकल दरवाजा लगा दिया।

आधी रात के समय कप्तान फिर उस कमरे में आये। उस समय नाथन पास के एक स्टूल पर बैठा ही बैठा एक हाथ अपने वृद्ध दादा की छाती पर और सिर को बिछौने पर रख कर सो गया था। वृद्ध की अवस्था में कोई परिवर्तन न आया। कप्तान ने लड़के को धीरे से जगाया और अर्द्ध-सुप्त अवस्था में ही उसे भोजनागार में होते शिव के कमरे में ले गये और वहाँ शिव के बिछौने के नीचे वाले बिछौने पर सुला दिया।

अगले दिन स्वेज बन्दर पार कर वह नहर में घुसे। अपराहन में वह इस्माईलिया में पहुँचे जहाँ पर दक्षिण की ओर के आने वाले जहाजों की प्रतीक्षा एवं पतली नहर द्वारा उत्तर की ओर पोर्टसईद जाने की आज्ञा लेने के लिए उन्हें ठहर जाना पड़ा। आज वृद्ध की अवस्था कुछ सुधरती जान पड़ी। उसकी आँखों की शून्यता जाती रही और उसमें जलते प्रदीप का-सा प्रकाश दिखाई पड़ने लगा। उन्होंने आज भोजन भी ग्रहण किया। नाथन सब मिलाकर दो या तीन घण्टा उनके पास रहा होगा। बाकी समय उसका शिवकुमार के साथ व्यतीत हुआ।

कप्तान प्रताप नारायण ने वृद्ध को होश में आये देखकर कहा—'आपकी अवस्था सुधरते देखकर मुझे बड़ा आनन्द हुआ। आपको कोई चीज की आवश्यकता है? रोशनी चाहिए?'

वृद्ध—'हाँ, एक रोशनी हो तो अच्छा, कप्तान साहब मैं आपसे कुछ बात करना चाहता हूँ।'

लैम्प को जलाकर कप्तान ने कहा— 'मैं आपकी सेवा के लिए तैयार हूँ।'

वृद्ध—'हम नहीं जा रहे हैं।'

कप्तान—'नहीं जा रहे हैं तो क्या आपकी इच्छा इस्माईलिया में उतरने की है किन्तु आपका शरीर इसके योग्य नहीं है।'

वृद्ध—'नहीं! आप मेरा मतलब नहीं समझे। मेरा मतलब था कि जहाज चलाया नहीं जा रहा है। इंजन की सनसनाहट नहीं सुनाई देती है, जहाज का हिलना भी नहीं मालूम हो रहा है जिससे जान पड़ता है कि हम खड़े हैं।'

कप्तान—'हाँ। हम लोग प्रतीक्षा कर रहे हैं। दूसरे जहाज दक्षिण की ओर आ रहे हैं, उन्हीं के निकल जाने की प्रतीक्षा कर रहे हैं।'

वृद्ध—'ओह, तो हम थोड़ी देर में यहाँ से रवाना होंगे। मैं आपका बड़ा कृतज्ञ हूँ, कप्तान और बालक, कप्तान शिव का भी। नाथन ने मुझसे सब कुछ कहा है। आपने हमारे प्राण बचाये हैं। मेरे प्राणों की कोई बात नहीं। बूढ़ा हूँ, किन्तु उसके...'

कप्तान—'हम आपको इन नर-पिशाच अरबों द्वारा लूटे और मारे जाते न देख सकते थे।'

वृद्ध—'लूटे और मारे जाते। नहीं, दूसरा कोई होता, तो हमें वैसे ही छोड़कर अपना रास्ता लेता, लेकिन आप वैसा नहीं कर सकते थे क्योंकि आप भारतवासी है, उस जाति के हैं जिसने हजारों वर्ष पूर्व अभागी यहूदी जाति को कोचीन में बड़े प्रेम और सम्मानपूर्वक स्थान दिया। कब? जबकि हमारी जन्मभूमि में हमारे लिए शरण न थी। आपके लिए यह कोई नई बात न थी। भगवान ने आपको यहाँ पहुँचाया और हमारे प्राणों और शरीर को आपके हवाले किया। मेरा जीवन—जब तक मैं स्वाँस ले रहा हूँ, और नाथन का जीवन आपके हाथ में है।'

कप्तान चुप थे। वार्तालाप धीरे-धीरे ऐसा रुख पकड़ रहा था जिसकी कि उन्हें आशा न थी। वृद्ध ने एक बार भी न पूछा कि तुम इस धरोहर को रखना स्वीकार करोगे या नहीं। उन्होंने पहले ही अपने दिल में पक्का कर लिया कि वह स्वीकार करेंगे। वह पोर्टसईद में भी जहाज से उतरने का इरादा न रखते थे।

वृद्ध—'आपको मेरा नाम मालूम होना चाहिए।'

कप्तान—'हाँ, मैं जानना चाहता हूँ, जिसके द्वारा मैं आपको सम्बोधित कर सकूँ।'

वृद्ध—'सिमियन बिन इज्रा मेरा नाम है। अपनी जाति वालों में अपरिचित नहीं हूँ। मेरा खान्दान सेफार्दिम् है। किन्तु हमें अभी इससे भी आवश्यक विषय पर वार्तालाप करना है।'

कप्तान—'हाँ, मैं सुन रहा हूँ, महाशय इज्रा।'

वृद्ध ने बड़ी नम्रता से कहा—'कप्तान, कृपा करके आप मुझे सिमियन कहें, इज़्रा मेरे पिता का नाम था।'

कप्तान—'हाँ, महाशय सिमियन, मैंने समझ लिया कि आप मुझे सिमियन कहें, इज़्रा मेरे पिता का नाम था।'

वृद्ध—'मुसाफिर के तौर पर। मुझे आशा है, आप मुझे ग्रहण करेंगे। जान बचाने के लिए आपके पुत्र ने नाथन के साथ जो कुछ किया है, उसके लिए कोई सम्पत्ति नहीं जिसे देकर मैं उऋण हो सकूँ। सर्वोत्तम वस्तुएँ अक्सर अनमोल होती हैं। धन उसकी बराबरी नहीं कर सकता। उसके लिए रुपये-पैसे की बातचीत करना, यह अविनयशीलता और गुस्ताखी होगी। किन्तु यात्रा-शुल्क मैं दे सकता हूँ। आप मुझे बतावें कि वह कितना होगा, मैं उसे दूँगा।'

कप्तान—'आने पर यह न पूछा, कि तुम कहाँ जा रहे हो?'

वृद्ध—'कहीं जा रहे हो, आखिर तो भारतवर्ष लौट कर जायेंगे न? और यह मैं जानता ही हूँ।'

कप्तान—'इधर नेपल्स तक जाना है, वहाँ से फिर हमें पीछे लौट आना होगा, कराँची में फिर एक दिन ठहर कर बम्बई पहुँचना होगा।'

वृद्ध—'आप हमें कराँची में उतार दीजिए।'

कप्तान—'बहुत अच्छा।'

वृद्ध—'यह मेरे लिए बहुत अच्छा होगा और अब कप्तान साहेब आप देख रहे हैं, मैं कितना बूढ़ा हूँ, आगे क्या हो, इसका कुछ ठिकाना नहीं है? शायद कराँची तक न पहुँच सकूँ। नाथन मेरे लिए बहुत ही प्रिय है। वह मेरे बेटे का बेटा है। सब कुछ उसी पर निर्भर है। उसे उस रहस्य की रक्षा करनी चाहिए जिसे मैं और दो और आदमी जानते हैं, और उसी के अनुसार जब काम का समय आये, उसे काम करना चाहिए। उस रहस्य को मैं आपसे नहीं कह सकता। यह अन्य दोनों व्यक्तियों के समान ही मेरा अपना रहस्य है। मैं इसे नाथन से भी नहीं कहूँगा, वह अभी बहुत बच्चा है। किन्तु यदि मैं कराँची न पहुँच सकूँ और भगवान की इच्छा यही हो कि मुझे नाथन को छोड़ना पड़े, तो मैं इसे आपके सुपुर्द करना चाहता हूँ। और आपको मैं कुछ कागज-पत्र और एक पुरातन चिह्न—जो यद्यपि खंडित है, तथापि उस बहुमूल्य वस्तु को नाथन को प्राणों की भाँति रखना चाहिए—दूँगा।'

कप्तान—'यह वही धरोहर है जिनके बारे में आपने पहले कहा है।'

वृद्ध—'हाँ, उसी से सम्बन्ध है।'

कप्तान काश्यप—'तो क्या वह कागज नाथन को रहस्य बता देंगे?'

सिमियन—'नहीं, वह सिर्फ आगे के लिए रास्ता बतलायेंगे।'

कप्तान—'और वह पुरातन चिह्न?'

सिमियन—'यद्यपि स्वयं इसका मूल्य भी कम नहीं है, तथापि इसका असली मूल्य इसके सम्बन्धी से जाना जायेगा।'

कप्तान प्रताप इन सारी सावधानीपूर्वक कही जाने वाली बातों की ओर उतना ध्यान न दे रहे थे। वह सिमियन से और वृत्तान्त जानने के लिए उत्सुक थे। किन्तु अब बात-बीच में आ पड़ी थी धरोहर की। क्या उसे वह स्वीकार करें या नहीं। सिमियन ने स्वयं इसके बारे में कुछ न पूछा, उसने इसे सिद्धवत् मान लिया।

किन्तु कप्तान प्रताप इसके लिए अभी तैयार न थे। उन्होंने और स्पष्ट कुछ बातें जानना चाहीं। यह एक बड़ी दायित्वपूर्ण बात थी और प्रताप एक दूसरे ही गठन के आदमी थे। उन्होंने पूछा—'यह बालक नाथन आपके परिवार में अकेला ही है?'

सिमियन—'एक ही जीवित और समीपतम सम्बन्धी।'

कप्तान—'कोई मेरी अभिभावकता पर आपत्ति तो नहीं कर सकता?'

सिमियन—'जहाँ तक मैं जानता हूँ, कोई भी नहीं। पाँच वर्ष में वह उन्नीस वर्ष का हो जायगा, और तब यदि आपकी इच्छा हो और चिह्न और चर्मपत्र के पढ़ने के बाद वह भी उसे चाहेगा, तो अपने दायित्व को उसे सौंप कर अपने आपको मुक्त कर सकते हैं।'

कप्तान— 'उसका जन्म दिन कब पड़ता है?'

सिमियन—'उसका जन्म-दिन ठीक उसी दिन पड़ता है जिस दिन हम लोगों का वर्ष आरम्भ होता है।'

कप्तान—'मैं इस पर विचार करूँगा।'

सिमियन—'आप उसके जन्म-दिन पर विचार करेंगे? वह तो स्पष्ट है।'

कप्तान—'हाँ, जन्म-दिन स्पष्ट है। लेकिन अभिभावकता के विषय में मुझे विचार करना है।'

वृद्ध ने जरा भी असन्तोष न प्रकट करते हुए कहा—'बहुत अच्छा, और मैं आपको यह चिह्न दिखलाता हूँ। वह मेरी छाती के ऊपर बँधा हुआ है। यदि वह न होता तो बेड़े से आप मेरे शव को ही उठा पाते। गोली इसके भीतर नहीं घुस सकती थी, इसने सचमुच अपने आपको ढाल सिद्ध किया।'

कप्तान को गोली द्वारा कपड़े का छेद स्मरण हो आया। वह बड़ी उत्सुकता से उसे देखने की प्रतीक्षा करने लगे। सिमियन ने अपने काँपते हाथ से अपना लम्बा चोंगा अलग किया और फिर अपने सिर में से एक मुलायम चमड़े का फीता निकाली जिसमें कि एक कोमल बकरी के चमड़े का थैला लटक रहा था। उन्होंने उस थैले को कप्तान प्रताप के हाथ में दिया। थैले का मुँह बाँधने के लिए कोई रस्सी या सूत नहीं इस्तेमाल किया गया था, सिर्फ मुलायम ऊन उसके मुँह पर ठूँसा हुआ था।

कप्तान उसे लेकर लालटेन के पास गये। वह मामूली से बहुत अधिक भारी था। उन्होंने उसके भीतर से उस चिह्न को बाहर निकाला उसकी एक ओर ऊँट के रोयें का बना हुआ एक मोटा कपड़ा लगा हुआ था और दूसरी ओर कुछ न था।

वह बड़े ही हताश हो उठे। उन्हें देखने में एक उन्नतोदर काले चमड़े का टुकड़ा मालूम हो रहा था। उनको यह देख कर बड़ा आश्चर्य हुआ कि गोली इस चमड़े के भीतर क्यों घुस गई, क्या यह ऐसी हिकमत से सिझाया गया है कि कड़ाई में फौलाद के मुकाबिले का हो गया है, बल्कि इस पर गोली का कहीं निशान भी नहीं है। और फिर खयाल किया कि इसका नतोदर भाग वृद्ध की छाती से बँधा था। उन्होंने उसे उलटा और ऊँट वाले कपड़े को नीचे गिरने दिया।

तुरन्त ही उनकी निराशा दूर हो गई। जो कुछ उन्होंने देखा, उससे वह मारे आश्चर्य के स्तब्ध हो गए।

खंडित ढाल

उस चीज का उन्नतोदर भाग शुद्ध सुवर्ण की चद्दर थी जो कि मजबूत काले चमड़े पर चिपकी हुई थी। लैम्प के प्रकाश में वह दर्पण की तरह चमक रही थी। कप्तान काश्यप उसकी चमक से एक बार चौंधिया गये।

चद्दर का वह भाग जो चमड़े के किनारे लगा हुआ था, बड़ी सुन्दरता से तैयार किया गया था। इस बाहरी छोर पर एक इंच चौड़ी किनारी थी। भीतर वाला भाग जान पड़ता था—किसी भारी हथियार से पीटा गया है। चमड़ा इस तरह काटा गया था कि सोने की चद्दर उस पर ठीक बैठ जाती थी।

यह सोना ही नहीं था जिसने कप्तान को आश्चर्य में डुबो दिया, बल्कि इस किनारी के किनारे-किनारे तीन पाँतियाँ बहुमूल्य पत्थरों से जड़ी थीं। यह तीनों पाँतियाँ किसी वृत्त की खंड थीं। सबसे भीतर वाले वृत्त में एक रेखा थी जिस पर नीलम जड़े थे। यह रत्न दीपक के प्रकाश में जगमगा रहे थे और उनसे रक्त-नील-पीत वर्ण की किरणें निकल रही थीं।

सिमियन—'क्या गोली उसमें है?'

कप्तान—'मैं गोली को भूल ही गया, यहाँ उसका निशान है। उन्नतोदर अंश यहाँ पर पिचक-सा गया है।'

सिमियन—'थैले में देखें, महाशय।'

उन्होंने थैले को देखा और वहाँ ऊन के गुच्छे में उन्हें एक चिपटी गोली मिली।

सिमियन के पास आकर कप्तान ने कहा—'मुझे नहीं मालूम होता है, यह क्या चीज है, शायद एक बड़े घड़े का टुकड़ा हो?'

सिमियन—'घड़ा दरियाई घोड़े के चमड़े का नहीं बना करता, कप्तान।'

कप्तान—'चमड़े को यदि छोड़ दिया जाय तो इसकी शकल सोने के घड़े से बहुत भिन्न नहीं मालूम होती। तो यह क्या है, महाशय सिमियन?

सिमियन—'जब अरबों ने मेरे ऊपर गोली चलाई, तो यह मेरे लिए क्या थी?'

कप्तान—'ढाल।'

सिमियन—'पर यही है—शाही ढाल का एक खंड।'

कप्तान—'और इसके और भी टुकड़े हैं?'

सिमियन—'हाँ, और वह ठीक जुड़ जायेंगे। इसके दो टुकड़े और हैं और जब तीनों टुकड़े इकट्ठा हो जायेंगे तो ढाल पूरी हो जायेगी, लेकिन तो भी बीच का भाग खाली रह जायगा।'

कप्तान—'ढाल की नाभि।'

सिमियन—'आप चाहे उसे जो कहते हों।'

कप्तान—'इस अलंकार के सदृश ही उनमें भी अलंकार होंगे।'

सिमियन—'निश्चय, और नाभि तो अद्वितीय होगी।'

कप्तान—'वह वहाँ है?'

सिमियन—'वह मुझे नहीं मालूम है, उसका पता तभी मालूम हो सकता है जबकि तीनों टुकड़े एकत्र हों, क्योंकि तभी यह रेखाएँ पूर्ण होंगी।'

कप्तान—'कौन रेखाएँ?'

सिमियन—'यही, जिन्हें आप ढाल की पीठ पर देख रहे हैं।' और फिर उसने चमड़े पर की हलके लाल रंग की रेखाएँ दिखलाई।

कप्तान ने उसकी ओर गौर से देखा, किन्तु कुछ भी पता न लग सका। वह उनके लिए निरर्थक थीं।

कप्तान—'और ढाल की नाभि क्या चीज है?'

सिमियन—'मैं नहीं कह सकता, नाथन इसे बतलायेगा, यदि चर्मपत्रों पर लिखी बातों पर चलेगा।'

कप्तान—'इस गोल किनारे पर की नकाशी बड़ी सुन्दर है।'

सिमियन—'बहुत पुरानी कारीगरी है। यह किसी कुमुदिनी की आकृति है, देखिए परस्पर गुंफित कैसे पत्ते और डालियाँ बनी हुई हैं।'

कप्तान—'मैं समझता हूँ, जब ढाल पूरी हो जायेगी, तो रत्नों के पूरे तीन वृत्त होंगे?'

सिमियन—'हाँ कप्तान पूरे तीन वृत्त।'

कप्तान—'मैं देख रहा हूँ कि तीनों वृत्त एक दूसरे से बराबर दूरी पर हैं और समकेन्द्रक हैं, किन्तु यह नीलमों की छोटी रेखा क्या है?'

सिमियन—'छह रेखाओं में एक का एक भाग।'

कप्तान इस अव्यक्त उत्तर को कुछ न समझ सके और पूछ बैठे—'आपका तात्पर्य यह तो नहीं कि यह रेखा और लम्बी है।'

वृद्ध—'हाँ, और लम्बी।'

कप्तान—'और रेखाएँ किस तरह खींची गई हैं?'

वृद्ध—'विरुद्ध शिखर के दो त्रिकोणों से बना षट्कोण और उसके बीच में एक वृत्त।'

कप्तान—'ठीक मैंने समझ लिया। ढाल का केन्द्र षट्कोण को लिए हुए वह नाभि होगी, बड़ी सुन्दर रचना है। सुन्दर रचना ही नहीं, इसका कोई तात्पर्य भी होगा। क्या तात्पर्य है?'

सिमियन ने उत्तर न दिया। वह चुपचाप वस्तु के लौटाने की प्रतीक्षा कर रहे थे। कप्तान ने उसे फिर थैले में वैसे ही रख कर वृद्ध के हाथ में दे दिया।

सिमियन ने फिर उसको उसी जगह रख लिया और वह चुपचाप पड़ा रहा। उस समय कप्तान ने वृद्ध के चेहरे की ओर देखा। उससे शांति और तेज प्रकट हो रहा था। वह स्पेनी यहूदी थे और फिर सेफार्दिम का उसके चेहरे से उसकी जाति का स्वाभाविक सौन्दर्य लक्षित हो रहा था। वह निस्सन्देह उसके सभी गुणों से विभूषित थे।

वह बहुत थक गया था। इस बातचीत के श्रम का प्रभाव उस पर पड़ना शुरू हुआ। कप्तान ने फिर उसकी आँखें मुदती देखीं और समझ लिया कि और बातचीत करना हानिकर होगा।

कप्तान दरवाजे पर हाथ रखकर बोले—'आपके इस विश्वास के लिए अनेक धन्यवाद। अब सो जायें। हम लोग फिर बात करेंगे और मैं अपने निश्चय को भी उसी समय बताऊँगा।'

वृद्ध—'निश्चय?'

कप्तान—'हाँ, नाथन के अभिभावक होने के विषय में।'

वृद्ध—'उसके लिए मुझे कोई परवाह नहीं। मेरा पौत्र आपके हाथ में बहुत सुरक्षित रहेगा।'

दूसरे दिन सवेरे पोर्टसईद पहुँचे और अभी वृद्ध सोया ही था कि जहाज भूमध्य सागर में प्रविष्ट हुआ।

नाथन अपनी कठिन और जानमार स्वेज खाड़ी की तैराई की निर्बलता और थकावट से अब बिलकुल स्वस्थ हो गया था। बीच-बीच में कुछ देर के लिए अपने दादा के पास जाने के अतिरिक्त वह बराबर शिव के साथ ही रहता था। दोनों की मैत्री धीरे-धीरे घनिष्ठ होती जा रही थी। शिव ने उसे बहुत-सी चीजों के नाम बताये और रटाते-रटाते ऐसा कर दिया कि जिससे उच्चारण में बिलकुल गलती न हो। उनका वार्तालाप बहुत परिमित था, किन्तु शिव स्वयं प्रश्न और उत्तर दोनों ही कर डालता था। बीच—बीच में दोनों सिर हिलाते और गुरकराते थे। यह बड़ी विचित्र बात थी कि नाथन ने कुछ ही दिनों में बहुत से शब्द याद कर लिये।

तारा ने इस काम में उनकी बड़ी सहायता की। वह शिव की अपेक्षा नाथन से बहुत प्रेम करती थी, क्योंकि वह उसे उतना डराता न था। वह धीरे से पीठ पर थपकी देते, अरबी में उससे बोलता था। यद्यपि वह भाषा न समझती थी, तथापि कहने का स्वर उसे बहुत पसन्द था। शिव बड़ा चंचल, हुक्म चलाने वाला और जोर से बोलने-चालने वाला लड़का था। जब बड़े प्रेम और मजाक से खेलता रहता था, तब भी बेचारी तारा निश्चिंत नहीं रहती थीं कि दूसरे ही क्षण वह क्या करेगा। इसीलिए वह बराबर शिव को संदिग्ध दृष्टि से देखा करती थी।

नाथन को तारा के साथ अरबी में बोलते देख कर शिव ने कहा—‘क्यों, बानर-भाषा बोल रहे हो, नाथ?’

‘बानर—नाथ।’ सारे वाक्य में नाथन को यही दो शब्द मालूम थे, इसलिए इन्हें ही उसने दुहराया।

वह नक्शा—घर के बाहर डेक पर बैठे हुए थे।

शिव ने असन्तोष प्रकट करते हुए कहा—‘यह बहुत बुरा है, तुम्हें तीसरे के सामने रहस्य न कहना चाहिए। तारा! चलो!’

बानरी अपना नाम जानती थी, उसने एक बार शिव के मुँह की ओर देखा, किन्तु अलग होने की जगह नाथन के और पास सटकर बैठ गई।

नाथन—‘थारा!’

शिव—‘थारा नहीं—ता—तारा।’

नाथन—‘तारा।’

शिव—‘अब ठीक हुआ। अब हम अपने पाठ के विषय के तौर पर इसे इस्तेमाल करेंगे और जब तुम इसके भिन्न-भिन्न अंगों को जान लोगे, तो बालोद्यान प्रणाली से मैं तुम्हें अन्य वस्तुओं को बताऊँगा। फिर हम नाथ, संज्ञा से क्रिया पर चलेंगे और क्रियाओं को देखकर तुम दाँत तले अँगुली दबाओगे। तुम घोटा लगा डालना, हाँ बाबू घोटा लगा डालना, तब न उस्ताद का भी नाम होगा। तैयार हो न? अच्छा तो जैसे-जैसे मैं कहता हूँ, वैसे ही तुम भी कहते जाओ—‘शिर!’ उसने धीरे से अपने हाथ को बन्दरी के सिर पर रखा।

नाथन—‘सिर और तालू से उच्चारण करने में उसने शिव से भी अधिक सफाई दिखाई।’

‘आँखें’ और शिव ने तारा की ऊपर-नीची होती आँखों की ओर इशारा किया।

नाथन ने भी दुहराया—‘आँख।’

‘नाक’ लेकिन तारा के पास ऊपर उठी हुई नाक न थी, इसीलिए लाचार शिव ने अपनी नाक पकड़ी।

नाथन—‘नाक।’

पाठ चलता ही गया, यहाँ तक कि बन्दरी की पूँछ का नम्बर आया और छूते समय उसे जरा दबाये बिना शिव का मन न माना। तारा ने इसे सहन न किया और छलाँग मारकर नक्शा-घर के ऊपर जा बैठी।

शिव—‘अब बालोद्यान का आरम्भ हुआ, चिपकना’ और बन्दरी की ओर अँगुली का इशारा किया।

तारा अँगुली को अपनी ओर घूमते देखकर छत की आड़ में चली गई।

‘चली गई।’ शिव ने जहाँ बन्दरी बैठी थी, उस स्थान की ओर दिखाते हुए कहा।

नाथन ने हँसते हुए दुहराया 'चली गई।'

शिव—'और यहाँ बस पाठ समाप्त।'

नाथन शायद ही कोई शब्द भूलता था। उसकी स्मरण शक्ति बड़ी तीव्र थी और जल्दी ही वह शब्दों को तोड़कर मिलाने लग गया। शिव बेड़े के बारे में जानने के लिए बड़ा उत्सुक था। वह जानना चाहता था कि क्यों नाथन और उसके दादा ने बेड़े पर चढ़कर समुद्र में आने का साहस किया और क्यों अरबों ने उनका पीछा किया। कितने ही प्रश्न शिव के दिमाग में चक्कर लगा रहे थे। उसे इस सारे वृत्तान्त की आड़ में कोई और अद्भुत और भयंकर रहस्य की गन्ध मिल रही थी। किन्तु नाथन की भाषा से अपरिचय इसके जानने में बड़ा बाधक था। यद्यपि नाथन जल्दी-जल्दी तरक्की कर रहा था, तथापि इस कथा का जैसे-तैसे कहने भर की सामर्थ्य भी कई सप्ताहों बाद आ सकेगी और तब शिव की जिज्ञासा पूर्ण होगी।

शिव के पिता ने उसे और कुछ न बताया सिवाय इसके कि नाथन का दादा सिमियन बिन इज़्रा है, वह स्पेनी यहूदी है और सेफार्दिम और अश्के-नाजिम में क्या भेद है? किन्तु इसने शिव की जिज्ञासा को और भी बढ़ा दिया। उसके पिता ने ढाल और कागज की बातें सब छिपा रखीं। वस्तुतः यह उनकी आपस की बात थी और उन्होंने यह भी चर्चा न की कि नाथन शायद मेरे पास ही रहे।

पिछले तीन दिनों में कई बार कप्तान ने वृद्ध की ओर देखा। उन्होंने इच्छा की कि वे नाथन की अभिभावकता के सम्बन्ध में अपनी स्वीकारिता प्रकट करें। उन्होंने आशा की थी कि वह अभी और कुछ कहेगा। शिव के समान ही उनको भी यह जानने का कौतूहल था कि वे कहाँ थे, उन्होंने बेड़ा कहाँ पाया और किसलिए अरब उनके प्राणों के ग्राहक बने। सिमियन के परिवार के सम्बन्ध में भी कुछ जानना आवश्यक था। कागज-पत्र जिनके विषय में वृद्ध पुरुष ने कहा था, कहाँ हैं? उन्नीसवें वर्ष तक नाथन को किस प्रकार रखना चाहिए?

उन्होंने जब-जब उधर देखा, सिमियन को सोते हुए पाया। वह फिर अर्द्धमूर्च्छित अवस्था को प्राप्त हो गया। उसके अर्द्धमुकुलित नेत्र फिर शून्य हो गये। वृद्ध ने बहुत कम भोजन ग्रहण किया और जो ग्रहण करता भी था, उसे भी सीधे निगल जाता था।

पोर्टसईद छोड़ने के बाद तीसरे दिन प्रातःकाल मसीना बन्दर उन्हें दिखाई पड़ने लगा। कप्तान ने कमरे के द्वार पर थपकी दी, किन्तु भीतर से उत्तर न मिलने पर पूर्ववत् कदम आगे बढ़ाया। सिमियन बिलकुल निश्चल था। उसकी आँखें बिलकुल खुली हुई थीं, किन्तु वह भी निश्चल और शून्य थीं। उसके ओंठ खुल गये थे। वहाँ श्वास-प्रश्वास की जरा भी आहट न सुनाई पड़ती थी। सारे वायुमंडल और उस बिस्तरे में भी गम्भीर नीरवता थी, गम्भीर मृत्यु की। निद्रा ही से वह उस निद्रा में पहुँच गया जिससे प्राणी फिर नहीं जागता।

कप्तान काश्यप ने उस चिन्तन-चिह्न को उसके शरीर से ले लिया। मृत शरीर की बगल में एक लम्बी गोल छोटी-सी पोटली मोमजामे में बाँधी हुई मिली। उसके ऊपर फीता बाँधा गया था और जोड़ और गाँठों पर सभी जगह अच्छी तरह मुहर की हुई थी। उन्होंने समझ लिया कि यही 'चर्मपत्र' है। उन्होंने दोनों ही वस्तुओं को लेकर आफिस के कमरे में अपनी जहाजी पेटी में सुरक्षित तौर से बन्द कर दिया।

चोगा की जेब में बहुत से कागज के टुकड़े थे। इन सभी पर इब्रानी भाषा में कुछ लिखा हुआ था। सिर्फ एक अंग्रेजी में था और यह कराँची के एक बैंक के नाम कप्तान को दस हजार रुपया देने की चिट्ठी थी। कप्तान ने अनुमान किया कि यह रुपया जहाज के किराया और नाथन की शिक्षादि के आवश्यक खर्च के लिए वृद्ध ने देना निश्चय किया है। दूसरे कागजों में क्या है, इसका उन्हें पता न लगा। उनके बारे में सिर्फ उनको इतना अनुमान हो सका कि चाहे जो कुछ भी उनमें हो, उस पुरातन ढाल और 'कागज-पत्र' से इनका कोई सम्बन्ध नहीं है। उन्होंने उन्हें अलग रखने की इसलिए आवश्यकता न समझी।

जब देखा कि हम मसीना के बिलकुल पास हैं, उन्होंने राजकीय अफसरों को इसकी खबर देने और वृद्ध सिमियन को समाधिस्थ करने का निश्चय किया। अपने झण्डे को आधे मस्तूल पर करके 'कदम्ब' बन्दरगाह में प्रविष्ट हुआ। कप्तान काश्यप किनारे पर गये, उस समय अँधेरा होने लगा था, जबकि इटालियन गवर्नमेंट के एक अफसर, एक डॉक्टर और एक यहूदी धर्माचार्य (रब्बी) के साथ वह जहाज पर लौटे। उन्होंने शव की परीक्षा की। रब्बी ने नाथन से बहुत सहानुभूतिपूर्ण वार्तालाप किया। बालक की नीरवता बड़ी शोकपूर्ण किन्तु धैर्ययुक्त थी। उसके हृदय में कप्तान प्रताप से जितनी सहानुभूति और आदेश की आशा थी, उतनी अपने स्वजातीय रब्बी से भी न थी।

कराँची के बैंक वाली चिट्ठी के अतिरिक्त सभी स्फुट कागज रब्बी के सम्मुख रखे गये। उन्होंने उन्हें सरसरी निगाह से देखा और कहा कि इसमें नाथन और उसके वंश के सम्बन्ध में कितनी ही हिदायतें हैं। इन्हें सुरक्षित रखना चाहिए। नाथन के वयस्क होने पर यह काम देंगे।

अगले दिन प्रातः समाधि देने का सभी विधि-व्यवहार बड़े शोकपूर्ण हृदय से अनुष्ठित हुआ।

शिव के प्रेम ने नाथन के हृदय को इस महान शोक के समय बड़ा ढाढ़स दिया। शिव ने अपने मित्र को हर तरह से प्रसन्न रखने का प्रयत्न किया। इस बीच में नाथन की शिक्षा भी बराबर जारी रही। यद्यपि भाषा के अपरिचय से नाथन कप्तान काश्यप से कुछ बोल न सकता था कि उसके दादा ने उसे क्या-क्या कहा है। तथापि इस चुप्पी में भी कप्तान में उसके असीम विश्वास की झलक जान पड़े बिना बाकी न रहती थी। प्रातः बड़ी प्रेममयी दृष्टि से वह कप्तान की ओर देखता था और जरा भी उनकी ओर से कोई इशारा पाते वैसा करने के लिए तैयार हो जाता था।

कप्तान ने इस्माईलिया और पोर्टसईद दोनों जगहों से अपनी पत्नी और साले के नाम नाथन का जिक्र करते हुए पत्र लिख दिया था और मसीना से लिखे जाने वाले पत्र में तो विशेषकर उन्होंने नाथन ही की बात लिखी थी। और अपनी पत्नी को यह भी लिखा था—'सीता, एक और शिव को भाग्य ने तुम्हारी गोद में डाला है।' चूँकि अपने सामुद्रिक कर्त्तव्य के कारण उनका एक जगह रहना असम्भव था, इसलिए अपने साले प्रोफेसर चन्द्रनाथ भारद्वाज को उन्होंने विशेष तौर से लिखा कि उनको नाथन का भार मेरी ओर से ग्रहण करना होगा। अभी उन्हें 'नेपल्स' तक जाकर लौटना था, इसलिए उन्हें विश्वास था कि इस बीच में जब तक उनकी पत्नी अपने भाई के साथ इस बात में अच्छी तरह निश्चय कर सकेगी, तब तक जहाज लौट कर कराँची पहुँच जायेगा।

यह प्रातःकाल का समय था। अभी थोड़ी ही देर पहले कराँची बंदर की रोशनियाँ बुझी थीं। आकाश पर सिन्दूरी धूलि का पर्दा पड़ कर धीरे-धीरे हट रहा था। सूर्य का सुनहरा थाल अब उस तरह हिल न रहा था। उसके रंग में भी बहुत परिवर्तन हो चला था और इसके साथ ही साथ प्राच्य क्षितिज से वह कुछ ऊपर उठ गया था। शिव नाथन के साथ छत पर चढ़ गया था। आठ बजे का समय था जबकि आगे की ओर देखते-देखते शिव चिल्ला उठा—

'ओहो, वह अम्मा है' वह अपने हाथों को ऊपर करके हिलाते तथा स्वयं नाचते हुए कहा —'आ-हा, अम्मा वहाँ आ गई?'

नाथन ने एक छोटी पक्षी-सी एक महिला को 'कदम्ब' की ओर देखते और रूमाल हिलाते देखा। उसके पास एक और पुरुष था जिसका शरीर एक लम्बे ओवरकोट से ढँका हुआ था। उसके सिर पर सफेद पगड़ी बँधी हुई थी। प्रातःकालीन शीतल वायु से उसकी दाढ़ी हिल रही थी। अपने भांजे के आनन्द-नृत्य को देखकर उसकी आँखें चमक रही थीं। उसने शिव के उत्तर में अपने हाथ को ऊपर उठाकर कहा—'कदम्ब, ओ हो!'

शिव ठठा कर हँसते हुए—'हो-हो! मामा ओ हो! मेरे चन्दा मामा!' नाथन ने भी धीरे से प्रतिध्वनि किय।—'चन्दा मामा।'

शिव—'हाँ, चन्दा मामा—तुम नाथ इसे कह सकते हो?'

नाथ ने फिर कहा—'चन्दा मामा।'

शिव—'कमाल! नाथ याद रखो, इन्हें चन्दा मामा कहो। वह बड़ी बेढब खोपड़ी है, न जाने कितनी भाषाएँ घोट-पीस कर उसमें रखी हुई हैं। प्रोफेसर तुम्हें ठीक उच्चारण और शब्दों के अर्थ तुम्हारी ही भाषा में बतलायेंगे, चाहे तुम्हारी भाषा आकाश-पाताल की कहीं की क्यों न हो। तारा की कटकटाहट उन्हें हैरान नहीं कर सकती। ओ ओ! और जल्दी से दौड़कर वह नीचे जाने वाली सीढ़ी पर पहुँच गया और एक ही क्षण में पागलों की भाँति कूदते-फाँदते नीचे पहुँच कर पटरा रखे जाने की प्रतीक्षा में खड़ा हो गया।

जल्दी में एक छोटी-सी नमस्ते के अतिरिक्त कप्तान ने और कुछ न किया, वह अपने आफिस के कारबार को जल्दी-जल्दी देख रहे थे। उन्हें न अपनी धर्मपत्नी और न साले से बातचीत करने की फुर्सत थी और न लड़के की कूद-फाँद देखने की ही। नाथन भी छत से गायब हो गया।

जब 'कदम्ब' आहिस्ते से जाकर जेटी से लग गया तो कप्तान ने देखा कि पटरे के रास्ते से एक मूर्ति उड़ती जा रही है। एक ही क्षण बाद शिव अपनी माँ की गोद से लिपट गया।

कप्तान जब तक अपने काम से फुर्सत पाकर पुल से उतर रहे थे तब तक शिव अपनी माँ और मामा को लिवाये जहाज पर आ रहा था।

कप्तान ने बड़ी नम्रता और प्रेम के साथ अपनी पत्नी का स्वागत किया और फिर अपने साले प्रोफेसर के गले लगे। पत्नी के नेत्र अश्रुपूर्ण थे। प्रोफेसर मुस्करा रहे थे। शिव ने अब अपने मामा के हाथों को पकड़ा। उनकी प्रकृति से मालूम होता था कि वह एक बालक हैं। वहाँ से सब लोग नक्शा घर की ओर चले। एकाएक सीता की अश्रुपूर्ण उत्सुक आँखें अपने पति के आरक्त मुख पर गईं। पति ने पूछा—'अच्छा, प्रियतमे?...'

और पत्नी ने कहा—'जिसके विषय में आपने लिखा था, वह बच्चा कहाँ है, नाथन?'

प्रोफेसर

जिस समय शिव नाथन को अकेला छोड़कर गया, तो नाथन व्याकुल हृदय से वहाँ से भागकर अपने बिस्तरे के पास घुटने टेक कर बैठ गया। एक क्षण में ही उसका हृदय व्यथा से चूर-चूर हो गया। उसे मालूम हुआ कि सचमुच संसार में मेरा कोई नहीं है। पिता, माता की अमृतमयी करच्छाया से तो पहले ही वह वंचित हो चुका था, किस्मत ने उस अन्तिम एक आश्रय को भी छीन लिया। रह-रह कर यह सारे विचार उसके हृदयाकाश में उठ रहे थे और उनकी असह्य वेदना से कातर हो अपने मुख को दोनों हाथ से ढॉक कर अपार अश्रुधार बहाते हुए वह सिसक कर रो रहा था।

हिलती दाढ़ी और हँसती आँखों वाला वह पुरुष, जिसे शिव चन्दा मामा कहता, इसके लिए बिलकुल अपरिचित था। वह छोटी दुबली-पतली-शरीर वाली स्त्री, जिसे शिव 'अम्मा अम्मा' कहकर नाच रहा था, वह भी इसके लिए अपरिचित थी। शिव के लिए यह महोत्सव था। उस आनन्दातिरेक में शिव को अपने उस आश्रयहीन मित्र का खयाल न रहा।

कप्तान अपने कर्त्तव्य में मग्न थे। सैयद रहमान नीचे थे। बाबू रामनन्दन सहाय अपने आदमियों की झंझट में फँसे थे। आदमी भी जो अब तक नाथन के साथ बड़े प्रेम और सहृदयता का व्यवहार करते थे, बराबर सिर हिला और मुस्करा कर उसे उत्साहित करते थे। आज अपनी-अपनी धुन में इतने मस्त थे कि किसी को उस कोणलीन मूर्ति का कुछ भी खयाल न रहा। सब अपने देश के भूभाग के दर्शन मात्र से आत्मविस्मृत अथवा संज्ञाहीन-से हो गये थे।

आसपास के दृश्य भी नाथन को अद्भुत मालूम हो रहे थे। उसने इस प्रकार के हरे-भरे बाग, जगह-जगह वृक्षों के झुरमुट, चौड़ी सड़कें, आलीशान मकान कभी न देखे थे, यद्यपि भारतीय आँखों के लिए यह सभी चीजें उत्सवकर थीं; किन्तु नाथन के लिए उनमें कोई आकर्षण न था। वह उसके लिए अपरिचित, मर्मभेदक विचारों को उभाड़ने वाली थीं। उसने त्राण पाने के लिए जहाजी जीवन को भी भूल जाने के लिए वह बिस्तरे के पास बैठ गया। उसका कलेजा पानी-पानी हो रहा था। वह सिसकता हुआ फिर मन ही मन अपने वृद्ध दादा के साथ उसी ऊजड़ मरुभूमि, उन्हीं पत्र-पुष्प-विहीन पहाड़ियों में होने की इच्छा करने लगा।

'नाथन।'

यह एक नई आवाज थी जो मन्द और मधुर थी। फिर उसके कन्धों पर एक कोमल हाथ रखा गया। उसने अपने सिर को ऊपर उठाकर आश्चर्य से अपने चारों ओर नजर डाली और स्नेहपूर्ण दो काली-काली आँखें देखीं। यह आँखें उसी देवी की थीं और सचमुच उनमें अलौकिक दिव्य प्रेम और प्रकाश दिखाई देता था जिसे शिव ने 'अम्मा' कहा था। वह आगे बढ़ीं। उनके पीछे दरवाजे के पास कप्तान काश्यप खड़े मुस्करा रहे थे। नाथन खड़ा हो गया और कुछ लज्जित-सा होकर उनकी ओर देखने लगा। उन्होंने मुझे कातर होकर घुटने टेके हुए देखा, उन्होंने शायद मेरे सिसकने को भी देखा हो। देवी सीता ने एक क्षण उस बालक के अश्रु-प्रक्षालित और आरक्त मुखमंडल की ओर देखा और फिर दोनों हाथों से अपनी गोद में लेकर उसके मुख को चूम लिया।

नाथन को एक ही क्षण पूर्व का अपार दुःख बिलकुल विस्मृत हो गया। उसकी जगह एक आनन्द की बाढ़ उसके हृदय में आती दिखाई पड़ी। उसके साथ ही एक क्षीण उषा की स्वर्णमयी रेखा के समान सुन्दर और मधुर से मधुरतम एक स्मृति याद आई। यह स्मृति अत्यन्त बाल्यकाल की थी, जबकि वह आनन्दमयी माता के क्रोध से वंचित न हुआ था। इसके साथ ही उसने उस सामने की निश्चल निर्निमेष मधुर दृष्टि से आप्लावित करती मूर्ति के मुख की ओर फिर उत्सुकतापूर्ण हृदय से देखा। उसको भ्रान्ति हो गई कि कहीं वही तो दूसरे रूप में लौट कर नहीं चली आई, यद्यपि नाथन की माँ को मरे आठ वर्ष हो गये थे। उसने अपनी आँखों से उसकी निश्चल और नीरव अरथी को समाधिस्थ होने के लिए जाते देखा था। सारी दुनिया विश्वास करती थी कि अब वह इस लोक में नहीं है, किन्तु नाथन ने कभी क्षण भर के लिए भी इस पर विश्वास न किया था। उसे जान पड़ता था कि वह कहीं गई है। किसी काम से उसके आने में विलम्ब हो रहा है, किन्तु वह अपने इकलौते और अनाथ बच्चे को—जिसे वह अपने हृदय का टुकड़ा कहा करती थी—कभी सदा के लिए छोड़ नहीं सकती।

'आओ, मेरे बच्चे।' इन मधुर शब्दों ने उसकी समाधि को भंग कर दिया। देवी सीता ने नाथन के हाथ को अपने हाथ में लेकर यह कहा था। इन शब्दों का अर्थ नाथन को मालूम होते जरा भी देर न लगी। उसने एक बार फिर अपने आपको छोटा दुधमुहाँ बच्चा पाया और उस समय के अपरिचित संसार से परिचय कराने के लिए एक मातृभूमि भी।

शिव, जैसे ही सब लोग नक्शा घर में पहुँचे, वैसे ही नाथन के कन्धे पर हाथ रखकर बड़े दुखित हृदय से बोल उठा—'ओह मेरे ऐसा गदहा कहीं न मिलेगा। मैं तुम्हें अकेले छोड़कर भाग गया। मैं कितना स्वार्थी हो गया। नाथन, मेरे भाई, मेरे अपराध को क्षमा करो।'

नाथन ने इसमें से दो-एक शब्द जहाँ-तहाँ से समझ पाये। उसे वाक्य का अर्थ बिलकुल न समझ पड़ा। इसी समय प्रोफेसर महाशय ने दखल दिया और उन्होंने शिव की बात को अनूदित करके समझा दिया। इसका प्रभाव जादू का-सा था। नाथन ने शिव को हाथ से लपेट दिया और

प्रोफेसर के मुख की ओर ताकने लगा। उसके गौर मुख पर वेग से दौड़ते हुए खून की रक्तिमा उछल आई थी। उसकी आँखें अँधेरे घर में सूक्ष्म छिद्र से आई किरण में पड़े हीरे की भाँति चमक रही थीं। उसने मुँह खोल कर मन्द स्वर से, किन्तु जल्दी-जल्दी प्रोफेसर से बात करनी आरम्भ की। शिव चकित और काश्यप दम्पत्ति आनन्दपूर्ण हृदय से सब-कुछ सुन रहे थे।

शिव 'च-प्! मुँह बन्द करो। तुम यह ग-ग-ग-ग एक क्षण में एक हजार बार बक रहे हो। यह कह क्या रहा है, मामा।

प्रोफेसर—'तरह-तरह की बातें।'

शिव—'पर इसे मालूम है कि नहीं कि तुम चन्दा मामा हो?'

नाथन ने दुहरा दिया—'चन्दा मामा।'

शिव ने पीठ पर थपकी देते हुए कहा—'यही वह चन्दा मामा है।'

'चन्दा गामा' दुहराते हुए नाथन ने प्रोफेसर से इसका मतलब पूछा। जब उसे इसका अर्थ— यद्यपि इस शब्द की विशेषता को बिना समझाये, क्योंकि इससे सिर्फ गड़बड़ी पैदा हो जाती समझाया गया, तो बड़े आश्चर्य में आकर वह आँखें फाड़-फाड़ कर देखने लगा। किन्तु शिव के चेहरे और प्रोफेसर की मस्खरापन-भरी नजर को देखकर वह एक बार खिलखिला कर हँस पड़ा और उसी समय बाकी चारों ने भी सहयोग किया।

इस हँसी ने उसके हृदय को एकदम आनन्द से भर दिया। उसने उसे इस परिवार में प्रविष्ट करा दिया। अब वह आगन्तुक नहीं रह गया।

कप्तान को और भी अपने आफिस-सम्बन्धी कितने काम करने थे। उन्हें अभी यहाँ से बम्बई जाना था, जहाँ मुसाफिरों को उतारना था। इसलिए यह आवश्यक मालूम हुआ कि प्रोफेसर से कुछ देर बात कर लें। उन्होंने अपनी पत्नी से इसका संकेत किया और फिर प्रोफेसर के साथ वहाँ से अपने प्राइवेट कमरे में चले गये।

कप्तान—'पत्र में सभी आवश्यक बातें न लिखी जा सकती थीं चन्द्र और अब भी तुम लोगों की जिज्ञासा के अनुसार सभी बातें नहीं बताई जा सकतीं। बालक के दादा ने सोते ही सोते प्राण त्याग दिया। उसने यह सिद्धवत् कर लिया था कि उनके बाद मैं लड़के की देख-रेख करूँगा। उसने इसे धरोहर कहा था और मैं इसे अत्यन्त पवित्र धरोहर समझता हूँ।'

प्रोफेसर—'आपने इसके लिए कोई वचन दिया है!'

कप्तान—'नहीं! किन्तु इसका विश्वास करते हुए उसके दादा ने शरीर परित्याग किया।'

प्रोफेसर—'आप धरोहर को रखने के लिए तैयार हो चुके थे।'

कप्तान—'बिलकुल, और मैं इसे स्वीकार करने जा रहा था, किन्तु वह होश में न था। अन्तिम बार जब मैं गया, तो वह संसार का परित्याग कर चुका था।'

प्रोफेसर—'तुम बालक को बम्बई नहीं ले जाना चाहते!'

कप्तान—'नहीं! मैं चाहता हूँ कि मेरी अनुपस्थिति में तुम मेरे कर्त्तव्य को पूरा करो। मुझे बम्बई से फुर्सत पाने में अठारह-बीस दिन लगेंगे। 'कदम्ब' को मरम्मत की आवश्यकता है, इसीलिए यह तो वहीं डक में चला जायगा। कुछ-कुछ सुनने में आ रहा है कि मेरी बदली किसी दूसरे जहाज पर होने वाली है। जो कुछ भी हो, हफ्तों की छुट्टी लेने वाला हूँ, और तब मैं चन्द्र, इस विषय में तुमसे अच्छी तरह बात कर सकूँगा। अब मुख्य बात यह है—क्या तुम मेरे कर्त्तव्य को अपने ऊपर लेने के लिए तैयार हो?'

प्रोफेसर—'बड़े शौक से।'

कप्तान—'मुझे इसका विश्वास था।'

प्रोफेसर—'लेकिन सिमियन बिन इज्रा की भाँति प्रताप तुमने इसे सिद्धवत् न कर लिया।'

कप्तान—'हाँ—ठीक, मैंने किया था। मैं जानता था कि मुझे तुम पर निर्भर रहना होगा। यहाँ यह कुछ कागज हैं। मैं चाहता हूँ कि तुम इन्हें अपने पास रखो। मुझे इनका कुछ मतलब नहीं मालूम होता, शायद तुम्हें मालूम हो। मसीना में रब्बो ने कहा था कि इनमें नाथन के सम्बन्ध में कुछ लिखा है। इन्हें इस समय देखने की आवश्यकता नहीं। फुर्सत के वक्त देखना और दोनों लड़कों पर नजर रखना—तब तक मैं बम्बई से लौट आता हूँ। शिव को छुट्टियों के खत्म होते ही स्कूल जाना चाहिए। उसने अब की छुट्टियों का बड़ा लुत्फ उठाया है, तुम देख रहे हो कि देखने में वह कितना स्वस्थ मालूम होता है और शायद नाथन के लिए भी उसके साथ जाने का प्रबन्ध हो सकता है। नाथन को कुछ ट्यूशन की आवश्यकता है—उसे हिन्दी सिखाने की आवश्यकता है जिसमें वह बात समझने और बोलने लगे। यह काम तुम स्वयं अच्छी तरह कर सकते हो। वह पढ़ने का बड़ा शौकीन है और तुम्हारी पथ-प्रदर्शकता में वह बहुत जल्द अपने विचारों को प्रकट करने में लायक हो जायगा।'

प्रोफेसर—'मुझसे जितना हो सकता है, मैं सब करने के लिए तैयार हूँ। क्या यही सब कागज हैं?'

कप्तान—'नहीं, और भी हैं, किन्तु उनके सम्बन्ध में मैं इस समय कुछ नहीं कह सकता और उन्हें मैं अपने साथ ले जाऊँगा। तुम देख सकोगे उन्हें—हाँ तुम मुहर दिये हुए उनके लिफाफे को देख सकोगे, जब मैं लौटूँगा। मुझे उनके और अन्य चीजों तथा नाथन के भविष्य में तुमसे सलाह लेनी है। इस समय मेरे पास समय नहीं।'

प्रोफेसर—'मैं इन बातों को सीता से कह सकता हूँ?'

कप्तान—'बड़ी खुशी से।'

गत शीतकाल में शिव का स्वास्थ्य अच्छा न था। वह चौदह वर्ष का हो चला था। वह लाहौर के दयानन्द एंग्लो-वैदिक स्कूल में पढ़ता है। वहीं उसके मामा दयानन्द कालिज में प्रोफेसर हैं। गर्मियों की छुट्टियों में दोनों मामा-भांजे सक्खर कप्तान के घर पर आये थे। कप्तान ने उसकी

शारीरिक अवस्था को देख कर निश्चित किया कि उसे नेपल्स तक की सैर करा लावें, इतने में सामुद्रिक जलवायु का भी उसके स्वास्थ्य पर अच्छा प्रभाव पड़ेगा। और बालक लौटते समय तक बिलकुल स्वस्थ और हृष्ट-पुष्ट, जैसा कि उसकी अवस्था के लड़के को होना चाहिए, हो जायगा। कराँची से ही उन्होंने शिव को लिया था और फिर पूर्व की ओर वह बम्बई, कोलम्बो और सिंहापुर तक गये थे। सिंहापुर से रंगून, मद्रास, कोलम्बो और अदन होते जब स्वेज की खाड़ी में पहुँचे थे, तो उन्हें नाथन और उनके दादा का बेड़ा मिला था।

जेटी पर से उन्होंने कप्तान काश्यप को अलविदा किया और फिर वह लोग कस्टम के आगे बढ़े। उन्होंने शिव का सामान बेचारे नाथन के पास तो कोई सामान न था, हाँ शिव ने अपने कपड़ों में से एक जोड़ा धोती, दो कमीजें, एक कोट, एक जोड़ा जूता और एक टोपी दे दी थी—स्टेशन पर भेज दिया था। तारा नाथन की कोट के अन्दर छिप कर बैठी थी। जेटी के बाहर निकलते ही उन्होंने घोड़ागाड़ी की और थोड़ी देर में स्टेशन पर पहुँच गये। डाकगाड़ी भी उस वक्त तैयार मिली और थोड़ी देर में उनकी गाड़ी कराँची शहर से निकल कर उत्तर की ओर सरटिे भर रही थी।

गाड़ी सक्खर स्टेशन पर रात को पहुँची थी, अतः नाथन काश्यप परिवार के घर के आस-पास को न देख सका। सड़क के किनारे ही शहर से बाहर की ओर तरह-तरह के वृक्षों और बागों की श्रेणियों के बीच ही में काश्यपों का बँगला था। वह सादा किन्तु स्वच्छ बँगला नाथन की दृष्टि में स्वर्ग से कम न था।

अपने विश्राम के दिनों को प्रोफेसर सदा सक्खर में ही इसी बंगले में व्यतीत किया करते थे। वहाँ कुछ कमरे खास उनके लिए थे। कालिज के अतिरिक्त वही एक मात्र प्रोफेसर चन्द्रनाथ भारद्वाज का पर था। सुदीर्घ ग्रीष्मावकाश के अभी छह सप्ताह और बाकी थे। यद्यपि शिव का स्कूल कालेज से कुछ पहिले ही खुलता था, किन्तु प्रोफेसर ने उसके लिए छह सप्ताह की छुट्टी माँग ली। शिव और नाथन दोनों ही के लिए यह बड़े सुन्दर सप्ताह थे। वह बड़ी दूर-दूर तक घूमने-फिरने जाया करते थे। कभी-कभी उनके साथ प्रोफेसर भी रहते थे, किन्तु अक्सर वह दोनों अकेले ही होते थे। नाथन ने हिन्दी सीखने में बड़ी ही आशातीत उन्नति कर ली थी। इसमें शिव और उनके मामा दोनों को बहुत श्रेय है। शिव की मुहावरेदार हिन्दी ने उसकी भाषा को और भी स्वाभाविक रीति से सीखने में मदद की। बाजे-बाजे वक्त यद्यपि वह इन मुहावरों से हैरानी में पड़ जाता था।

कप्तान ने बम्बई से दो पत्र लिखे थे, अब उनका तार आया कि मैं परसों सायंकाल तक तुम्हारे साथ होऊँगा। उन्होंने जब आकर नाथन की भाषा को सुना तो उन्हें इस तरक्की पर बड़ा विस्मय हुआ। बीच-बीच में एकाध शब्द ढूँढ़ने के लिए रुक जाने अथवा क्रियाओं के उलट-पुलट हो जाने के अतिरिक्त उन्हें नाथन की भाषा शिव की-सी मालूम होती थी। वह शायद नाथन से उसके और उसके दादा की पिछली अद्भुत घटना के विषय में पूछते, किन्तु उनको खयाल हो गया कि इससे शायद उसके हृदय को उन पुरानी स्मृतियों से दुःख हो। नाथन अब

बहुत प्रसन्न था। उसे भूत की घटनाएँ भूल गई और कप्तान ने प्रोफेसर की भी सम्मति के अनुसार अभी किसी प्रकार की जल्दी करना उचित न समझा।

चन्द्रनाथ—'वह एक दिन अपने आप तुमसे कहेगा, उसे जरा और सचेत और भाषा में पटु हो लेने दो।'

कप्तान—'या शायद तुमसे कहे।'

प्रोफेसर—'हो सकता है किन्तु शिव से वह अत्यन्त घनिष्ठ हो गया है। मुझसे या तुमसे एक शब्द कहने से पूर्व बहुत कुछ सम्भव है। वह शिव से उसे कहेगा।'

कप्तान काश्यप—'मुझे खूब मालूम है। तुम कब कालिज को लौटोगे? अगले सप्ताह के सोमवार को? मैंने ऐसा ही समझा था। अच्छा किया जो शिव को अपने साथ ही चलने के लिए रोक रखा। और नाथन के बारे में क्या होगा? उन दोनों को एक दूसरे से जुदा करना बड़ी निर्दयता होगी।'

प्रोफेसर—'इसकी आवश्यकता नहीं।'

कप्तान—'किन्तु नाथन उसकी कक्षा में तो नहीं दाखिल हो सकता। उसे कहाँ रखोगे? उसे तो अभी हिन्दी ही सीखनी है।'

प्रोफेसर—'वह मेरी अध्यापकता में रहेगा। उसकी बुद्धि बहुत तीक्ष्ण है। मैं समझता हूँ इस सत्र और अगले सत्र में मिलाकर उसकी बहुत-सी कमी पूरी हो जायगी। अपने कालिज जाने के वक्त उसे स्कूल की एक क्लास में कर दूँगा जहाँ और लड़कों के साथ मिलकर उसकी भाषा बहुत ठीक हो जायेगी। ऐसे भी भाषा छोड़कर गणित आदि विषयों में नाथन का ज्ञान शिव से कम नहीं है। मैं समझता हूँ, यदि दो वर्ष बीतते-बीतते वह शिवकुमार के बराबर हो जाय तो कोई ताज्जुब नहीं। यदि ऐसा हुआ तो दोनों एकसाथ ही मैट्रिक पास करेंगे।'

कप्तान—'इस तरह शिव और नाथन को एकसाथ रहने में कोई बाधा नहीं मालूम होती।'

प्रोफेसर—'कोई नहीं।'

कप्तान—'लेकिन हेडमास्टर नाथन के विषय में अधिक जानना चाहेंगे और उसे हम बताना नहीं चाहते।'

प्रोफेसर—'इसे मेरे ऊपर छोड़ दो।'

'खर्च का इंतजाम हो चुका है।' यह कहते हुए कप्तान ने कराँची के बैंक के नाम की चिट्ठी दिखलाई।

चन्द्रनाथ ने गौर से देखकर कहा—'तुम कब जा रहे हो इसे देने?'

कप्तान—'मुझे इसके लिए फुर्सत न मिल सकी। जब तुम और लड़के यहाँ से चले जाओगे, तो मैं और सीता कराँची जायेंगे। मैं वहाँ अपने एजेण्ट से यह भी मालूम करूँगा कि किस जहाज पर मेरी बदली होने वाली है। अभी तक वह जहाज तैयार नहीं हो सका है। सम्भव है, मुझे तीन मास तक घर में रहने की फुर्सत मिले। 'कदम्ब' पर मेरा काम खतम हो चुका है। अब फुर्सत के समय एक दिन कराँची जाऊँगा।'

प्रोफेसर— 'शायद तब वक्त से बाहर की बात हो।'

कप्तान—'क्या इस चिट्ठी के वहाँ पहुँचने में?'

प्रोफेसर—'नहीं शायद वह इस चिट्ठी को न स्वीकार करे?'

कप्तान—'कोई परवाह नहीं, क्या नाथन हमारा लड़का नहीं हो गया? लेकिन मुझे यह पूरा विश्वास है कि इसमें वैसी सम्भावना नहीं। कुछ भी हो, नाथन अब मेरा पुत्र है। हाँ, उन कागजों में क्या था जिन्हें मैंने तुम्हें दिया था?'

प्रोफेसर—'वह नाथन के वंश के सम्बन्ध में है। उनमें उसके सेफार्दिम वंश का वृक्ष दिया हुआ है जो कई सौ वर्षों से दक्षिणी स्पेन में रहता आ रहा है। उनकी पदवी दर्शना है, शायद यह उस शहर का नाम हो जहाँ वह बसते थे। इनमें यह भी लिखा है कि नाथन को बड़ा होकर अपने दादा के हुक्म पर चलना चाहिए। वह हुक्म क्या है, इसका उनमें जिक्र नहीं।'

कप्तान—'नार्थन दर्शना। क्या वह स्कूल के रजिस्टर में हमारे नाम से—नाथन काश्यप के तौर पर नहीं लिखा जा सकता? वह मेरा और सीता का दत्तक पुत्र है, इसलिए ऐसा लिखने में तो कोई हर्ज नहीं। किन्तु जब हम जानते हैं, तो असली नाम को क्यों छिपायें? सिवाय—।'

कप्तान—'मुझे आशा है कि यदि इसके दादा जीते रहते और हम उनसे इस विषय में राय लेते, तो वह अवश्य दर्शना ही को पसन्द करते। उन्होंने मुझसे कभी यह नाम नहीं बतलाया। उन्होंने नाथन को उन्नीसवें वर्ष दिन पर उसे देने के लिए मुझे एक मुहर किया हुआ 'चर्मपत्र' का लिफाफा और एक विचित्र चिरन्तन चिन्ह—जिसे तुम्हें देखने पर बड़ा आश्चर्य होगा—दिया है। वृद्ध से यह विश्वास घात करना न होगा यदि उस पवित्र धरोहर की अच्छी प्रकार हिफाजत के लिए मैं उन्हें दिखा कर तुम्हारी योग्य सम्मति लूँ।'

प्रोफेसर—'वह कहाँ हैं?'

कप्तान—'मेरे सामुद्रिक बॉक्स में। और कप्तान वहाँ से उठकर उस कोने में गये जहाँ उनके मजबूत सामुद्रिक बक्स के भीतर वाले खाने में वह चीजें बन्द थीं। उन्होंने पहले बाहर का मजबूत ताला खोला, फिर उसके अन्दर के खाने का ताला। फिर पहले मुहर किये हुए लिफाफे को लिया और तब चमड़े के थैले को।'

चन्द्रनाथ ने देखा कि लिफाफा गोल है। उन्होंने जब हाथ में लिया, तो अँगुलियों में उसकी चिकनाहट लग गई। उन्होंने पाँति से लगाई हुई उन मुहरों को ध्यान से देखा। उन्होंने दाहिने हाथ की हथेली पर रखकर उसे तौला और मालूम हुआ कि भीतर कोई धातु की चीज हो सकती है।

चन्द्रनाथ—'क्या चर्मपत्र इसके अन्दर है?'

कप्तान—'यद्यपि सिमियन बिन इज्रा ने मुझसे नहीं बतलाया, तथापि मेरा विश्वास है कि इसी में है: क्योंकि उन्होंने उसके बारे में मुझसे जिक्र किया था और मरने के बाद उसकी बगल में मैंने इसे पाया।'

चन्द्रनाथ—'और पुरातन चिह्न—क्या है?'

'यह इस चमड़े के थैले में है।' यह कहकर कप्तान ने उसे प्रोफेसर के हाथ में दे दिया।

'यह तो बड़ा भारी मालूम होता है, प्रताप।' चन्द्रनाथ ने जिस वक्त उसे थैले से निकाला तो ऊँट के बालों वाला कपड़ा नीचे गिर गया और सोने की चमचमाहट से उनकी आँखें चकाचौंध हो गईं। उसकी रत्नजटित तीनों पंक्तियों और नीलम की छोटी रेखा ने और भी उन्हें चकित कर दिया। वह बड़ी देर तक अँगुली को उन पंक्तियों पर घुमा कर देखते रहे। प्रताप उनकी बात सुनने की प्रतीक्षा में चुपचाप रहे।

कप्तान ने कितनी ही देर तक प्रतीक्षा करने के बाद उस नीरवता को इस प्रकार भंग किया —'तुम्हें मालूम है, यह क्या है?'

प्रोफेसर ने तुरन्त उत्तर दिया—'यह अत्यन्त मनोहर ढाल का टुकड़ा है।'

कप्तान—'तब तो चन्द्र तुम मुझसे चतुर निकले। मैंने पहले-पहल अनुमान किया था, किसी स्वर्ण-कलश का खंड है।'

चन्द्रनाथ—'नहीं प्रताप, एक बादशाही ढाल है। लेकिन रत्नों की इस सजावट का अर्थ मुझे पूर्ण तौर पर समझ में नहीं आता। यह ढाल पूरी थी, तो यह रत्नों की तीनों पंक्तियाँ तीन समकेन्द्रक वृत्तों के चाप या खंड हैं। किन्तु नीलमों वाली रेखा का कुछ पता नहीं लगता। यह सबसे भीतर वाले वृत्त में है। सिमियन ने क्या कुछ तुम्हें इनके बारे में कहा था?'

कप्तान ने जो कुछ वृद्ध के मुख से सुना था, उसे प्रायः शब्दशः कह सुनाया। चन्द्रनाथ ने बड़े ध्यानपूर्वक सुना। जब प्रताप नारायण ने चमड़े पर के चिह्नों के बारे में कहा, तो चन्द्रनाथ ने उन्हें पढ़ने का प्रयत्न करना चाहा। किन्तु रेखाएँ इतनी कम और इतनी क्षीण थीं कि उनसे कोई अर्थ न निकलता था।

चन्द्रनाथ—'इसके अन्दर कोई रहस्य है प्रताप, किन्तु मैं तुमसे बिलकुल सहमत हूँ।'

कप्तान—'तुम मुझसे बिलकुल सहमत हो? क्यों? किस तरह?'

चन्द्रनाथ—'चिट्ठी जरूर स्वीकारी जायगी। मुझे अब इसमें बिलकुल सन्देह नहीं रहा। और जब नाथन उन्नीसवें वर्ष दिन पर पहुँच जायगा, तो यह चीजें उसके हाथ में सौंप दी जायेंगी।'

कप्तान—'और तब तक?'

चन्द्रनाथ—'तुम इन्हें उसी बैंक में जमा कर दो, जहाँ से रुपया लेना है, और साथ ही इनकी रसीद ले लेना। तुम्हारे पास की अपेक्षा यह वहाँ सुरक्षित रहेंगी। इसके अन्दर कोई भारी रहस्य है, नाथन की उन्नीसवीं वर्षगाँठ के दिन हम इसे जान सकेंगे। नाथन तीनों में से एक है और अन्य दोनों कहाँ हैं? और जब ढाल पूरी हो जायेगी, तो नाभि कैसे मिले?'

कप्तान—'और वह नाभि क्या है?'

चन्द्रनाथ—'हाँ? सच—वह क्या है? यह भी एक रहस्य है।'

नाथन की कहानी

नाथन की कहानी सुनने के लिए उन्हें बहुत प्रतीक्षा न करनी पड़ी। जब यह निश्चित हो चुका कि नाथन को भी शिव के साथ लाहौर जाना होगा, तो प्रश्न उठा तारा को क्या करना चाहिए?

शिव—'इसे अपने साथ क्या नहीं ले चल सकते हैं, मामा?'

प्रोफेसर—'क्या? बानर लेकर स्कूल को जाना नहीं। इस तरह के जानवरों को रखना लड़कों के लिए सख्त मना है। लड़के वैसे ही बड़े नटखट होते हैं और बानर को लेकर, तो कौला नीम पर चढ़ जायगा। हमें इसे अलग करना होगा। मैं तुमसे यही कहूँगा कि इसे बेच डालो।'

शिव—'बेच डालूँ?'

प्रोफेसर—'यहाँ एक दूकान है, वहाँ तुम बेच सकते हो। उस दूकान वाले के पास एक अच्छी प्राणिशाला है। वह ऐसी चीजों को सदा खरीदने के लिए तैयार रहता है, क्योंकि फिर वह उन्हें अच्छे नफे पर दूसरे खरीददारों या चिड़ियाखानों को बेच सकता है।'

शिव—'हमने उसके लिए लाल छींट की घूँघरी बनवाई है और नीले सर्ज की कमीज और टोपी। देखते नहीं मामा, वह कितनी अच्छी तरह सलाम करती है, लाठी कंधे पर रखकर चलती है। नाचती है।'

प्रोफेसर—'खूब, यह तो और फायदे की बात है। उसको खूब ओढ़ा-पहिना कर ले जाओ और दूकानदार के सामने करामात दिखाना, इसके लिए दो-चार रुपये और मिल जायेंगे। देखो सोमवार से पहले तुम्हें इससे छुट्टी ले लेनी चाहिए।'

शिव—'और यहाँ घर पर छोड़ जाने में क्या हर्ज है? गंगा इसकी देखभाल करेगी।'

प्रोफेसर—'गंगा वह खूब देखभाल करेगी! वह इससे बहुत नाराज है। उस दिन जब वह रसोई घर में चली गयी थी, तो झाड़ू लेकर वह इसके पीछे दौड़ी थी। बेचारी वहाँ से भागते-भागते तुम्हारी कोठरी में चारपाई के नीचे छिप गई। जब वहाँ भी जान बचने की उम्मीद न देखी तो कूदकर तुम्हारी अल्मारी के ऊपर दबक गई। उसने गंगा की तीन चादरों को फाड़ डाला है। तुम्हें कभी आशा न करनी चाहिए कि गंगा उसकी देखभाल करेगी और यदि उपेक्षा हुई, तो उसके मरते भी देर न लगेगी। तुम उस पर बड़ी दया करोगे, यदि बेच डालोगे।'

अन्त में बुद्ध का सारा दिन उन्होंने इसी के लिए देना चाहा। वह तारा को खूब कपड़े-लत्ते से सजाकर दूकान की ओर चले। दोनों में से किसी ने भी न देखा कि ऊपर वाले बगीचे में पड़ी हुई कुर्सियों में से एक पर कोई आदमी बैठा हुआ उनकी ओर बड़े ध्यान से देख रहा है। दोनों लड़के आपस में बातचीत करते और तारा की ओर देखते चले जा रहे थे। नाथन की कोट का छोर उस आदमी के पैर से छू भी गया, किन्तु तब भी उस आदमी की ओर उन्होंने न देखा। बहुत धीरे से उस आदमी ने उठकर उनके पीछे हो लिया और देखा कि वह जानवरों की दूकान पर गये हैं।

दूकान का द्वार पिंजड़ों से भरा हुआ था। मैना, तरह-तरह के तोते, पहाड़ी-देशी, छोटे-बड़े, लाल-हरे, काकातुआ-बुलबुल, कोयल, श्यामा, लाल, चकोर सभी उनमें रखे चहचहा रहे थे। और, उनके नीचे अलग-अलग कट घरों में लंगूर, लालमुँहा, बनमानुष, चम्पेंजी आदि तरह-तरह के बन्दर गाहकों की ओर देखते या खाने की चीजों को खाते बैठे हुए थे। दूकान के भीतर और भी कई बहुमूल्य और दुर्लभ जन्तु पिंजड़ों के अन्दर बन्द थे।

दूकानदार एक गेहुँवा रंग का मोटा-सा दाढ़ीवाला आदमी था। उसके हाथ-पैर और कपड़े गंदे थे।

नाथन कोट की आड़ से तारा को झाँकते देखकर दूकानदार ने कहा—'वाह! आप बानर लाये हैं। बानरों से तो मेरी दूकान भरी पड़ी है। आजकल इन्हें कोई नहीं पूछता। यह है कहाँ की?'

शिव—'स्याम की।'

दूकानदार—'ओह! स्याम देश की बानरी है। अच्छा, तो इसका दाम?'

शिव—'आप क्या देंगे?'

दूकानदार—'क्या पूछते हैं, दाम तो माँग पर मुनहसर है। देखिये न, सारी दूकान तो बानरों ही से भरी है, किन्तु उसका दाम कहिये?'

शिव—'एक गिन्नी।'

दूकानदार—'क्या? एक गिन्नी! पन्द्रह रुपये?'

शिव—'यह साधारण बानरी नहीं है, यह कितने ही खेल दिखला सकती है।'

दूकानदार—'हाँ, दिखला सकती होगी। कौन-कौन खेल? अच्छा हो यदि आप मुझे इसके खेल दिखावें। किन्तु मैं आपको पहले ही यह कह देना चाहता हूँ कि दस रुपये तक मैं दे सकता हूँ, बानरों को कोई आजकल पूछने वाला नहीं है।'

शिव—'अच्छा नाथ, फिर दिखाओ न।'

नाथन ने बानरी को जमीन पर रख दिया और छोटी खिलौने वाली बन्दूक उसके हाथ में दे दी। शिव के साथ वह कभी-कभी खेल दिखाने में रुक जाती थी, किन्तु नाथन के साथ इतनी हिली-मिली थी कि वह जो कुछ कहता था, बिना आनाकानी के वह उसे कर दिखाती थी। अभी

आधा ही खेल समाप्त हुआ था कि वह विदेशी पुरुष उनके पास आ खड़ा हुआ। नाथन ने फिर उसकी ओर देखा और एकदम अवाक् हो गया। उसके चेहरे का रंग फक हो गया। आगन्तुक उसकी ओर देखकर मुस्करा उठा।

दूकानदार ने उसकी ओर देखकर पूछा—'तुम क्या चाहते हो?'

विदेशी—'कुछ नहीं, मैं आया हूँ कि देखूँ, बातचीत करूँ।'

'अच्छा, तुम देख सकते हो, किन्तु अभी बात करने का अवसर नहीं, जरा ठहरो।' 'आप अपना काम कीजिए।' उसने नाथन से कहा।

नाथन (दूकानदार से)—'नहीं, अब सब खतम हो गया।' (फिर शिव की ओर धीरे से) —'हमें जल्दी चल देना चाहिए।'

शिव को बड़ा आश्चर्य हुआ कि उस विदेशी को देखने मात्र से नाथन की ऐसी दशा क्यों हो गई। विदेशी का रंग भूरा था और कानों में छोटे-छोटे कुंडल थे। उसकी मुस्कराहट भयानक मालूम होती थी।

शिव—'मैं इसके दस रुपये लेने को तैयार हूँ।'

दूकानदार—'दस रुपये! मैंने आपसे कहा न, कि आजकल बन्दरों का बाजार बहुत गिर गया है। लेकिन, आपकी बात भी रखना है, लीजिये।'— यह कहकर उसने अपने पाकिट से दस रुपये का नोट निकाल कर शिव के हाथ पर रख दिया। वह दूकानदार भीतर ही भीतर बड़ा खुश था।

अब दोनों तुरन्त वहाँ से रवाना हो गये। सड़क के मोड़ पर जाकर नाथन ने एक बार पीछे की ओर देखा और फिर शिव की ओर इशारा करके दौड़ने लगा। शिव उसकी पीठ पर था। वह लोग अब बहुत दूर निकल गये थे। तब शिव ने पूछा—'क्या बात है नाथन?'

नाथन—'हमें किसी तरह उस राक्षस से पिंड छुड़ाना चाहिए। जितनी जल्दी हो सके, उतनी जल्दी यहाँ से दूर निकल जाना चाहिए।'

शिव—'यह तो हम कर चुके, अब वह आधा कोस पीछे छूट गया। मुझे भी उसकी आँख की ओर देखते ही मालूम हो गया था कि वह बड़ा बदमाश आदमी है, किन्तु तुम उसे कैसे जानते हो नाथ?'

नाथन—'मैं उसे खूब जानता हूँ, क्योंकि उसने समुद्रों को पारकर, पहाड़ी को लाँघकर, नदियों, जंगलों और रेगिस्तानों के बीच भी हमारा पीछा करना न छोड़ा।'

शिव—'तुम्हारा और तुम्हारे दादा दोनों का?'

नाथन—'हाँ!'

शिव—'ओहो! सचमुच बड़ा आश्चर्य और अब वह यहाँ शिकारपुर भी पहुँचा हुआ है। किन्तु तुम उससे डरते तो नहीं हो नाथन? नाथन—'नहीं! इससे नहीं, किन्तु शायद इसके

साथ और भी होंगे!' बड़ी फुर्ती से दोनों जाकर एक गाड़ी पर बैठ गये और दो बजते-बजते 'काश्यप-भवन में' पहुँच गये।

कप्तान, प्रोफेसर और सीता देवी उन्हें इतनी जल्दी लौटते देखकर बड़े आश्चर्य में हो गये। उन्होंने समझा था कि आज दिन भर वह बाजार की सैर करेंगे और रात को आवेंगे। यह उनका प्रश्नोत्तर करना ही था जिसने नाथ की सारी कहानी कहलवा दी।

कप्तान ने पूछा—'बड़ी जल्दी सौदा बेच कर लौट आये, शिव?'

शिव—'क्या करें बाबू जी, ठीक उसी समय जबकि तारा अपनी करामात दिखाने में सरगर्म थी, एक अभागा कोई विदेशी पहुँच आया और काम चौपट हो गया, नहीं तो उस मक्खीचूस से पाँच रुपये और बिना हाथ लगाये न छोड़ता। नाथ उसे जानता है और वह नाथन को। उसका रंग भूरा था, कानों में कुंडल थे, उसकी आँखें बाघ की तरह तेज और भयानक थीं। उसको देखते ही नाथन ने मुझसे चुपके से कहा कि जल्दी यहाँ से निकल भागना चाहिए। इसीलिए मैंने दूकानदार से आखिरी कीमत कही और उसने मेरे हवाले किया। फिर दौड़ते-भागते हम यहाँ पहुँच गए।'

कप्तान—'क्या उस विदेशी ने तुम्हारा पीछा किया?'

शिव—'थोड़ी दूर तक ही तो हम उसके सामने रहे। दूसरे मोड़ पर पहुँचते ही हम घूम कर एकदम सरपट दौड़ पड़े।'

कप्तान—'तुमने उस आदमी को पहले भी देखा है, नाथन?'

नाथन—'कई बार, पिता जी।'

कप्तान—'कहाँ-कहाँ?'

नाथन—'सेविल्ले में, और कदिज में, और पोर्टसईद में, और जाफा में, अल्कुदस में, और बादि-उल्-अरबा में, और सीनाई की पहाड़ियों में। वह उसी धो में था और उसने हम पर गोली भी चलाई जबकि मैं बेड़े को तैरते हुए आगे बढ़ा रहा था, और जबकि आपने हमारी रक्षा की।'

यह सुनने के साथ सभी साँस लेना तक भूल गये।

प्रोफेसर—'सचमुच नाथन, तुम्हें इसमें जरा भी सन्देह नहीं है? तुम्हें अच्छी तरह खयाल है कि वह इन स्थानों पर तुम्हें मिला था?'

नाथन—'इसमें सन्देह की जरा भी गुंजाइश नहीं, मामा।'

शिव—'और अब वही आदमी सक्कर की एक बन्दर वाली दूकान पर! शिव ने इतनी जल्दी घबराहट से इन शब्दों को कहा था कि सब उस पर मुस्करा पड़े।'

लेकिन मामला बड़ा गम्भीर था, इस पर अधिक देर तक मुस्कराया न जा सकता था।

प्रोफेसर—'तुमने उसे सेविल्ले में पहले-पहल देखा था?'

नाथन—'हाँ। जब में बहुत छोटा था, तभी से सेविल्ले में दादा के साथ रहता था। मैं जब पाँच-छः वर्ष का था तभी मेरी माँ मर गई और पिता को तो मैं जानता ही नहीं कि कब मरे। दादा ही मेरे सब कुछ थे। और मेटियो दादा के पास नौकर था।'

शिव—'मेटियो—इस शैतान का नाम है क्या?'

नाथन—'हाँ, उसका नाम मेटियो है और वह मेरे दादा के पास नौकर था। और मेरे दादा ने इसलिए उसे नौकरी से बर्खास्त कर दिया कि जिन कामों से उसका कुछ सरोकार न था, उसने उनमें भी गोलमाल करना शुरू किया। उसने कुछ कागज और अन्य चीजें भी चुराई थीं, फिर जब में दस वर्ष का था तो हम लोग कदिज चले गए और वहीं रहने लगे। फिर वह भी कदिज में चला आया और बन्दर के पास ही एक छोटे से घर में रहने लगा। दो वर्ष के बाद, अकस्मात् हमने कदिज छोड़ दिया और बर्सिलोना चले गये, फिर वहाँ से मार्शेल्स, जहाँ पर दादा के बहुत से स्नेही बन्धु थे। मार्शेल्स से जहाज पर हम दोनों मिश्र में—पोर्टसईद में जा उतरे और पोर्टसाईद में हमारे पहुँचने से पूर्व ही मेटियो पहुँचा हुआ था।'

शिव—'तुम्हारी प्रतीक्षा में?'

नाथन—'प्रतीक्षा में नहीं, खोज में; वह जानता था कि हम वहाँ मिलेंगे। हम वहाँ अपने आपको छिपा न सकते थे, क्योंकि वहाँ हमारी जाति के बहुत कम आदमी रहते थे। हम लोग तुरन्त वहाँ से जाफा को रवाना हो गये और मेटियो उसी स्टीमर में बैठा था। जाफा से हम लोग राम्ले गये जहाँ हमारी जाति के बहुत से लोग बसते हैं। हमने समझा था कि अब फिर उससे मुलाकात न होगी, किन्तु नहीं, जैसे ही हम अल्कुद्स पहुँचे—'

प्रोफेसर—'अल्कुदसुश्शरीफ?'

शिव—'यह नक्शे में है, क्या?'

नाथन—'हमारा पवित्र तीर्थ, यरुशिलम।'

शिव—'ओह, तुम यरुशिलम को गये।'

नाथन—'और वहाँ हग अश्के नाजिग गें ठहरे।'

शिव—'मैं उन्हें जानता हूँ। उस दिन पिता जी आपने मुझे बताया था। अच्छा—'

नाथन—'मेटियो वहाँ भी हमसे पहले पहुँचा हुआ था, जैसे कि पोर्टसईद में, और पोर्टसईद से वह दो और आदमियों को अपने साथ लाया था जिनमें से एक अरब और एक हिन्दुस्तानी था। वह दोनों स्टीमर पर भी थे, किन्तु उस समय हमें यह न मालूम था कि वह उसके साथ जाफा से और आगे जायेंगे।'

कप्तान—'हिन्दुस्तानी?'

नाथन—'हाँ! हिन्दुस्तानी, किन्तु आप और चन्दा मामा-सा नहीं, पिताजी, बड़ा बदमाश हिन्दुस्तानी, उसकी आँखें लाल थीं और चेहरा बड़ा डरावना था। कभी हमने उसे देखा और कभी अरब को, किन्तु वह मेटियो था जिसे हम बराबर देखते रहे। करीब एक वर्ष तक हम अश्के-नाजिम में रहे।'

शिव—'तब तो वह थक गये होंगे। अश्के-नाजिम नहीं, मेटियो और उसके दोनों गुंडे साथी।'

नाथन—'वह हम पर नजर रखने में कुछ ढिलाई करने लगे। एक दिन अंधेरी रात में हमने शहर छोड़ दिया और पूर्व की ओर रवाना हो गए। फिर वहाँ से बहरे-लूत पहुँचे और बहरे-लूत को पार करके दक्षिण की ओर पहाड़ी जगहों में चले गए। हफ्तों हमने मेटियो को न देखा। हमने समझा कि अब उससे मुलाकात न होगी।'

प्रोफेसर—'लेकिन उन सुनसान पहाड़ी जगहों में तुम्हारी जान कैसे बची? बहरे-लूत के उस पार उन दक्षिणी पहाड़ियों में सिर्फ अरबों के हाथ ही जान का खतरा नहीं है, बल्कि खाने के बिना भूखों मरने का भी डर है। तुम्हें वहाँ खाने के लिए क्या मिला?'

नाथन—'हम अपने साथ खाना ले गए थे और दादा ने अश्के-नाजिम और रास्ते के गाँवों में जहाँ-तहाँ रहने वाले जो थोड़े से हमारी जाति वाले थे, उनके द्वारा भोजन और छिपने का भी प्रबन्ध कर लिया था। इन सारे सप्ताहों में हम बराबर खुली जगहों में न रहते थे और अन्त में हम एक ऐसे स्थान पर जा छिपे जहाँ से पेत्रा नजदीक है। वहाँ हम कितने ही दिनों तक प्रतीक्षा करते रहे।

कप्तान—'प्रतीक्षा करते रहे? क्यों?'

नाथन—'दादा, हमारे दो और जाति-बन्धुओं के पैत्रा के खजाना में मिलने वाले थे। वह लोग आपस में छिपकर ही मिल सकते थे। होर पर्वत के अरबों पर भी बराबर ध्यान रखा गया था और मुझे मालूम नहीं।'

प्रोफेसर—'क्या तुम्हें मालूम नहीं?'

नाथन—'उनकी मुलाकात का क्या मतलब था, इसके विषय में मुझे मालूम नहीं। यह एक गुप्त मुलाकात थी जिसका कोई सम्बन्ध हमारी जाति वालों से था। दादा ने मुझसे कहा है कि तुम्हें कप्तान महाशय की आज्ञा पर चलना होगा। जब तुम उन्नीसवीं वर्ष तिथि पर पहुँच जाओगे, तो इसका सारा रहस्य तुम्हें मालूम हो जायगा।'

कप्तान—'कब तुम्हारे दादा ने यह बात तुमसे कही?'

नाथन—'जहाज पर, जब हम नहर में जा रहे थे, उन्होंने मुझसे कहा कि मैंने तुम्हें कप्तान को सौंप दिया, तुम उनको अपना पिता समझना और उनकी आज्ञा में तत्पर रहना। जब तुम उन्नीस वर्ष के हो जाओगे तो जो कुछ लिखा है उसके अनुसार काम करना।'

कप्तान—'कहाँ लिखा है? इन्हीं कागजों में जिन्हें उन्होंने तुम्हें दिया है?'

नाथन—'उसमें लिखा है कि मैं नाथन दर्शना आपकी आज्ञानुसार चलूँ। उनमें मेरी वंशावली दी हुई है। और मेरे दादा ने कहा है कि और भी चर्मपत्र मैंने उन्हें दिये हैं जिनके अनुसार करना, दर्शना वंश के एकमात्र उत्तराधिकारी तुम्हारा कर्त्तव्य है?'

कप्तान—'चर्मपत्रों के अतिरिक्त किसी और चीज के विषय में भी उन्होंने कहा?'

नाथन—'नहीं! मुझे धैर्य रखना चाहिए।'

प्रोफेसर—'और अन्य दोनों व्यक्ति जो तुम्हारे दादा से खजाना में मिले थे?'

नाथन—'वह आये और चुपके से वहाँ मिले और फिर अलग-अलग अपना रास्ता लिये। मैंने उन्हें नहीं देखा। किन्तु मुलाकात के बाद हम दोनों अपने छिपने के स्थान को छोड़कर वादि-उल्-अरबा के पहाड़ की ओर चले गये और फिर पाँच दिन की यात्रा के बाद समुद्र के पास हमने मेटियो और अरब को देखा लेकिन हिन्दुस्तानी अब उनके साथ न था।'

प्रोफेसर—'उन्होंने तुम पर हमला न किया?'

नाथन—'नहीं, हम अकाबा के पास थे जहाँ हमारे सम्बन्धियों के मित्र हमारी प्रतीक्षा कर रहे थे। हम एक सप्ताह तक उनके पास रहे। तब एक दिन तारों वाली रात में सूर्यास्त के दो घंटे बाद एक पथ-प्रदर्शक के साथ तेज ऊँटों पर हम स्वेज खाड़ी के पच्छिमी तट पर पहुँच गए। तीन रात लगातार आगे बढ़ते रहे। यात्रा सिर्फ रात में करते थे और दिन में छिपे रहते थे। और तीसरी रात के बाद वाली सुबह को हमने ऊँट वाले को उसका किराया चुकाया और पहाड़ों में चले गए।'

कप्तान—'बेड़ा कैसे बना? उस प्रदेश में तो पत्थर और बालू के अतिरिक्त कुछ और है ही नहीं?'

नाथन—'हाँ, जब हम वहाँ पहुँचे, तो हमने भी उसे ऐसा ही देखा। किन्तु रास-मुहम्मद के पच्छिम तरफ एक धो टक्कर खाकर टूट गया था। हमारी जाति वाले इस बात को जानते थे और जब हम अकाबा में ठहरे थे, उसी समय उनमें से कुछ आदमी नाव पर चढ़कर वहाँ गये और उन्होंने उससे एक बेड़ा बना दिया। वह तब तक तैयार हो चुका था। हमने अल्-तूर पर्वत की एक पहाड़ी को पार किया और फिर चट्टानों की आड़ में होकर बेड़े के पास पहुँच गए। दूसरी रात को हम वहीं बालू पर सो रहे। दूसरे दिन सूर्योदय से पूर्व ही बेड़े पर सवार हो गए और (एक लम्बी साँस लेकर) बाकी आप जानते ही हैं।'

बैंक वाला सेठ

जब कप्तान और प्रोफेसर दोनों ही प्रोफेसर के कमरे में रह गए तो कप्तान प्रताप नारायण काश्यप ने पूछा—'यह पेत्रा का खजाना क्या बला है?'

चन्द्रनाथ—'पत्थर का मन्दिर है जो कि उन सुनसान रेगिस्तानी प्रदेश के अनेक ध्वस्त इमारतों में से एक है और सबसे अधिक प्रसिद्ध है। अरब लोग इसे फरऊन का खजाना-घर कहते हैं। क्या तुम उसका चित्र देखना चाहते हो?'

प्रताप—'चन्द्र! मजाक करते हो?'

चन्द्रनाथ—'नहीं, मैंने उसकी भूमि, ऊँचाई, अद्भुत खम्भों, सूक्ष्म फूलकारियों का भिन्न-भिन्न खंडों के नाप के साथ एक चित्र बनाया है।'

प्रताप—'तो, जरूर मैं उसे देखना चाहता हूँ।'

चन्द्रनाथ ने चित्र को निकालकर मेज पर फैलाया और दोनों बहुत देर तक उसको देखते रहे। फिर कप्तान ने पूछा—'क्यों वह तीनों आदमी वहाँ पर मिले?'

चन्द्रनाथ—'ओह! क्यों! मैं सिर्फ अनुमान करता हूँ, और मुझे आशा है कि वह बहुत कुछ सच होगा।'

कप्तान ने खयाल किया—'फरऊन का खजाना घर, तब तो यह खंडित ढाल नहीं हो सकती।'

चन्द्रनाथ ने मुस्कराते हुए कहा—'फरऊन की ढाल का टुकड़ा तुम खयाल कर रहे हो? नहीं! प्रताप, मुझे इस पर विश्वास नहीं। यह पहाड़ी मन्दिर फरऊन का बनवाया नहीं है। इसका ढंग यवनी है, मिस्री नहीं। ढाल की बनावट भी मिस्री नहीं है। हो सकता है कि यवनी हो, किन्तु इस पर मुझे बहुत सन्देह है। तीनों आदमी जो वहाँ एकत्र हुए थे, यहूदी थे।'

कप्तान—'वह अवश्य इस ढाल के सम्बन्ध ही में वहाँ एकत्र हुए थे, क्योंकि सिमियन बिन इज्रा अपने हिस्से को अपने साथ लाये थे।'

प्रोफेसर—'किन्तु यह तभी हो सकता है जबकि यह टुकड़ा उनके पास पहले से हो।'

कप्तान—'मैंने इस पर ध्यान न दिया था। शायद! यह आदमी मेटियो बड़ा ही चालाक मालूम होता है। उसने सिमियन बिन इज्रा के कागजों ही को न चुराया, बल्कि कुछ और चीजें

भी। क्या उन और चीजों में ढाल की नाभि भी तो नहीं है? मेटियो सभी बातों को हमसे अधिक जानता है और वह नाथन पर बराबर अपनी नजर रखना चाहता है।'

प्रोफेसर—'ढाल की नाभि? नहीं! मेटियो के पास वह नहीं हो सकती। ढाल की नाभि किसी चौथे आदमी के पास है। सिर्फ तीन ही खजाना में मिले। चौथा कहाँ है? इसके बाद वह थोड़ी देर चुप रहे और फिर बोले—लेकिन मेटियो—हमें इस भयंकर शैतान के हाथ और प्रभाव से नाथन की रक्षा करनी होगी। यह हमारा पहला कर्त्तव्य है।'

कप्तान—'तुम्हारी क्या सलाह है?'

प्रोफेसर—'यहाँ घर में या बाग में सोमवार तक नाथन को रखना बहुत कठिन नहीं है। मैं उसे और शिव को अपनी छोटी वर्कशाप (लोहाखाना) में ले जाऊँगा और अपनी खब्ती काम में, जैसा कि तुम उसे कहते हो उनसे सहायता लूँगा।'

कप्तान—'अपने वायुयान के आदर्श को बनाने में? अच्छी बात! उसमें उनका भी मन लग जायगा।'

प्रोफेसर—'वह अभी से बड़े उत्सुक हैं।'

कप्तान—'सचमुच! चन्द्र कुछ उसमें होने-हवाने की उम्मीद भी है—मेरा मतलब है कि वह उड़े-उड़ायेगा भी?'

प्रोफेसर—'हमें इस बात को दूसरे समय के लिए छोड़ देना चाहिए प्रताप, क्योंकि यदि मैं वायुयान पर गया तो फिर सब बात भूल जायेगी और उसी की बात पिछड़ जायगी। यहाँ प्रश्न है नाथन का।'

कप्तान—'और मेटियो का।'

प्रोफेसर—'सोमवार को तो हम चले ही जायेंगे। मेटियो शायद नाथन के बारे में पता लगावे या न लगावे, उसका पीछा करे या न करे। इतने दिनों से और उतनी दूर तक बराबर पीछा करते रहना बतला रहा है कि मेटियो को इससे किसी भारी लाभ की आशा है।'

कप्तान—'यह निस्सन्देह है।'

प्रोफेसर—'देखो प्रताप, देर न करना। जैसे ही हम यहाँ से जायँ, सीता को अपने साथ लेना, और बुध को ही करांची चले जाना। उन चीजों को भी अपने साथ ले जाना। देखना कि बैंक का मैनेजर किस तरह का आदमी है। तुम उससे बात करना और जैसा हो, वैसा देख कर सलाह लेना। पहले अपनी चिट्ठी देना और फिर परिस्थिति के अनुसार जैसा उचित समझना, वैसा करना।'

प्रोफेसर ने इधर कुछ वर्षों से किताब का कीड़ा बनना छोड़ दिया था। अब वह एक छोटे से वायुयान बनाने के प्रयत्न में थे। वह गुब्बारे के विश्वासी न थे। उनका विश्वास था कि हवा पर उससे भारी किसी मशीन द्वारा विजय पाना होगा। वह उड़ने के विषय में प्रयत्नशील थे। उनका कहना था कि गुब्बारे के ऊपर उड़ना, उड़ना नहीं है बल्कि हवा के रुख का बहना है। उनकी वर्कशाप बाग

के एक कोने में थी जहाँ एक लम्बा टीन से छाया झोपड़ा था—जहाँ पर वह शान्तिपूर्वक कई घण्टे बिताया करते थे। जब वह वहाँ से जाते थे, तो बड़ी सावधानीपूर्वक उसमें ताला बन्द कर देते थे।

शिव ने इसे बड़े गौरव की बात समझी, जो प्रोफेसर ने उसे वर्कशाप में चलने के लिए कहा, और नाथन के लिए तो यह कल्पनागार था। अगले तीन दिनों में चन्द्रनाथ ने अपने वायुयान के नमूने के विषय में उन्हें बहुत कुछ बताया और उसके बनाने में सहायक होने के लिए कहा। वह दोनों बराबर उनके साथ पटरी को काटने और सिजिल करने, तारों को बाँधने, कानविस को तानने, थापियों को ठीक करने में इतने संलग्न थे कि उन्हें दिन बीतते कुछ जान ही न पड़ा। उन्हें सोमवार को इतनी जल्दी चले आने से बड़ा अफसोस हुआ।

आखिर सोमवार आया और प्रोफेसर दोनों को लेकर लाहौर के लिए रवाना हो गये। सितम्बर का अन्तिम सप्ताह था। वर्षाकाल व्यतीत हो चुका था, भिनसारे के वक्त एक चद्दर का जाड़ा पड़ने लगा था। यह सबेरे ही का समय था जबकि तीनों आदमी लाहौर स्टेशन पर पहुँचे। स्टेशन से बाहर निकलते ही प्रोफेसर चन्द्रनाथ भारद्वाज ने डी. ए. वी. कालेज के लिए एक ताँगा किराये का किया। अब तीनों आदमी ताँगे पर सवार हो इस्लामिया कालेज, मोची दरवाजे के बाहर से होते हुए लोहारी दरवाजे के सामने वाले मोड़ पर पहुँचे। वहाँ से अनारकली, आर्यसमाज और ए. पी. सी. के हॉल के बीच से होते हुए गवर्नमेंट कॉलेज को बायें छोड़ते वह डी.ए.वी. कालेज होस्टल के पास प्रोफेसर महाशय के कमरे पर पहुँच गये। रास्ते में प्रोफेसर महाशय ने नाथन को मार्ग की इमारतों और वस्तुओं के विषय में कई बातें बताई थीं। दयानन्द कालेज और महर्षि दयानन्द के विषय में तो उन्होंने रास्ते ही में बहुत कुछ बतला दिया था।

प्रोफेसर और लड़कों के जाने के बाद दूसरे ही दिन कप्तान काश्यप और सीता देवी कराँची को रवाना हुए। उन्होंने ढाल और चर्मपत्र की पोटली बनाकर सी दिया और उस पर अपना नाम लिख कर खूब अच्छी तरह मुहर लगा दी। चन्द्रनाथ की सलाह का ध्यान रखते हुए वह बृहस्पतिवार के प्रातःकाल ही सीता देवी के साथ बैंक में पहुँच गए। देखने में यह एक छोटा-सा बैंक जान पड़ा। सीता की बुद्धिमत्ता पर कप्तान को विश्वास था। उनका विश्वास था कि वह बैंक के मैनेजर की प्रकृति का जल्दी अध्ययन कर सकती है और यह बतला सकती है कि वह विश्वासपात्र है या नहीं।

यह सवा दस बजे का समय था जब काश्यप दम्पति बैंक के भीतर गये। खजांची ने खिड़की के मुँह से देखा कि एक छोटा-सा कागज का टुकड़ा है जिस पर मुहर आदि कुछ नहीं है, सिर्फ कुछ चिह्न-मिह्न किया हुआ है और नीचे सिमियन बिन इज्रा बड़े विचित्र तौर पर लिखा हुआ है। उसने कागज को हाथ में ले लिया और पास की एक मेज पर बैठकर उसे भली-भाँति देखना शुरू किया। फिर वहाँ से लौटकर वह खिड़की पर आया और बड़ी-बड़ी मूँछों वाले गोरे रंग के नाविक और उसकी दुबली-पतली स्त्री के चेहरे को देखने लगा।

फिर उसने कप्तान से कहा—'आप ही कप्तान काश्यप हैं?'

कप्तान—'हाँ! मेरा ही नाम प्रताप नारायण काश्यप है। मैं अभी कुछ ही दिनों पहले 'कदम्ब' का कप्तान रहा हूँ। यदि आपको इसकी आवश्यकता हो तो मैं इसके लिए आपको प्रणाम दे सकता हूँ और जब तक आप को निश्चय न हो ले, आप मेरी चिट्ठी को बिना अदाय किये रख सकते हैं।'

खजांची ने मुस्कराते हुए कहा—'आपको मैं इस तरह का कुछ भी करने के लिए तकलीफ देना नहीं चाहता। यह चिट्ठी कुछ असाधारण-सी है, अतः मैं जरा मैनेजर को इसे दिखाना चाहता हूँ।'

कप्तान—'मुझे भी उनसे मिलना जरूरी है, किन्तु मैंने सोचा था कि पहले चिट्ठी के काम से फुर्सत पा लूँ, तो फिर मिलूँगा। क्या उन्हें इस वक्त फुर्सत है?'

खजांची—'मैं समझाता हूँ, अच्छा जरा देर ठहरिये।' यह कहकर चिट्ठी लिये खजांची भीतर चला गया और थोड़ी देर बार लौट कर बोला—'कृपया, इस रास्ते से पधारिये।' और वह दोनों व्यक्तियों को एक बगल वाले कमरे में ले गया।

सेठ जी उस चिट्ठी को देख रहे थे। वह साठ वर्ष से ऊपर की अवस्था के एक लम्बे, मोटे-ताजे आदमी थे। चेहरे पर मूँछ दाढ़ी न थी, रंग बिलकुल गोरा, मुख-मण्डल पर भद्रता झलक रही थी।

उन्होंने अपने सुनहली कमानी के चश्मों के ऊपर से दोनों आगन्तुकों की ओर देखा और वह उठ खड़े हुए।

सेठ—'बन्देमातरम! कप्तान काश्यप, और श्रीमती काश्यपी! मैं अनुमान करता हूँ—आपसे मिलकर मुझे बड़ी प्रसन्नता हुई। अच्छा!' आगे बढ़कर उन्होंने श्रीमती सीता देवी के लिए पहले एक कुर्सी दी और फिर कप्तान के लिए भी एक, 'यह चिट्ठी मेरे पुराने मित्र सिमियन बिन इज्ञा ने लिखी है?'

कप्तान—'हाँ! लिखी थी।'

सेठ—'मैं उनके हस्ताक्षर को पहचानता हूँ। यह अवश्य पूरा किया जायगा। बताइये रुपये या नोट चाहिए?'

कप्तान—'नोट ही अच्छे होंगे।'

सेठ—'खजांची इस पर मुहर कर देंगे, फिर आपके हस्ताक्षर की आवश्यकता रह जायेगी।'—यह कहकर उन्होंने घंटी बजाई।

खजांची ने सेठ के कथनानुसार दो-तीन मिनट ही में सब काम ठीक कर दिया।

कप्तान ने देखा कि उनकी पत्नी का विचार सेठ की ओर से बहुत अच्छा है। फिर सेठ से कहा मैं चाहता हूँ कि इस पोटली को आपके पास अमानत रखूँ। आप इसे अपने बैंक की पेटी में अच्छी तरह सुरक्षित रख सकते हैं। यह कहकर उन्होंने पोटली को सेठ के हाथ में दे दिया।

सेठ—'बड़ी प्रसन्नता से। मैं आपको इसकी रसीद देता हूँ।' यह कहकर उन्होंने एक फार्म भरा और उसपर हस्ताक्षर करके कप्तान के हवाले किया। 'अब, यदि आपको जल्दी न हो, तो मुझे आशा है कि आप मेरी एक स्वाभाविक जिज्ञासा को पूर्ण करने की कृपा करेंगे। बहुत वर्ष बीत गये, जब से मैं अपने इस पुराने दोस्त से न मिल सका, जिसकी चिट्ठी आज आप लाये हैं और इसकी तारीख से मालूम होता है कि यह करीब तीन मास की लिखी हुई है। वह कैसे हैं? आप उनसे कहाँ मिले? कब तक वह हिन्दुस्तान की ओर आने वाले हैं? बहुत समय से मैंने उनके बारे में कुछ नहीं सुना।'

कप्तान—'इस चिट्ठी के लिखने के बाद ही वह स्वर्गवासी हो गये महाशय!'

सेठ—स्वर्गवासी हो गये! स्वर्गवासी दर्शना!' फिर धीमे स्वर में—'मुझे बड़ा शोक है, उस स्वर्गीय आत्मा के लिए नहीं, बल्कि अपने लिए। मैं भाग्यहीन हूँ। मेरा एक सच्चा मित्र मुझसे छिन गया।'

श्रीमती सीता देवी ने बड़े मधुर स्वर से कहा—'एक ओर, और दूसरी ओर एक सच्चा मित्र मिला।'

सेठ—'धन्यवाद है देवि, आपके स्मरण दिलाने के लिए। मैं यद्यपि सचमुच उतना भाग्यहीन नहीं हूँ, तथापि मुझे बहुत अफसोस है। क्या आपके पीछे उन्होंने अपना कोई उत्तराधिकारी नहीं छोड़ा है?'

कप्तान—'एक पोता मेरी अभिभावकता में'।

सेठ—'तो आप लड़के के अभिभावक के तौर पर काम कर रहे हैं?'

कप्तान—'उसके दादा की इच्छानुसार। वह दोनों 'कदम्ब' के यात्री थे। वृद्ध सिमियन पूर्वी भूमध्यसागर में पंचत्व को प्राप्त हुए और उनका शव मसीना में समाधिस्थ हुआ। लड़का नाथन मेरे लड़के शिवकुमार के साथ परसों लाहौर स्कूल में गया है। वहाँ मेरा साला दयानन्द एंग्लो-वैदिक कालेज में प्रोफेसर है।'

सेठ—'मैं यह सुनकर बहुत ही खुश हुआ हूँ। कम से कम एक दर्शना अब भी संसार में है और वह अच्छे हाथों में पड़ा है।'

सीता देवी मुस्करा उठीं और कप्तान ने कहा—'मेरी धर्मपत्नी, मैं और चन्द्र तीनों ही उसके लिए जो कुछ हमसे होता है, करने के लिए तैयार हैं।'

सीता देवी—'और शिव।'

सेठ—'आपका लड़का—और चन्द्र कौन है?'

सीता देवी—'मेरा भाई।'

सेठ—'शायद मैं उन्हें जानता हूँ। वह वस्तुतः बहुत ही अच्छे हाथों में है। कप्तान महाशय! तो लड़का और उसके दादा आपके जहाज के यात्री थे?'

इस पर कप्तान ने बेड़े को बचाने से लेकर सभी किस्सा उनसे कह सुनाया। ढाल और चर्मपत्र के बारे में उन्होंने कुछ न कहा। इसके विषय में उन्होंने सिर्फ इतना ही कहा कि यह पोटली नाथन की है जो कि उसके दादा की इच्छानुसार उसकी उन्नीसवीं जन्मतिथि पर नाथन को दी जायेगी। सेठ जी ने उस धरोहर के प्रति बड़ा सम्मान प्रदर्शित किया। उन्होंने पोटली के विषय में कुछ न पूछा और कप्तान को भी इसका कुछ पता न लगा कि वह कहाँ तक जानते हैं। यदि उन्होंने जरा भी खयाल करने का मौका पाया होता तो इसका पता लगाना आसान था, क्योंकि सेठ ने कहा था कि कम से कम एक दर्शना तो बाकी है। इसी से जान पड़ता था कि दर्शना वंश के विषय में वह बहुत जानते हैं।

कप्तान ने फिर शिव और नाथन के बंदरों की दुकान पर जाने का जिक्र किया और बतलाया कि कैसे वहाँ मेटियो से उनकी मुलाकात हुई। साथ ही नाथन की कही कहानी भी कह सुनाई कि मेटियो सिगियन बिन इन्द्रा के पारा नौकर था। सेठ ने नाथन की सारी कहानी को बड़े ध्यानपूर्वक सुना और फिर पूछा—'मेटियो की सक्खर में उपस्थिति आपको खटकती है कि नहीं?'

कप्तान—'जरूर!'

सेठ—'क्या आप समझ सकते हैं कि यह संयोग की बात थी?'

कप्तान—'नहीं! उसने पहले ही उन्हें देख लिया था और फिर पीछा करते-करते वह दूकान तक पहुँच गया।'

सेठ—'किस मतलब से?'

कप्तान—'दो मतलब से। एक तो नाथन के हृदय को आतंकित करने के लिए, और जिसमें कि वह कृतकार्य हुआ और दूसरे दूकान से पूछा-पैरवी करके नाथन के रहने का पता लगाने के खयाल से जिसमें उसे असफल होना पड़ा।'

सेठ—'आप निश्चय समझ रहे हैं कि वह असफल रहा?'

कप्तान—'हमने उसे एक बार भी न देखा।'

सेठ—'यह सम्भव है किन्तु वह केवल दत्तचित्त ही नहीं है, बल्कि एक एक छोटी छोटी बात के लिए भी बड़ा सावधान है, इसीलिए और भी खतरनाक है। मैं इस पर जरा भी विश्वास नहीं करता कि वह अपने दूसरे मतलब में असफल रहा। शायद उसे मालूम है कि नाथन कहाँ है और बल्कि मैं तो यह समझता हूँ कि उसे उसका भी पता है कि नाथन इस वक्त कहाँ है।'

सीता देवी ने बड़े आतंक में आकर और अपने पति को चुप देखकर पूछा—'आप कैसे यह खयाल कर रहे हैं?'

सेठ—'उसकी कल्पना-शक्ति को देखकर।'

कप्तान—'और मैंने जो बातें उसके विषय में आपको सुनाई हैं, उनसे भी।'

सेठ—'बिलकुल ठीक। आपको, कप्तान! उसकी सक्खर की उपस्थिति का कुछ अभिप्राय समझना चाहिए। क्या वह अपने 'धो' पर से आपके जहाज का नाम पढ़ सकता था?'

कप्तान—'हाँ! धो बहुत करीब तक आ गई थी।'

सेठ—'और आप स्वेज नहर से हो कर गये। पोर्टसईद को वह खूब जानता ही है। वह वहाँ पर 'कदम्ब' और उसके मालिकों का ठीक पता अच्छी तरह लगा सकता था। उसके लिए इतना ही काफी है। इससे अधिक वह शायद पूछेगा भी नहीं, क्योंकि फिर सन्देह उत्पन्न होने का भय है। आपकी यात्रा कहाँ से आरम्भ हुई और कहाँ अन्त होगी, इसकी उसे आज तक जरूरत न थी। उसे तो आपका नाम, जहाज के मालिकों के नाम और पता से काम था। सम्भवतः वह सीधा करांची आया और यहाँ सब पता-ठिकाना लगाकर वह बम्बई गया। वहाँ उसने आपके जहाज 'कदम्ब' को सूखी जगह पर मरम्मत करने के लिए रखा हुआ भी देखा। फिर आपके घर का पता पाकर वह उधर ही जा रहा था। मेरी समझ में तो उसकी इन सारी ही चालों का यही एक मात्र तात्पर्य है।'

कप्तान—'यह तो बड़े ही चक्कर में डाल देने वाली चालाकी है।'

सेठ—'मेटियो आफत का परकाला है, महाशय। यह कोई कल्पना मत समझिये। यह एक क्रमशः अनुमान शृंखलाओं की योजना है। वह इनमें से किसी प्रकार सक्खर पहुँच गया।'

सेठ की इन प्रतिभापूर्ण बातों से प्रभावित होकर कप्तान ने पूछा—'आप समझते हैं कि और दोनों भी उनके साथ हैं?'

सेठ—'कौन? अरब और हिन्दुस्तानी?' नहीं! मैं समझता हूँ, वह अकेला है। मेरा विचार है कि उसने हिन्दुस्तानी को तो यरुशिलम में ही छोड़ दिया और अरब को मिस्र में। आगे उसे अब उनकी सहायता अपेक्षित नहीं है।

कप्तान—'और आप नाथन की भलाई के लिए क्या सलाह देते हैं?'

सेठ—'खबरदार रखिये, नाथन को उसके प्रभाव में न पड़ने दीजिए। वह इसके लिए कोशिश करने से बाज न आयेगा। सम्भव है, अब वह अपने काम का रुख बदल दे, किन्तु इसके बारे में अभी से भविष्यवाणी करना व्यर्थ है। खबरदार! और यदि आपको मेरी आवश्यकता हो तो निस्संकोच आत्मीय समझकर मुझे सूचित किये बिना न रहियेगा। अपने साले प्रोफेसर महाशय को इस बात की सूचना दे दीजिए कि मैं सब तरह से सेवा के लिए तत्पर हूँ।'

कप्तान—'वह आपके बड़े कृतज्ञ होंगे और मैं भी, महाशय आपकी इन उपयोगी सलाहों के लिए अत्यन्त कृतज्ञ हूँ।'

सेठ—'आप कब नये जहाज का चार्ज लेने जाते हैं, कप्तान साहब?'

कप्तान—'दिसम्बर से पहले नहीं। कल मैं मालिकों से मिलने जा रहा हूँ।'

सेठ—'उसका नाम क्या है?'

कप्तान—'सौदामिनी।'

और जब वह विदा होने के लिए खड़े हुए तो सेठ ने खड़े होकर वन्देमातरम् करने के बाद कहा—'सौदामिनी की यात्रा आपके लिए कल्याणकारी हो।'

कप्तान काश्यप जब अपने मालिकों के पास गये तो अपनी धर्मपत्नी को अपने साथ न ले गये। जब वह उधर गये थे, उसी समय श्रीमती सीता देवी कुछ चीजें खरीदने के लिए निकल पड़ीं। यह अच्छा था, यदि कप्तान अपने साथ पत्नी को भी लिवाये गये होते, क्योंकि उन्हें तो अपने जहाज की बात छोड़कर और किसी चीज का खयाल न था। पानी में तैराना, परीक्षात्मक दौड़, प्रथम यात्रा का आरंभ, समुद्र में कैसे काम देगी, क्या वह मालिकों की इच्छा पूर्ण करेगी, क्योंकि 'सौदामिनी यही नहीं कि कम्पनी के जहाजी बेड़ों में एक नया इजाफा थी, बल्कि वह सबसे बड़ी और सबसे शक्तिशाली थी, वही सब खयाल उनके दिल में चक्कर लगा रहे थे। उन्होंने यह न खयाल किया कि एक पतला, भूरा, कुंडलधारी आदमी पास के एक दरवाजे से उनकी ओर झाँक रहा है जबकि वह कंपनी के आफिस में घुस रहे थे और जब बाहर निकले आ रहे थे, तब भी वही आदमी एक दूसरी जहाजी कंपनी के दरवाजे से झाँक रहा था।

एक घंटे तक कप्तान आफिस में बातचीत करते रहे, किन्तु वह आदमी उस सड़क से अन्यत्र न गया और कप्तान चले गये तब भी बिल्ली की तरह लपक कर वहाँ खड़ा रहा। एक बजे के समय एक युवा क्लर्क कम्पनी के आफिस से सीटी बजाते हुए खाना खाने के लिए बाहर निकला। मेटियो—क्योंकि यही उस कुंडलधारी का नाम था, उधर बढ़ा जिधर से क्लर्क आ रहा था और जब वह नजदीक आ गया, तो मेटियो ने दूसरी ओर देखते हुए अनजाने से बन कर ऐसा धक्का दिया कि क्लर्क गिरते-गिरते बचा।

मेटियो ने बड़ा ही शोक और नम्रता प्रकट करते हुए कहा—'माफ कीजिए, कप्तान साहब।'

युवक—कोई परवाह नहीं। फिर जरा स्वस्थ और प्रसन्नमुख होकर—'आपने तो सारी सेब की गाड़ी को ही लुढ़का दिया था, किन्तु सौभाग्य से वह खाली थी।'

मेटियो (दुहराते हुए)—'खाली।'

युवक—'हाँ! सेब की गाड़ी!' अपने पेट पर थपकी देते हुए युवक ने कहा। मेटियो मुस्कराते हुए युवक के साथ आगे बढ़ा जब कि वह खाने के लिए जल्दी कर रहा था।

मेटियो—'मैं समझता हूँ कि मैं 'कदम्ब' के कप्तान से बात कर रहा हूँ।'

युवक—'पन्द्रह मिनट पहले? बहुत कुछ सम्भव है किन्तु अब वह 'कदम्ब' के कप्तान नहीं हैं, अब वह दूसरे एक नये जहाज की कमान अपने हाथ में लेने जा रहे हैं।'

मेटियो—'नया जहाज।'

युवक—हाँ! 'सौदामिनी', लेकिन अभी वह तैयार नहीं है। यह वह स्थान है जहाँ गाड़ी फिर भरी जायेगी। यह कहकर युवक दुकान के भीतर चला गया और मेटियो कुछ सोचते हुए आगे बढ़ा।

जालिया भंडारी

सारा सत्र बड़े आनन्द से बीत गया और मेटियो लाहौर में कहीं दिखाई न पडा। शिव और नाथन दोनों ही अपने अध्ययन में निर्विघ्नतापूर्वक संलग्न रहे। शिव स्कूल की नवम् श्रेणी में पढ़ता था और नाथन भाषा को छोड़ गणित आदि कई विषयों में उसके साथ पढ़ता था और साथ ही प्रोफेसर चन्द्रनाथ भी उस पर अधिक परिश्रम कर रहे थे। यद्यपि अभी उसका नाम किसी क्लास में न लिखा गया था, तथापि यह निश्चित हुआ कि जैसे ही उसकी भाषा-सम्बन्धी निर्बलता दूर हो जाय, वैसे ही उसका नाम लिख लिया जायेगा। दोनों लड़के स्कूल के खेलों में शामिल होते थे। यद्यपि नाथन की भाषा अपूर्ण और आकृति भी भिन्न थी, तथापि लड़कों ने बहुत जल्दी ही देख लिया कि वह एक अच्छा खिलाडी है। फिर क्या, सभी लड़के जो पहले उसकी बातों का मजाक उड़ाया करते थे, अब उसे आत्मीय समझने लगे।

दीवाली की छुट्टियों में सब लोग फिर सक्खर अपने घर पर आये। पिछले बीस वर्षों में कप्तान सिर्फ दो बार ही दीवाली के दिनों में घर पर आ सके थे। यह तीसरे बार का उत्सव उनके लिए सचमुच महोत्सव था। 'सौदामिनी' के तैयार होने पर उन्होंने जाकर उसे देखा, उसे पानी में डाला और उसकी गति-परीक्षा की। जब इंजीनियर ने उसके इंजन की परीक्षा की, तो वह उस पर ही थे। बम्बई से प्रथम दिसम्बर को सौदामिनी पहिले-पहिल यात्रियों को लेकर प्रस्थान करने वाली थी।

कप्तान और प्रोफेसर ने नाथन के विषय में आपस में बहुत-सा वार्तालाप किया। उन्होंने इस बात का निश्चय किया कि यदि मेरी अनुपस्थिति में कोई काम आ पड़े तो तुम सेठ से सलाह लेना और जो दोनों की राय में ठीक जॅचे, वह करना। 'सौदामिनी' का बयाना अर्जेण्टाइना का हुआ था, वहाँ से वह होर्न अन्तरीप की प्रदक्षिणा करके तथा प्रशान्त महासागर को पार कर चीन या जापान को जायगी और ऐसी अवस्था में कप्तान कई महीने बाद घर लौट सकेंगे। वह नाथन के विषय में विशेष चिन्तित थे और एकाध बार उनके दिल में यह भी आया कि क्यों न उसे भी अपने साथ रखूँ। लेकिन चन्द्रनाथ ने उनके इस विचार को अयुक्त सिद्ध कर दिया क्योंकि इससे नाथन की शिक्षा न हो सकती थी।

कप्तान काश्यप ने जहाँ तक हो सका, 'कदम्ब' के कर्मचारियों को 'सौदामिनी पर बदलने का प्रयत्न किया। किन्तु 'सौदामिनी' के तैयार होने से पूर्व ही कदम्ब यात्रा के लिए तैयार हो

चुका था। फिर भी प्रधान इन्जीनियर सैयद रहमान एवं बाबू रामनन्दन सहाय को अपने पास रखने में वह समर्थ हुए। छोटे कर्मचारियों में उन्हें अपना पुराना भंडारी न मिल सका और बहुत से नाविक भी।

कप्तान की स्वीकृति के अनुसार रामनन्दन बाबू को और आदमियों के भरती करने का भार दिया गया।

जिस वक्त सौदामिनी की परीक्षा हो रही थी, उस समय मेटियो दर्शकों की भीड़ में मौजूद था, लेकिन कप्तान काश्यप उसे न पहचानते थे और न सैयद महाशय और न रामनन्दन बाबू में से ही कोई पहचानता था। अगर उनमें से किसी की नजर उस पर पड़ी भी हो तो भी वह उसका सम्बन्ध नाथन से कैसे जोड़ सकते थे? अब उसने एक नई पोशाक पहनी थी। यद्यपि उसने अपने रूप को इतना बदल डाला था कि कुंडलों को अलग करके मुँह पर मूँछें भी जमा ली थीं, तथापि यह परिवर्तन ऐसा न था जिसे नाथन या शिव न पहिचान सकते, यद्यपि शिव ने एक ही बार उसे देखा था।

जब 'सौदामिनी' यात्रा के लिए तैयार होकर डेक पर आई, तो मेटियो भी उस पर आने का प्रयत्न कर रहा था।

सलाम करते हुए मेटियो ने कहा—'मुझे भी ले लीजिये, महाशय!'

रामनन्दन बाबू ने रूखे स्वर से कहा—'तुम्हारा क्या काम है?'

विदेशी—'मुझे भी जहाज पर ले लीजिए, महाशय।'

रामनन्दन—'अरे। काम भी बतलाओ क्यों?'

विदेशी—'भंडारी, महाशय।'

रामनन्दन—'हमारा भंडारी ही रसोइया भी होता है।'

विदेशी—'मैं अच्छा रसोइया भी हूँ, महाशय।'

रामनन्दन—'तुम्हारा प्रशंसा-पत्र कहाँ है?'

'मेरा'—मेटियो को थोड़ी देर तक कोई उत्तर न सूझ पड़ा।

रामनन्दन—'हाँ' पिछले जहाज का तुम्हारा प्रमाण-पत्र।'

विदेशी—'मैं अच्छा रसोइया हूँ महाशय।'

रामनन्दन—'सो तो ठीक, किन्तु क्या तुम्हारी चाल-चलन भी अच्छी है? तुम्हारे प्रमाण-पत्र कहाँ हैं? तुम्हारे पिछले कामों की कैफियत क्या है? हम शायद ही कभी किसी विदेशी को भंडारी की जगह देते हैं। हमें इस काम के लिए ऐसा आदमी चाहिए जो हमारी बात अच्छी तरह समझ सकता हो, जो हमारे विश्वास के योग्य हो, जो भंडार में से खर्च मितव्ययिता के साथ कर सकता हो। नहीं! मेरी समझ में तुम उसके योग्य नहीं हो।' और वह लौट पड़े।

विदेशी ने बड़े करुणाजनक स्वर में कहा—'महाशय! मैं भंडार का इन्तजाम अच्छी तरह जानता हूँ। मैं आपको दिखा सकता हूँ। मैं जानता हूँ और मैंने प्रमाण-पत्रों के बारे में लिखा है, वह आते होंगे, एक दिन—शायद कल—आप मेरी परीक्षा कर लें।'

रामनन्दन—'तुम्हारा नाम क्या है?'

विदेशी—'गाइडो माफ्रा।'

रामनन्दन—'मैं तुम्हें नहीं ले सकता।'

मेटियो का चेहरा उदास हो गया। उसने एक बार सिर्फ बड़ी दुःख-भरी दृष्टि से देखा।

रामनन्दन—'शायद कप्तान साहब रख लें, यह बिलकुल उनके हाथ की बात है। अपना सामान लिए जल्दी आओ और आँच-वाँच बारो, देखें तुम कैसा काम करते हो?'

'बहुत-बहुत धन्यवाद, महाशय, मैं उम्मीद करता हूँ कि कप्तान साहब मुझसे अप्रसन्न न होंगे।'

रामनन्दन बाबू ने मेटियो या गाइडो, जैसा उसने अपना नाम दिया था—में कोई दोष न पाया और सैयद बाबू ने भी उनके विषय में कुछ न कहा। कप्तान भी अनुपस्थित थे और द्वितीय इन्जीनियर और द्वितीय सरदार की अभी नियुक्ति न हो सकी थी, अतः आज खाने वाले दो ही आदमी थे। गाइडो ने भोजन बहुत अच्छा बनाया और परसा। सैयद महाशय को उसकी शक्ल जरा खटकती-सी थी, किन्तु उन्होंने कुछ कहा नहीं। गाइडो ने भी सब चीजें ठीक तौर से परसीं और उनकी आवश्यकताओं को बड़े ध्यान से देखता रहा, किन्तु जबान उसने बन्द रखी। उसके प्रमाण-पत्र अब भी न आये और उसने उनका जिक्र भी न किया। सरदार के पूछने पर तो उत्तर उसके पास हाजिर ही था। उसने अपने काम के भरोसे पर ही अपनी बहाली की आशा रखी।

कम्पनी ने द्वितीय सरदार और द्वितीय इंजीनियर भेज दिया। सभी कर्मचारी पूरे हो गये। प्रथम दिसम्बर को कप्तान भी 'सौदामिनी' पर पहुँच गये।

दोपहर के भोजन के समय कप्तान ने सरदार से पूछा—'कहाँ से आपने इस भंडारी को लिया, रामनन्दन बाबू!'

उस समय भंडारी बड़ी फुर्ती से सुन्दर रीति से पकाया हुआ भोजन लिए हुए बार-बार हाजिर हो रहा था।

रामनन्दन—'यहीं से जनाब। उसने जहाज पर आकर नौकरी के लिए कहा। मैंने उसे अभी नौकर नहीं रखा है। मैंने उसे कह दिया है कि यह आपके हाथ में है। उसने अपना नाम गाइडो बताया है।'

माफ्रा ने संशोधन करते हुए कहा—'गाइडो माफ्रा महाशय।'

कप्तान—'हमने कभी भी किसी विदेशी को भंडारी नहीं रखा।'

रामनन्दन—'मैंने भी उसे अच्छी तरह बता दिया है कि आप भारतीय को ही भंडारी रखना पसन्द करते हैं।'

कप्तान—'हाँ! बिलकुल ठीक! अच्छा, यह काम कैसा करता है?'

रामनन्दन—'काम तो बहुत अच्छी तरह करता है और बड़ा सावधान रहता है किन्तु यदि आपको पसन्द न हो तो दो दिन की उसकी तनख्वाह दे कर अलग कर सकते हैं और दूसरा भंडारी रख लिया जा सकता है।'

कप्तान काश्यप को कई बार भंडारियों से बड़ी तकलीफ पहुँच चुकी थी। कितनी ही बार वह चोरी से अफीम और गाँजा लाकर दूसरे दूसरे बन्दरों पर बेचते थे, कितनी ही बार वह स्वयं नशे में बेहोश पड़े मिले थे, उनमें से कितने ही बहुत गन्दे भी रहते थे। यद्यपि कुछ देर पहले मालूम हुआ होता अथवा उसके प्रमाण-पत्रों के आने की बात मालूम हुई होती तो कप्तान कभी गाइडो को न रखते, तथापि अब उसके काम की चतुरता और स्वच्छता को देखकर उन्होंने देशी-विदेशी के विचार को छोड़ दिया और गाइडो का रखना पक्का हो गया।

गाइडो के अपने कामों ने अपने सारे कर्त्तव्य को ठीक समय और अच्छी तरह पूरा करना, भंडार का बड़े इन्तजाम से खर्च, भोजन पकाने की निपुणता, सारे आदमियों को सन्तुष्ट रखना क्योंकि कप्तान के पास उसकी कभी किसी ने कोई शिकायत न की कप्तान के हृदय में भी उसके प्रति सद्भाव पैदा कर दिया।

कप्तान के प्राइवेट कमरे में उनके डेक्स, उनकी सामुद्रिक पेटी, उनके ट्रंक सभी बराबर खोल कर देखे जाते रहे, किन्तु उन्हें यह मालूम न था कि जब मैं पुल पर या नक्शा-घर में रहता हूँ, तो उस समय मेरे कागज-पत्रों के साथ ऐसा सलूक किया जाता है। कभी-कभी कार्यवश भंडारी को कमरे के अन्दर जाने की आवश्यकता पड़ती थी, उसी समय बड़ी सावधानी और सफाई से गाइडो कप्तान के डेक्स, सन्दूक, कोट की जेबों में रखे कागजों को निकाल-निकाल कर देखता और फिर जहाँ का तहाँ रख देता था। उसे उसमें से कोई काम की चीज हाथ न लगी। वह बड़े दबे पाँव चलना जानता था, उसकी अँगुलियाँ मदारी की तरह चलती थीं। उसकी आँखें बिल्ली से भी तेज थीं। उसके कान जरा-सी आहट को सुन लेते थे। वह यह सभी काम इतनी खूबी से करता रहा कि जब तक कप्तान दक्षिणी अमेरिका के प्रसिद्ध बन्दर अर्जण्टाइन प्रजातंत्र की राजधानी व्यूनस आयर्स (जो कलकत्ता से भी भारी अर्थात् सोलह लाख आबादी वाला शहर है) में न पहुँच गये।

आवश्यक कामों के कारण व्यूनस आयर्स में कप्तान को अपना बहुत-सा समय किनारों पर बिताना पड़ा था। मेटियो इसे पहले से जानता था और उसने इस समय से अच्छा लाभ उठाना चाहा। वह चाहता था कि किसी प्रकार सामुद्रिक पेटी की परताल करूँ, शायद उसमें उसके पुराने मालिक सिमियन बिन इज्रा के चर्मपत्र और ढाल-खंड हों। वह चर्मपत्र को पढ़ना चाहता था,

चुराना नहीं, और ढाल की शक्ल-सूरत से पूर्ण परिचित होना चाहता था। सिमियन का उस पर इतनी दया और विश्वास था कि उन्होंने इसे यहूदियों की पवित्र भाषा इब्रानी दिखाई दी। कुछ ही दिन और यदि वह अपने काम को चुपचाप करने पाता, तो उसे चर्मपत्र का सारा रहस्य मालूम हो जाता और वह आसानी से ढाल के तीनों टुकड़ों और शायद नाभि को भी अपने कब्जे में करने में सफल होता।

उसने लाख यत्न किया, किन्तु सामुद्रिक पेटी न खुल सकी। उसने ताले को तोड़ना न चाहा, क्योंकि इससे मामले के खुल जाने का भय था। वह चाहता था, किसी प्रकार ताले को खोले। डेक्सो और अन्य पेटियों के तालों को आसानी से वह खोल-बन्द कर सका था, किन्तु उनमें कोई मतलब की चीज हाथ न आई। सभी चीजों को देखने के बाद ठीक पहले ही की भाँति वह रख दिया करता था।

जब कप्तान जहाज पर आये, तो वह अपने साथ बहुत से ताजी डाक से आये पत्र लाये। इनमें कितने ही अपनी कम्पनी के थे और कितने ही उनके सम्बन्धियों के। मेटियो ने इन्हें भी पढ़ा, किन्तु उनसे भी वह अपने लक्ष्य के समीप न पहुँच सका। यद्यपि उनसे उसे मालूम हुआ कि नाथन अब भी लाहौर में ही है और वहीं अभी रहेगा भी।

उसके चेहरे पर एक भयानक हँसी की रेखा दिखाई पड़ी और उसकी क्रूर आँखें चमक उठीं जबकि उसने प्रोफेसर के दो पत्रों में अपना नाम पढ़ा। उसके विषय में सिर्फ इतना ही लिखा था कि मेटियो यहाँ कालिज के आस-पास कहीं दिखाई नहीं पड़ा। दूसरे पत्र में जहाँ भी उसका नाम लिखा था, एक सेठ का नाम था, किन्तु उसके बारे में वह कुछ भी न सोच सका। इसे पढ़कर उसे बड़ी परेशानी हुई। उसने अपने दिमाग में इस नाम को नोट कर लिया कि प्रोफेसर के अगले पत्रों में देखना है कि उसके बारे में और क्या वह लिख रहे हैं।

इन चिट्ठियों के पढ़ने के समय उसने एक गलती की। अपने हाथों को साफ करना वह भूल गया। कप्तान का यह कायदा था कि वह अपने प्रत्येक पत्र को दुबारा पढ़ते थे। जवाब दे देने के बाद भी वह एक बार फिर पढ़ते। उन्हें तुरन्त उनको फाड़ फेंकना अच्छा न लगता था, क्योंकि उनमें उन हृदयों के उद्गार होते थे जो बहुत दूर समुद्र-पार से प्रेम के प्यासे थे। जब वह हार्न अन्तरीप की परिक्रमा करके प्रशान्त महासागर में बहुत दूर निकल गये, तो फिर उन्होंने अपने सारे पत्रों को एकत्र करके पढ़ना आरम्भ किया।

यह चन्द्रनाथ का द्वितीय पत्र था जिसने उनके हृदय में सन्देह का बीज बोया। चन्द्रनाथ अपने चिट्ठी के कागज के विषय में बड़े भिन्न रुचि के आदमी थे। वह सदा मक्खन की भाँति सफेद, चिकने और मोटे कागज का व्यवहार करते थे जिसके कारण अक्सर उन्हें अधिक टिकट लगाने की आवश्यकता पड़ जाती थी। पर कागज ऐसा होता था जिस पर बारीक से बारीक धब्बा भी उग आता था। चन्द्रनाथ के इस दूसरे पत्र ही पर अँगूठे का हल्का, किन्तु स्पष्ट निशान बना हुआ

था। जिस वक्त उन्होंने पहले पत्र खोला था, उस समय वहाँ वह निशान हर्गिज न था। चन्द्रनाथ को सफाई का अत्यधिक ध्यान था। जरा भी धब्बा देखने पर वह उस चिट्ठी को फाड़कर फेंक देते थे। क्या यह निशान कप्तान के अपने थे? नहीं! वह इस विषय में निश्चित थे कि यह मेरे नहीं।

और दूसरी चिट्ठियाँ? उन्होंने डेक्स को खोल कर उसमें से एक जोरदार बृहत्प्रदर्शक (खुर्दबीन) शीशा निकाला और एक के बाद एक-एक करके सारी चिट्ठियों को देखना आरम्भ किया। वही निशान सभी चिट्ठियों में, किन्तु क्रमशः क्षीण, क्षीणतर, क्षीणतम थे। अवश्य उन सभी को किसी ने पढ़ा है। किसने? कहाँ? जहाज ही पर? या व्यूनस आयर्स के बन्दर पर?

ये चिट्ठियाँ फाड़-चीड़ कर समुद्र में डाली गईं। अपने प्राइवेट पत्रों को इस प्रकार चुपके से पढ़े जाते देख कर बड़े कुपित और शंकित हृदय से कप्तान ने एक डेस्क में उन्हें रखकर बन्द कर दिया। अब वह इस बात के पीछे पड़े कि किसी प्रकार अपराधी को पकड़ा और दंड दिया जाय।

मैली अंगुलियों के निशान बतला रहे थे कि अपराधी और कोई नहीं, वही भंडारी है। अन्य आदमियों—इंजीनियर, साधारण नाविकों की भी अँगुलियाँ मैली थीं, किन्तु इनका निशान इतना हल्का न हो कर और गाढ़ा होता और उनको कप्तान के प्राइवेट कमरे में आने का उतना मौका भी न मिला था। उन्होंने भण्डारी के ऊपर चुपके-चुपके बड़ी कड़ी निगाह रखी। जान-बूझकर उन्होंने कितने ही पत्र अपने मेज पर छोड़ रक्खे, जबकि भंडारी वहाँ झाड़ू देता या झाड़ता-पोंछता रहता था, किन्तु कभी कोई चीज न छुई गई। भंडारी बड़ा चतुर था, उसने कप्तान की सन्दिग्ध दृष्टि को भाँप लिया था और इसीलिए वह अब बड़ा सावधान था। कप्तान ने इस विषय में और अनुसन्धान बटेविया में करने का निश्चय किया था। गाइडो अपने काम में पूर्ववत् ही दत्तचित्त, हँसमुख और तत्पर दिखाई पड़ता था जिसके कारण कई बार कप्तान को सन्देह हो पड़ता था कि मैं उस पर सन्देह करके गलती तो नहीं कर रहा हूँ।

चीफ इंजीनियर, सैयद रहमान का एक सहायक डंकीमैन इतना बीमार हो गया कि बटेविया पहुँचते-पहुँचते उसकी दशा बहुत सन्दिग्ध हो गई। अब एक नये आदमी की आवश्यकता हुई। उन्होंने अपने एजेण्ट के पास इसके विषय में सूचना दी और वहाँ से एक लम्बा-चौड़ा हिन्दुस्तानी उनके पास भेजा गया जिसकी नाक और आँखें लाल और मुँह से शराब की दुर्गन्ध आ रही थी। एजेण्ट ने यह भी लिख भेजा था कि यदि आप इसे शराब से दूर रख सकेंगे तो यह बहुत अच्छी तरह काम देगा।

सैयद रहमान—'यह खूब नौकर मिला; इसकी लड़कों की तरह हिफाजत भी करना और नौकर भी रखना।'

कप्तान—'लेकिन, उसे 'सौदामिनी' पर शराब मिलने ही कहाँ से लगी।'

सैयद रहमान—'और वह 'सौदामिनी' से बाहर से भी नहीं पा सकता जबकि हम बटेविया में हैं। हम लोग उनको होश-हवास के साथ देश ले चलेंगे।'

उसने मूसा के नाम से हस्ताक्षर किया और कप्तान तथा इंजीनियर से बड़े मजाक के साथ कहा—'मेरी नसें ढीली पड़ रही हैं, यदि काम लेना हो तो एक बोतल का इन्तजाम कर दें।'

कप्तान ने उसे अनसुनी कर दी और चीफ इंजीनियर से कहा—'एक बाल्टी में समुद्र का पानी भर कर उसमें सिर डुबा दो और देखो कितनी जल्दी तुम्हारी नसें चेतन हो जाती हैं। अगर तुम शराब के पास न जाओगे, तो उन्हें ढीले पड़ने की आवश्यकता ही न पड़ेगी। और हाय रे गजब! तुम्हारा ऐसा हट्टा-कट्टा मजबूत शरीर सिर्फ इसी शराब के पीछे ही तो बर्बाद हो गया है।'

मूसा ने अपने दोनों हाथों को मिला कर सिर पर उठाया और अंगड़ाई के साथ जम्हाई ली। और तब उसने एक भयानक काम किया जिसे वह वैसे कभी न करता, यदि वह होश में होता। जैसे ही उसने कप्तान की ओर से मुँह फेरा कि उसने अपने सामने ही भंडारी को खाने के कटोरे कटोरियों को एक परात में रखकर ले जाते देखा। थोड़ी देर तक मिट्टी की मूर्ति की तरह वह चुपचाप उसकी ओर देखता रहा और अब भंडारी ने भी उसकी ओर देखा और वह भी दूसरी मूर्ति बनकर निश्चल खड़ा हो गया।

'ओफ! शैतान की औलाद!' कहकर मूसा एकदम कूद कर भण्डारी पर जा पड़ा। बर्तन सब जमीन पर गिर कर चारों ओर फैल गए और भण्डारी जमीन पर आ पड़ा। मूसा उसकी छाती पर था।

कप्तान और सैयद रहमान दोनों ही स्तम्भित हो गए। मूसा के घूँसों से वह बेकार हो जायेगा, यही उन्हें आशा थी। इन्जीनियर की तेज आँखों ने भण्डारी के हाथों में एक चाकू का चमकता फल देखा और उन्होंने कूद कर झट से हाथ पकड़ लिया। उसी समय कप्तान ने मूसा को हटाकर अलग किया।

कप्तान ने व्यंग्य से कहा—'यह अत्यन्त सुन्दर आरम्भ है।'

मूसा—मैं अपने को रोक नहीं सकता, जनाब, यदि आप मुझे छोड़ दिये होते, तो देखते कि मैं उसकी कैसी खिचड़ी बनाता हूँ। उसने मुझे बड़ा धोखा दिया है। सैयद रहमान ने चाकू के फल की ओर देखते हुए कहा—'या शायद वही तुम्हारा काम खतम कर चुका होता।'

मूसा—'यह सुअर, छोड़ तो दीजिए जरा, और देखिए कि कौन जीतता है।'

कप्तान—'नहीं, मैं इसे नहीं होने दे सकता। क्या तुम्हें उसका नाम मालूम है।'

'मेटियो।'

मूसा

बड़े आश्चर्य से कप्तान ने दुहराया—'मेटियो!'

मूसा—'हाँ! मेटियो, यही उसका नाम है। इसे मैं जानता हूँ और आपको इसने क्या नाम दिया है, महाशय?'

'गाइडो।'

मूसा हँस पड़ा और फिर बोला—'वह अपने मतलब के लिए कुछ भी बोल सकता है। मैं चाहता हूँ कि आप जरा देर के लिए मुझे छोड़ दें।'—मूसा ने दाँत पीसते हुए घूँसा तान कर आगे बढ़ाया 'और इसे एक और नया नाम दूँगा—चटनी।'

कप्तान ने मजबूती से उसके हाथ को पकड़ कर कहा—'नहीं! मैं स्वयं इसका फैसला करने वाला हूँ। तुम्हारी तरह ही मेरा भी एक पुराना बैर है, लेकिन उसका बदला दूसरी तरह लेना होगा।'

मूसा—'आपको भी, महाशय?'

कप्तान—'हाँ! मेरा भी।'

सैयद रहमान अब भी भंडारी का हाथ पकड़े हुए थे। वह बड़ी उत्कंठा से कप्तान की दृष्टि को देख रहे थे जो सीधी मेटियो के चेहरे पर पड़ रही थी।

अब कप्तान को पता लग गया कि किसने उनके पत्रों को ढूँढ़ा था, और क्यों? वह शायद उसे न पकड़ पाते, वह यद्यपि अब भी उस पर यह अपराध न लगा सकते थे कि उसने 'धो' पर से गोली चलाई थी, तथापि वह 'सौदामिनी' पर एक झूठा नाम देकर नौकर हुआ। और उसने मूसा पर चाकू चलाया, यद्यपि आत्म-रक्षा के लिए, सो भी अत्यन्त भीषण उत्तेजना के समय। कप्तान का उसे बन्द रखने का पूरा अधिकार था। इतने बीच में और गवाहियाँ भी हाथ आ जायेंगी। मूसा अपने हमले के विषय में कुछ कहेगा और नाथन तब तक सुरक्षित नहीं है, जब तक मेटियो स्वतंत्र है।

कप्तान ने पुकारा—'रामनन्दन बाबू।'

'हाँ, महाशय'—कहते हुए रामनन्दन उधर दौड़े और उन्हें जमीन पर बिखरे हुए बर्तन और दो आदमी अलग करके कप्तान और इंजीनियर के हाथों में पकड़े हुए दिखाई दिये। उन्हें इस पर सचमुच बड़ा आश्चर्य हुआ।

कप्तान—'उस आदमी को अपने जिम्मे लीजिये।'

रामनन्दन—'गाइडो को, जनाब?'

कप्तान—'मेटियो—यह उसका नाम है, रामनन्दन बाबू। उसे एक खाली कोठरी में ले जाइये और ताला बन्द कर एक नाविक को पहरे पर नियुक्त कर दीजिए। यदि वह कुछ गड़बड़ करे, तो जो मदद चाहें, माँगिये और उसे हथकड़ी, बेड़ी दे दीजिए।'

मूसा—'खूब मजबूती से रहियेगा, महाशय।'

रामनन्दन बाबू ने अरुचिपूर्ण दृष्टि से डंकीमैन की ओर देखा।

कप्तान ने दृढ़तापूर्वक कहा—'चुप रहो।'

रामनन्दन—'मैं वैसा ही कर रहा हूँ, जनाब। चलो भंडारी।' और उन्होंने उसके कन्धे पर हाथ रखा!

कप्तान ने उन्हें सूचित किया—'नहीं! रामनन्दन बाबू, अब वह भंडारी नहीं रहा, वह मुल्जिम है और आप हवालात में ले जा रहे हैं। मैं उसका विचार पीछे करूँगा।'

मेटियो बाहर से अत्यन्त दीनता प्रदर्शित करते हुए वहाँ से रामनन्दन बाबू के साथ गया और मूसा का हाथ छोड़ दिया गया।

कप्तान—'एक बात तुमसे कहना है मूसा, अपनी जबान और मिजाज पर जरा काबू रखो। लड़ाई मत करना। मेटियो को अब मेरे हाथ में छोड़ दो। तुम्हारा बिस्तरा मध्य पोत में है। सैयद रहमान के पास तुम्हारा काम है। पहले पहरे तक तुम्हें काम में लगा रहना होगा। उसके बाद नक्शा-घर में मैं तुम्हें देखना चाहता हूँ।'

मूसा—'बहुत अच्छा महाशय, लेकिन—'

कप्तान—'बस और कुछ नहीं; जाओ।'

इंजीनियर के साथ जाते हुए मूसा ने कहा—'मेरी जबान मेरे काबू में नहीं रहती महाशय रहमान, विशेष कर जबकि शराब मेरे भीतर रहती है। लेकिन मेटियो ऐसा-वैसा आदमी नहीं है। उसे हथकड़ी-बेड़ी देनी चाहिए। मैं होता तो ऐसा ही करता।'

सैयद रहमान भीतर से सहमत थे, किन्तु बाहर से उन्होंने कुछ नहीं कहा। जब वह जहाज के बीच में गये जहाँ कि उनका और उनके सहायकों का वासा था, तो उन्होंने पास की एक कोठरी खोली और बिस्तरा दिखाकर कहा—'यह तुम्हारा वासा है, तुम्हारी शराब जरा देर में खतम हो जाती है, फिर तुम इसे बड़ा आरामदेह पाओगे।'

कप्तान ने चाकू को मेज पर से उठा लिया और वहाँ से नक्शा-घर में चले गए।

जब पहले पहरे की घंटी बजी, तो मूसा हाथ-मुँह खूब धोकर होश में आ एक भलेमानस की तरह नक्शा-घर के दरवाजे पर गया और उस पर उसने थपकी दी।

कप्तान—'चले आओ।'

मूसा दरवाजा खोलकर अन्दर कप्तान के सम्मुख गया और बोला—‘आपने कहा था कि जब तुम्हारी ड्यूटी पूरी हो जाय, तो मेरे पास आना।’

कप्तान—‘हाँ! मैं तुमसे एक-दो प्रश्न पूछता हूँ। तुम पहिले-पहिल मेटियो से कहाँ मिले?’

मूसा—‘पोर्टसईद में, महाशय।’

कप्तान—‘कब?’

मूसा—‘दो वर्ष हुआ होगा या कुछ ही अधिक। मैं इसमें भूल कर सकता हूँ, महाशय। मैं उस वक्त शराब के मारे उल्लू बना रहता था।’

कप्तान—‘तो मेटियो ने कैसे तुमसे परिचय किया? तुम्हारे परिचय का आरम्भ कैसे हुआ?’

मूसा—‘वह मेरी बड़ी खातिर करने लगा। मुझे खूब शराब पीने को देता था। वह अपने साथ एक अरब को लाया था जिसका नाम अहमद था। वह दोनों भी मेरे पास बैठे रहते थे। मैं शराब पीता रहता था, लेकिन वह न पीते थे। उसने मुझसे कहा कि एक छोटा-सा सफर और हल्की-सी मेहनत में हमें बहुत-सा धन मिल जायेगा। उसमें हम तीनों का हिस्सा बराबर होगा।’

कप्तान—‘हल्की-सी मेहनत! तुम एक बूढ़े यहूदी और उसके पोते को, जिन्होंने तुम्हारा कुछ भी नुकसान न किया था, लूट लेने और शायद हत्या तक कर डालने को हल्की-सी मेहनत कहते हो!’

मूसा ने बड़े आश्चर्य और आतंक में आकर स्तब्ध हो सिर्फ ‘जनाब’ भर कहा।

कप्तान—‘मैंने स्पष्ट कह दिया।’

मूसा—‘लेकिन लूटना और हत्या करना, यह बड़ा भयानक इल्जाम है, महाशय।’

कप्तान ने व्यंग्यपूर्ण शब्दों में कहा—‘सो मैं यद्यपि जानता हूँ तथापि यह सच है। तो तुम उस छोटे सफर में उनके साथी हुए?’

मूसा—‘मुझे धोखा दिया गया था, महाशय! उसने मुझसे यहूदी और उसके पोते के विषय में कितनी झूठी-सच्ची बातें कही थीं।’

कप्तान— ‘क्या झूठी-सच्ची बातें कहीं थीं?’

मूसा—‘यही कि, हम उसकी ताक में हैं, हमें उसका पीछा करना होगा। वह एक खजाने को पाने की फिक्र में है जिस पर कि उसका कोई अधिकार नहीं है अथवा उतना ही है जितना कि प्रत्येक मनुष्य का हो सकता है। यदि हम लोग उसके पीछे-पीछे रहें और मौका आने पर खजाने को हस्तगत करने में साधक हों, तो हम बड़े धनिक हो जायेंगे। हमारे पास इतना धन हो जायगा जो जिन्दगी भर भी खतम न हो सकेगा।’

कप्तान—‘खजाने को कौन कहे, अब तक तुम्हारी जिन्दगी खतम हो गई होती।’

मूसा—‘हाँ! वह वैसा करने से भी बाज न आता।’

कप्तान—‘और उस खजाने के बारे में उन्होंने तुम्हें कुछ बताया कि यह क्या था?’

मूसा—‘सोने की कोई पुरानी चीज, जिस पर जवाहर जड़े हुए हैं।’

क़प्तान—‘यह तो गोल-मोल बात रही, मूसा।’

मूसा—‘मुझे उसके जानने की बहुत चिन्ता भी न थी। मैं तो हर वक्त शराब में मस्त रहता था और मेटियो जो कुछ पैसा-कौड़ी लगता था, देने के लिए सदा तैयार रहता।’

क़प्तान—‘जबकि तुम सिमियन बिन इज़्रा की प्रतीक्षा में थे।’

‘हाँ!’ मूसा ने बड़ी आश्चर्य-भरी दृष्टि से क़प्तान के मुँह की ओर देखा और मन में खयाल करना शुरू किया कि वह सभी बातें जानते हैं; और उसके पौत्र की प्रतीक्षा में भी, और तब हम उनका पीछा करते हुए जाफा तक गये।

क़प्तान—‘और वहाँ से फिर यरुशिलम।’

मूसा—‘जाफा में हम उन्हें न पा सके।’

क़प्तान—‘किन्तु यरुशिलम में फिर तुमने उन्हें खोज पाया। और, तब बराबर एक वर्ष तक तुम उन पर नजर रक्खे वहाँ बैठे रहे और तब वह फिर गुम हो गये।’

मूसा—‘हाँ! लेकिन आपको यह सभी बातें कैसे मालूम हैं, महाशय?’

क़प्तान—‘और तब तुम्हें यरुशिलम ही में छोड़ दिया गया।’

मूसा—‘हाँ महाशय! मेटियो और अहमद ने मुझे वहीं छोड़ दिया। मेरे पास एक पैसा भी उस वक्त न था। मैं तब भी शराब पीता रहा और अन्त में मुझे सीरिया के एक जेल का मुख देखना पड़ा जहाँ जाकर जरा-सी मेरी अक्ल ठिकाने हुई। मेटियो के साथ तो मैं चौबीसों घण्टे पागल रहता था। जेल से छूटने के बाद मैं वहाँ से जाफा गया और फिर जहाज पर काम करते हुए पोर्टसईद। मैंने उस बदमाश की पोर्टसईद, अलक्जेण्डरिया, स्वेज और काहिरा में बड़ी खोज की, किन्तु वह मुझे न मिला और अन्त में निराश होकर मैं वहाँ से यहाँ आया।’

क़प्तान—‘और वह तुम्हें यहाँ मिल गया।’

मूसा—‘संयोग। मैं यहाँ उसकी तलाश में न था।’

क़प्तान—‘जब उसने तुमसे कहा कि सिमियन बिन इज़्रा और उसके पोते का उस खजाने पर कुछ अधिकार नहीं है, तो क्या सचमुच तुमने उस पर विश्वास किया?’

मूसा—‘वह एक ऐसा खजाना था जिस पर कोई भी अधिकार कर सकता था।’

क़प्तान—‘तुम उसकी बात पर विश्वास करते थे?’

मूसा— ‘नहीं, महाशय।’

क़प्तान—‘मूसा, तुम बड़े दुष्ट थे।’

मूसा—‘मैं कभी लड़के को कुछ हानि न पहुँचाये होता महाशय, मैं कभी बूढ़े को हानि न पहुँचाये होता।’

कप्तान—'जो कुछ भी मेटियो कहता, तुम सब करते। तुम मेटियो के हाथ की कठपुतली थे। यह अपना सौभाग्य समझो जो तुम यरुशिलम में छोड़ दिए गए।'

मूसा स्तब्ध होकर चिल्ला पड़ा—'क्यों महाशय, क्या हुआ?'

कप्तान—'तुम्हें आशंकित होने की कोई आवश्यकता नहीं, वह दोनों बच गए।'

मूसा—'मैं आपका बड़ा कृतज्ञ हूँ महाशय, मैं शराब के नशे में मेटियो के हाथ की कठपुतली था, किन्तु होश में नहीं। आप जो कुछ कह रहे हैं, मैं उसे कबूल करता हूँ।'

कप्तान—'क्या तुम अब मेटियो का मुकाबला करने के लिए तैयार हो?'

मूसा ने बड़ी उत्सुकतापूर्वक कहा—'मुझे जरा अवसर तो दीजिए महाशय और फिर देखिये।'

कप्तान—'उससे लड़ने के लिए नहीं, यह मेरा अभिप्राय कदापि नहीं है, बल्कि यह इल्जाम मेरे सामने तुम उस पर लगाओ कि उसने तुमसे झूठ बोला, तुम्हें धोखा दिया और तुम उस पर विश्वास न करते थे जबकि उसने कहा था कि खजाना सिमियन बिन इज्रा का नहीं है।'

उसने बड़ी सलज्ज और उत्सुकतापूर्ण दृष्टि से कप्तान के मुँह की ओर देखते हुए कहा—'क्या अब भी आप मुझ पर अविश्वास करते हैं?'

कप्तान—'हाँ!'

मूसा—'तो मैं आपको कैसे विश्वास दिला सकता हूँ!'

कप्तान—'बस, अपने हृदय को साफ कर डालो।'

मूसा—'मैं अब वैसा ही हूँ महाशय, होश में होने पर मैं कभी पसन्द न करता था, किन्तु मेटिया मुझे सदा बदमस्त रखता था। मैं उस पर जरा भी विश्वास न रखता था।'

कप्तान—'तो तुम उससे साफ यह क्यों नहीं कहते? तुमने मेरे प्रश्न का उत्तर न दिया।'

मूसा ने बड़ी दृढ़तापूर्वक कहा—'आप बुलाइये, जैसा आप चाहते हैं, मैं वैसा ही करूँगा।'

कप्तान ने बाबू रामनन्दन सहाय को बुलाकर कहा कि मेटियो को दो आदमियों के पहरे में ले आइये।

कितनी देर तक चुप रहने के बाद कप्तान ने कहा—'तुम कहते हो कि मैं पहिले-पहिल उससे पोर्टसईद में मिला।'

मूसा—'हाँ! पोर्टसईद में, महाशय।'

कप्तान—'तुम जब पहिले-पहिल उससे मिले, तो वह क्या करता था? वह कहाँ से आया था? उसे तीनों आदमियों के खर्च के लिए रुपया कहाँ से मिलता था? उसके पूर्व जीवन के विषय में तुम्हें क्या मालूम है?'

मूसा—'कुछ नहीं महाशय, मुझे कुछ नहीं मालूम है।'

कप्तान—'उसके किसी बातचीत या काम से भी तुम्हें इसके विषय में कुछ न मालूम हुआ?'

मूसा—'नहीं, महाशय, कोई ऐसी बात नहीं, सिवाय इसके कि......।'

कप्तान—'सिवाय इसके क्या?'

मूसा—'कि सिमियन बिन इज़्रा उसे जानते थे और वह सिमियन बिन इज़्रा को जानता था। उनका कोई सम्बन्ध अवश्य था, किन्तु मुझे वह न मालूम हो सका और मैं बड़ा लज्जित हूँ महाशय! कि....।'

'वह भाग गया महाशय।' महाशय रामनन्दन ने हाँफते हुए कहा।

कप्तान कुर्सी से खड़े होकर बोल उठे—'क्या? भाग गया?'

रामनन्दन—'हाँ महाशय, भाग गया।'

कप्तान—'आपने माँगे की ओर खोजा भी?'

रामनन्दन—'हाँ! जनाब अच्छी तरह खोजा किन्तु उसका कहीं पता नहीं।'

कप्तान—'और वह आदमी क्या कहता है जिसे पहरे पर रखा गया था।'

रामनन्दन—'कुछ नहीं महाशय, वह तो हक्का-बक्का-सा हो गया है।'

कप्तान—'मुझे स्वयं इसे देखना होगा। लाखों रुपये के लिए भी मैं ऐसा होना न पसन्द करता। भाग गया! दिन ही में, जबकि चारों ओर आदमी थे और दरवाजे पर पहरा पड़ रहा था।'

मूसा—'मैंने आपको कहा नहीं था, महाशय कि उसे हथकड़ी-बेड़ी डाल कर रखिये।'

फिर बाबू रामनन्दन सहाय ने घूरते हुए उसकी ओर देखा, किन्तु अबकी बार कप्तान ने उसे बोलने से न रोका।

कप्तान—'अच्छा, रामनन्दन बाबू, चलिये जहाज को रत्ती-रत्ती ढूँढ़ा जाय।'

मूसा—'और बहुत जल्दी-जल्दी महाशय, नहीं तो चूहे की तरह वह खिसक कर पानी में चला जायेगा।'

उन्होंने हरचन्द खोजा, किन्तु कहीं उसका पता न लगा। वह अवश्य अब तक पानी में धीरे से उतर कर तैरते हुए किनारे पर पहुँच गया होगा। पहरे पर जो आदमी तैनात था, उसने भागने के विषय में कुछ न कहा। कोठरी के भीतर एक-दो बार उसने किर-किर की आवाज सुनी थी। अच्छी तरह देखने से मालूम हुआ कि फर्श का एक तक्ता उखड़ा हुआ था। अवश्य मेटियो इसी रास्ते से नीचे के तल पर चला गया होगा। वहाँ से समुद्र में पहुँचना उसके लिए बिलकुल आसान था। कप्तान को इस असावधानी के लिए बड़ा अफसोस हुआ। उन्होंने चाकू और चिट्ठियाँ अपने पास रखीं।

उस वक्त जहाज पर सिर्फ एक ही ऐसा आदमी था जो कि मेटियो को खोज निकालने में समर्थ होता और वह था मूसा। उसे मालूम था कि मेटियो बटेविया में कैसी जगह पर छिप सकता है। किन्तु मूसा को छोड़ा नहीं जा सकता था। साक्षी के लिए उसकी बड़ी आवश्यकता थी इंजन पर काम करने के लिए भी उसकी आवश्यकता थी। उसका किनारे पर भेजना किसी प्रकार भी

उचित न मालूम होता था। खासकर वहाँ उसका सबसे बड़ा शत्रु शराब भी उसकी ताक में बैठा हुआ था। मेटियो को देखकर उसका खून खौले बिना न रह सकता था और फिर वह मरे-मारे बिना भी न रह सकता था। इन्हीं सब विचारों को लेकर कप्तान ने उसे उसकी खोज में न भेजा और जब माल लद गया तो एक दूसरे भंडारी को रखकर उन्होंने वहाँ से देश की ओर कूच कर दिया। यद्यपि उनकी और उनके साथ अफसरों की बड़ी इच्छा थी कि प्राचीन भारत के गौरव के स्वरूप बोरी बन्दर को देखें, तथापि इस बीच के झंझट ने उन्हें कुछ न करने दिया।

इसी यात्रा में मूसा में अनेक परिवर्तन हो गये। उसका काम हल्का था, भोजन भी पुष्टिकारक था; स्वच्छ स्वास्थ्यवर्द्धक हवा ऊपर से मिल रही थी और तिस पर शराब वहाँ मिल न सकती थी। जहाज ने कोलंबो में आकर कोयला-पानी लिया और वहाँ जब तक जहाज खड़ा रहा, सैयद रहमान ने उसे काम में लगाये रक्खा, जरा भी छुट्टी न दी और बराबर उस पर निगाह रखी जिसमें कि शराब उसे न मिलने पावे। महाशय रामनन्दन सहाय का खयाल भी अब उसके प्रति बदलने लगा, किन्तु अब भी उसकी चर्बजबानी उन्हें खटकती थी। वह बड़ी अच्छी बात हुई जो मूसा को रामानन्दन बाबू से काम न पड़ता था क्योंकि वह इन्जीनियर का आदमी था।

सैयद रहमान को इसका सारा श्रेय है जो उन्होंने उसके साथ ऐसा औचित्यपूर्ण व्यवहार किया कि मूसा को अब आत्म-सम्मान का खयाल पलटने लगा। इस सारी यात्रा में कप्तान ने उसे न अपने पास बुलाया और न उसको मेटियो की बात सुनाई। किन्तु उसकी उस पर बराबर कड़ी दृष्टि न थी। तथा उसके सुधरने की मन में अत्यन्त कामना रखते थे। अब उसकी बोली में परिवर्तन आने लगा था, उसके नेत्रों की लाली और भयानकता हट गई थी: उसके शरीर का रंग कुछ स्वास्थ्ययुक्त हो चला था, उसकी अब वह शराबियों वाली नाक भी न थी, अर्थात् अब वह अधिक स्वस्थ और समझदार आदमी-सा दिखलाई पड़ता था। इतनी मुद्दत के बाद अब अपनी मातृभूमि को देखने के लिए वह एक नया ही आदमी था।

कप्तान और सैयद रहमान दोनों में से किसी ने भी उसे इस बात का खयाल न कराया किन्तु मूसा इन अपने दोनों देशबन्धुओं के इस उपकार को न भूल सकता था। उन्होंने उस हीन दशा में जब कि उसे परे रखना भी उपयुक्त नहीं कहा जा सकता था—अपनाया था, उसे एक बार सुधरने का अवसर दिया था। सचमुच, उनके उपकार के भार से वह अपने को दबा पाता था।

जहाज बम्बई के पास पहुँच रहा था, सैयद रहमान ने कहा—'मुझे उम्मीद है मूसा, तुम जहाज को न छोड़ोगे?'

मूसा—'कैसे महाशय? किनारे पर न जाऊँ? मुझे अवश्य जाना होगा।'

सैयद रहमान—'मेरा यह मतलब नहीं। उसके लिए अब मैं तुम पर विश्वास करने के लिए तैयार हूँ। मेरा अभिप्राय था कि यात्रा की समाप्ति के बाद तुम 'सौदामिनी' को न छोड़ोगे। हम सब की तरह तुम्हें भी अच्छी तनख्वाह मिलेगी और तुम उसमें से खर्च-बर्च काटकर कुछ बचा भी

सकते हो। उसे बर्बाद न करना, मूसा! मुझे तुम पर विश्वास है। मेरा हाथ पकड़ो तो मूसा।' मूसा ने बड़ी कृतज्ञतापूर्वक उसे अपने हाथ में ले लिया, 'तुम किनारे पर जाओगे। मैं यह उम्मीद नहीं रखता कि तुम बराबर जहाज ही पर वास करो। किन्तु जब दूसरी यात्रा का समय आवे, तो जरूर तुम दस्तखत करना।'

मूसा ने उत्तर दिया—'अवश्य, मैं बहुत पसन्द करता हूँ?'

सैयद रहमान—'मैं तुमसे अधिक कुछ पूछना नहीं चाहता और तुम्हें भी इसके कहने की आवश्यकता नहीं कि तुम अब डंकीमैन से कुछ बढ़कर हो। मैं सिर्फ इतना ही कहना चाहता हूँ कि दूसरी बार तुम कुछ और हो जाओगे। मैं तुम्हें इंजीनियर बना दूँगा मूसा।'

मूसा—'मैं आपकी इस कृपा के लिए चिरकृतज्ञ रहूँगा और इसके लिए मुझे बहुत अभिमान है।'

सैयद रहमान—'किनारे पर पहुँच कर मैं तुम पर निगाह नहीं रख सकता। कराँची पहुँचते ही मुझे दूसरी ही फिक्र में पड़ना होगा। पंजाब में एक बेटे-बच्चों वाली औरत बाट जोहती होगी। मुझे उसके पास पहुँचना है। अब तुम आदमी हो मूसा, तुम्हें अपनी हिफाजत आप करनी होगी। बुरी संगत में फिर कदम न रखना।'

मूसा—'मैं भी घर जा रहा हूँ, इंजीनियर महाशय।'

सैयद रहमान—'ऐ! सच? यह बड़ी खुशी की बात है और मैं आशा करता हूँ, वहाँ तुम्हारा शाही स्वागत होगा।'

मूसा—'दस वर्ष हो गया जबकि मैंने घर छोड़ा था। अब वहाँ न जाने कितने परिवर्तन हो गये होंगे।'

सैयद रहमान—'दस वर्ष? बहुत ठीक मूसा, किन्तु जैसा परिवर्तन आगन्तुक में हुआ है, प्रतीक्षकों में भी वैसा न हुआ होगा।'

मूसा—'किन्तु वह मेरी प्रतीक्षा न करते होंगे महाशय।'

सैयद रहमान—'मैं इसे निश्चित नहीं कह सकता। वाह! यह बड़ी अच्छी बात तुमने सुनाई मूसा। मैं तुम्हें बराबर खयाल रखूँगा और हम फिर दूसरी यात्रा के लिए मिलेंगे। देखो न "सौदामिनी" कैसा अच्छा जहाज है?'

मूसा—'मैं इससे अच्छे की चाह भी नहीं रखता और मेरे लिए आप लोगों से अच्छे अफसर भी नहीं मिल सकते।'

वायुयानों का अड्डा

कप्तान ने अपने बटेविया और कोलम्बो वाले पत्रों में चन्द्रनाथ से मेटियो या मूसा दोनों में से किसी का जिक्र न किया था। इसीलिए घर पहुँचने पर उन्हें चन्द्रनाथ से बहुत कुछ बात करनी थी। यह गर्मी की छुट्टियों का मध्य समय था। शिवकुमार और नाथन भी छुट्टी का आनन्द खूब ले रहे थे। मेटियो का ख़याल अब उनके दिल से बिलकुल भूल गया था। उनका अधिकतर समय झिझरी खेलने तथा आस-पास की सैर करने में व्यतीत होता था, किन्तु वह अपने सारे आमोद को बन्द करने के लिए तैयार थे यदि चन्द्रनाथ अपने खिलौने वायुयान के लिए वर्कशाप में ले जाने के लिए कहते।

अब प्रोफेसर को नाथन की उन्नति के विषय में कुछ कहने की आवश्यकता न थी। कप्तान स्वयं इसे देख सकते थे। नाथन अब नवीं श्रेणी में प्रविष्ट हो गया था। उसके साथी लड़के भी उसकी उम्र के ही थे। यद्यपि भाषा के विषय में अभी वह बहुत कमजोर था, तथापि साथ ही और विषयों में बहुत तेज था। अतः यह समझा गया कि अगले वर्ष विश्वविद्यालय की मैट्रिक परीक्षा देने के वक्त तक वह काफी उन्नति कर जायगा। नाथन को इससे सबसे अधिक प्रसन्नता हुई, क्योंकि अब वह शिव की ही कक्षा में था।

चन्द्रनाथ—'मैंने व्युनस आयर्स के पते पर तुम्हें लिखा था कि मेटियो ने इन दिनों में कोई कष्ट न दिया। नाथन ने उसे न देखा, न उसकी बात ही कही। मैं बराबर इस ताक में रहा कि कोई उस हुलिये का आदमी कालेज के आस-पास तो नहीं आया।'

कप्तान—'तुम्हारे पास कहाँ से आता चन्द्र, वह तो मेरे पास था।'

चन्द्रनाथ—'क्या? यात्रा में "सौदामिनी" पर?'

कप्तान—'हाँ! बटेविया तक, जहाँ उसकी पहिचान हुई, लेकिन वह भाग गया।'

चन्द्रनाथ—'भाग गया?'

कप्तान—'हाँ! मैं तो उसे उसके असली स्थान जेल में भेजना चाहता था, किन्तु क्या करें, भाग गया। यह देखो तुम्हारा व्युनस-आयर्स वाला पत्र है।'

चन्द्रनाथ ने पत्र को हाथ में लेकर देखते हुए कहा—'यह अँगुली का निशान कहाँ से आया? किसने इसे खराब कर दिया, प्रताप?'

कप्तान—'मेटियो ने!'

चन्द्रनाथ—'हाँ! अब मुझे मालूम हो गया कि वह किस मतलब से तुम्हारे पास था। वह बड़ा ही धूर्त है प्रताप, और साथ ही उकताने वाला नहीं है। हमें उससे बहुत सजग रहना होगा। अच्छा यह तो बताओ, कैसे वह तुम्हारे साथ हुआ और तुमने उसे पहचाना?'

कप्तान ने दूसरे पत्र भी प्रोफेसर के हाथ में रख दिये और तब सारा वृत्तान्त कह सुनाया।

चन्द्रनाथ—'अच्छा, इन्हें सुरक्षित रखना चाहिए, इनकी आगे सबूत के लिए आवश्यकता पड़ेगी।'

कप्तान—'इसीलिए तो मैंने फाड़कर समुद्र के हवाले न किया।'

चन्द्रनाथ—'और यह मूसा तुम्हारे साथ अभी रहेगा न?'

कप्तान—'सैयद रहमान ने मुझसे ऐसा ही कहा है। वह उनके ही विभाग में है। उस आदमी में हमने उस समय से जबकि पहिले-पहिल वह हमारे सम्मुख आया था, बहुत भिन्नता पाई। सैयद महाशय का उस पर बड़ा विश्वास है लेकिन रामनन्दन बाबू का खयाल वैसा नहीं है।'

चन्द्रनाथ—'वह अविश्वास रखते हैं?'

कप्तान—'अविश्वास नहीं, वह उससे घृणा करते हैं।'

चन्द्रनाथ—'और तुम प्रताप?'

कप्तान—'मैं उसे सुधरने के लिए अवकाश देना चाहता हूँ।'

चन्द्रनाथ—'तुम उस पर अविश्वास या घृणा नहीं करते?'

कप्तान—'नहीं, आदमी अच्छा है और यदि शराब से उसे अलग रखा जाय तो बहुत ही होशियार मनुष्य है।'

चन्द्रनाथ—'तुम्हारा खयाल बिलकुल युक्तियुक्त मालूम होता है और यदि तुम साथ रखोगे तो मेटियो से तुम्हारी बड़ी रक्षा होगी।'

कप्तान—'क्या तुम्हें अब भी उससे आशंका है?'

चन्द्रनाथ—'हाँ! निश्चय।'

कप्तान—'वह फिर यहाँ आयेगा?'

चन्द्रनाथ—'जल्दी या देर से और नाथन की उन्नीसवीं वर्षगाँठ तक पहुँचते-पहुँचते वह अवश्य पहुँचेगा। मेटियो की ख्वाहिश है, इस सारी ढाल को किसी तरह हाथ लगाने की। इसको हस्तगत करने में वह कोई बात उठा न रखेगा। हमें हद से ज्यादा खबरदार रहने की आवश्यकता है। नाथन और दूसरे जिसमें अपने हक से वंचित न होने पावें, इसके लिए यह बहुत अच्छा होगा कि मूसा शरीर और दिमाग से सही और दुरुस्त तुम्हारे पास रहे।'

कप्तान सिर्फ दस रोज के लिए घर आये थे। इसके बाद उन्हें कराँची चला जाना था। वहाँ उनका जहाज खड़ा था।

कप्तान—'मैं अपने साथ सीता को भी ले जाऊँगा। बम्बई से हमें माल लादना है। जान पड़ता है, अबकी फिर अमेरिका के ही किसी देश में जाना होगा और इस प्रकार फिर एक पृथ्वी-परिक्रमा होगी।'

चन्द्रनाथ—'बहुत अच्छा, मैं बच्चों को कराँची-वायुयानों के अड्डे पर ले जाना चाहता हूँ, किन्तु अभी इसका जिक्र मैंने उनसे नहीं किया है।'

कप्तान—'यह तुम्हारी बड़ी भारी कृपा है, चन्द्र।'

चन्द्रनाथ—'बिलकुल नहीं, वह दोनों ही मेरी उस छोटी मशीन में बड़ी दिलचस्पी लेते हैं। मैं चाहता हूँ कि उन्हें एक असली विमान दिखला दूँ। मुझे आशा है कि उन्हें बडा सन्तोष होगा।'

कप्तान—'सन्तोष! वह फूले नहीं समायेंगे; किन्तु यदि तुम छुटकारा पाना चाहो क्योंकि वहाँ तुम्हारे अनेक वैमानिक मित्र मिलेंगे जिनके साथ तुम्हें बहुत-सा वार्तालाप करना होगा—तो मैं सीता के साथ उन्हें भी ले जा सकता हूँ। बम्बई से तीनों लौट आयेंगे।'

चन्द्रनाथ—'नहीं! जब तक कि लड़के इसे उससे अच्छा न समझें।'

कप्तान—'उनकी राय लेने की आवश्यकता नहीं है। यह तो स्वयंसिद्ध बात है कि वह वायुयान के तमाशे के सामने समुद्रयान की ओर दृष्टि भी नहीं डाल सकते, इसलिए वह तुम्हारे साथ ही रहें।'

चन्द्रनाथ—'और यह बहुत अच्छा होगा, प्रताप! इससे उन्हें इस छुट्टी का एक अच्छा आनन्द मिल जायेगा।'

कप्तान—'और यदि तुम आकाश में चढ़े?'

चन्द्रनाथ—'तो फिर उतर जाऊँगा।'

कप्तान—'हाँ! किन्तु, फिर लड़के?'

चन्द्रनाथ—'वह नीचे रहेंगे।'

कप्तान—'तुम उन्हें अपने साथ न ले जाओगे?'

चन्द्रनाथ—'नहीं! जब तक कि तुम्हारी आज्ञा न हो।'

कप्तान—'शिव बड़ा अधीर लड़का है, और नाथन—।'

चन्द्रनाथ—'तुम दोनों ही के लिए चढ़ना पसन्द नहीं करते?'

कप्तान—'हाँ! यही मेरी सम्मति है, चन्द्र!'

चन्द्रनाथ—'मैं इसे अच्छी तरह जानता हूँ। मुझे एक नये एकहरे पंखवाले विमान की परीक्षा भी करनी है जिसमें मेरी हवा में स्तम्भित करने वाली मशीन भी लगी हुई है। मैं उड़ने से पूर्व विमान-मैदान में उन्हें किसी के साथ सुरक्षित कर दूँगा।'

जब यह बात लड़कों से कही गई कि चन्द्रा मामा अड्डे पर जा रहे हैं, वह दो-तीन दिन तक कराँची में ही रहेंगे, तो लड़के मारे आनन्द के नाचने लगे।

शिव ने बड़ी उत्सुकता से कहा हम भी जायेंगे बाबू जी, क्यों जायें न?'

कप्तान—'तुम लोग जानो, और तुम्हारी माँ?'

'ओह! वह जरूर कह देंगी।' शिव ने यह बात बड़े विश्वास के साथ कही।

नाथन की आँखें भी चमकने लगीं, किन्तु वह चुप रहा।

सीता देवी—'हाँ। लेकिन भैयाः कुछ शर्त रखते हैं, यदि उन्हें तुम लोग मानने के लिए तैयार हो तो और मेरी भी एक शर्त है।'

शिव—'वह क्या है, अम्मा?'

सीता—'कि तुम दोनों उड़ने का आग्रह न करोगे।'

'लेकिन अम्मा!' शिव ने बड़े उदास मुँह से कहा।

चन्द्रा मामा—'यह मेरी पहली शर्त है।'

नाथन—'मैं इसे स्वीकार करता हूँ, मामा।'

शिव ने नाथन की ओर आँखें गुरेर कर कहा—'लो, मैं भी इसे मानता हूँ, लेकिन चन्द्रा मामा, अन्य शर्तें क्या है?'

चन्द्रनाथ—'एक यही यदि तुम्हारे माता-पिता स्वीकार करें।'

शिव—'वह तो हो ही गई।'

चन्द्रनाथ—'और यही कि तुम मेरी आज्ञा मानोगे।'

शिव—'यह आपने लाजवाब कही। जान पड़ता है, अब तक हम चन्द्रा मामा की आज्ञा ही नहीं मानते थे। यह तो पहले ही से पूरी हुई धरी है, क्यों नाथ?'

नाथन ने धीरे से कहा—'मैं आज्ञा मानूँगा।'

शिव ने लम्बी साँस छोड़कर कहा—'और मैं भी।'

वह ठीक समय पर कराँची के वैमानिक अड्डे पर पहुँच गये। चन्द्रा मामा के साथ उन्होंने बहुत से विमानों का निरीक्षण किया। अधिकांश उड़ाके चन्द्रा मामा को खूब जानते थे। वह उन्हें अधिकतर भारद्वाज के नाम से पुकारते थे। लड़कों ने उन्हें विमान के सम्बन्ध में बहुत कुछ बातचीत करते सुना और उन्होंने प्रोफेसर की पहली शिक्षा के लिए अपना अहोभाग्य समझा जिसके कारण उन्हें उनके वायु पंखा, पंख, पूँछ, पंखी, वायुगतिसूचक, उच्छायसूचक, चक्करसूचक, साप्ताहिक घड़ी, दिग्दर्शक, एकहरा पंख विमान, दुहरा पंख विमान, अग्रपंखा, पश्चात् पंखा, वायु-थैला, उत्तरंग, अवतरंग, वायुपद्रव इत्यादि अनेक पारिभाषिक शब्द मालूम थे। नाथन बड़ा लज्जालु लड़का था, इसलिए जब दूसरों को सुन लेना सम्भव होता था, तो वह धीरे से शिव से अपनी राय जाहिर करता था। किन्तु शिव को इसकी कोई परवाह न थी, तो भी अपने से अधिक जानने वालों का अदब करता था।

यह दूसरा दिन था जबकि एक भद्र पुरुष ने प्रोफेसर को सम्बोधित करके कहा—'वाह। भारद्वाज, मुझे यह सुनकर बड़ी प्रसन्नता हुई कि तुम अपने स्तम्भक यंत्र की गोर्डन-विमान पर परीक्षा करने जा रहे हो।'

चन्द्रनाथ—'हाँ, और यदि वह परीक्षा में ठीक उतरा तो दूसरी बार मधु, मैं तुम्हें भी ले चलूँगा।'

शिव ने नाथन से कहा—'मुझे उम्मीद है कि तब नाथ, हमें भी मौका मिलेगा।'

मधुसूदन—'और पहली बार, भारद्वाज?'

चन्द्रनाथ—'में अकेला ही जाऊँगा।'

मधुसूदन—'तुम तो भारद्वाज बुद्धि के अवतार हो। अच्छा तो यह तुम्हारा स्तम्भक किसी प्रकार के भी एकहरे पंखे वाले विमान में लगाया जा सकता है?'

चन्द्रनाथ—'हाँ! हो सकता है, किन्तु मैं पहिले उसकी परीक्षा गोर्डन पर करना चाहता हूँ।'

मधुसूदन—'मुझे भी गोर्डन बहुत पसन्द आता, यदि उसके पंख जरा और पीछे पूँछ वाली पंखियों की ओर होते।'

शिव ने नाथन से कहा—'डेपर्डसिन के समान, क्यों?'

नाथन—'बिलकुल ठीक-या मोशियो ब्लेरियट के विमानों-सा।'

चन्द्रनाथ—'गोर्डन बिलकुल फौलाद का है, मधु।'

मधु—'हाँ, वह बहुत उपयोगी और मजबूत मशीन है, लेकिन मैं उसे बहुत पसन्द नहीं करता, शायद अब तुम्हारी इस नई योजना से पसन्द आने लगे, तो आने लगे। यदि तुम डेपर्डसिन या ब्लेरियट में जोड़े होते तो मैं बड़े आनन्द के साथ दूसरी बार तुम्हारे साथ होता, जैसा कि....'

चन्द्रनाथ—'तो तुम्हें स्वीकार नहीं है।'

मधु—'सधन्यवाद। पिछले सप्ताह चन्द्र, मुझे हमारा वह मित्र—इसहाक सासून मिला था। वह तुम्हारे विषय में भी पूछता था। बड़ा अच्छा होता जो हम भी उसे मिल पाये होते।'

चन्द्रनाथ—'इसहाक सासून! अरे! मैंने तो समझ लिया था कि वह गया।'

मधु—'हाँ! गया लेकिन हमेशा के लिए नहीं, वह फिर लौट आया। अब उसका शरीर उतना मोटा नहीं है।'

चन्द्र—'तो—?'

मधु—'वही।'

चन्द्र—'फिर तुमने उसे यहाँ आने और उड़ने के लिए नहीं कहा?'

मधु—'हाँ। किन्तु उसने कहा कि कुछ काम है।'

चन्द्र—'तो फिर शायद में उसे देख सकूँगा।'

मधु—'यह नहीं सम्भव है। वह फिर निकलने वाला है, कहाँ, यह मुझे नहीं मालूम। तुम जानते ही हो। नारद बाबा की तरह उसके पैर में भी चक्कर बँधा हुआ है।'

चन्द्र—'उसके भाग्य में जरा भी विश्राम लेना नहीं बदा है।'

मधु—'हाँ! लेकिन वह बड़ा तन्दुरुस्त है भारद्वाज, यह बड़ी विशेषता है। उसके रंग-रूप सब में स्वास्थ्य का चिन्ह है। मुझे उम्मीद है तुम्हारी स्तम्भन-योजना सफल होगी।' मधुसूदन चले गये।

शिव—'गोर्डन में किस प्रकार का इंजन लगा है, मामा?'

चन्द्रा—'ग्नोमी।'

शिव—'ओह! घर घराने वाला, भनभनाने वाला नहीं।'

शिव के इस बीच के वार्तालाप ने इसहाक सासून की बात ही खयाल से हटा दी। अब चन्द्रनाथ अपने नवीन यंत्र की परीक्षा में लगे। उसके विषय में उन्हें पूरी आशा थी कि वह गोर्डन को हवा में रोक कर खड़ा रख सकेगा।

लड़कों का दिल धड़कने लगा जब चन्द्रनाथ वैमानिक पोशाक, कनटोप और झाँपदार चशमे को लगाये ऊपर जा बैठे। उनकी दाढ़ी हवा के झोंके में जरा-जरा हिल रही थी और वह चालक-चक्र को इस प्रकार हाथ में लिए हुए थे कि जान पड़ता था कि ग्नोमी उनका पुराना मित्र है। लड़के उनकी ओर देख कर मुस्कराये बिना न रहे।

'वह गये!' शिव एकदम बोल उठा जब गोर्डन थोड़ी दूर तक अपने पुच्छ-पद और दोनों रबर टायर वाली पहियों के सहारे आगे दौड़कर हवा में उठा।

गोर्डन जिस समय ऊपर उठते हुए अड्डे के ऊपर चक्कर काट रहा था, तो उसकी घर घराहट बराबर सुनाई दे रही थी और आकृति एक प्रकांड जोलाहा—फतिंगे की भाँति थी। ऊपर चढ़ते-चढ़ते उसका आकार छोटे कबूतर-सा दिखाई पड़ने लगा और घर घराहट भी बहुत मन्द सुनाई देने लगी। आवाज अब अत्यन्त क्षीण हो गई और शिव तथा नाथन टोपी हाथ में लेकर ठीक अपने सिर पर उसे देख रहे थे।

अब विमान बहुत ऊँचे पर पहुँच गया। उसकी आवाज बहुत ध्यान देने पर अत्यन्त धीमी-सी सुनाई देती थी। उसकी आकृति बहुत छोटी थी। जान पड़ता था एक छोटी चिड़िया पर फैलाकर आकाश में चुपचाप एक जगह खड़ी है। यह बड़ी कठिन परीक्षा का समय था। कितने ही मिनट बीत गये और विमान अब भी निश्चल खड़ा था। अब तक दोनों उधर ही देखने में तल्लीन थे। इसी समय दर्शकों की करतल ध्वनि ने उन्हें आकृष्ट किया। अब विमान हिला, धब्बा अब धीरे-धीरे बढ़ने लगा, ग्नोमी का घर घराना भी कुछ ऊँचा हो चला था और गोर्डन कावा काटता हुआ पृथ्वी की ओर आने लगा। उसने बड़ी सफाई के साथ चील्ह की भाँति भूमि को स्पर्श किया—यह चन्द्रा मामा के दूसरे यंत्र की परीक्षा थी—फिर जरा-सा आगे चलकर खड़ा हो गया।

लोग चन्द्रनाथ को चारों ओर से घेरे हुए उन्हें इस सफलता पर बधाई दे रहे थे और शिव तथा नाथन अपने मामा के बगल में बड़े अभिमानपूर्वक खड़े थे।

दोनों लड़कों में से किसी ने भी न कहा, यद्यपि दोनों के चेहरे और आँखों से उनकी हार्दिक लालसा खूब स्पष्ट हो रही थी।

चन्द्रनाथ ने उनके हृदय की बात को समझ लिया और कहा—'जरा और सब्र करो, थोड़ा और बड़े हो लो, फिर मैं अपने निज के विमान पर लेकर तुम्हें उड़ूँगा।'

इस स्पष्ट अभिवचन से दोनों अत्यन्त सन्तुष्ट हुए।

दूसरा आरोहण पहिले से भी बढ़कर रहा, क्योंकि अबकी बार संचालन का भार एक सिद्धहस्त के हाथ में देकर चन्द्रनाथ एक आरोही की भाँति चढ़े थे। वह फिर तीसरी बार न उड़े। उन्होंने अपने यंत्रों को विमान में लगा ही छोड़ दिया जिससे सारे उड़ाके अच्छी तरह देख सकें। और फिर वैमानिक वेश को उतारकर वह लड़कों से आ मिले।

अगले दिन जब कि वह रेल में घर की यात्रा कर रहे थे, शिव ने पूछा—'गोर्डन की भाँति आपकी मशीन क्या अब फौलाद ही की होगी, मामा?'

चन्द्र—'पुच्छ भाग और ढाँचा जहाँ कहीं भी वह उपयोगी जान पड़ेगा। मैं चाहता हूँ कि कुछ स्थानों पर आलमोनियम का भी उपयोग करूँ, क्योंकि वह बहुत हल्का होता है और दोनों पंख रेशम तंतु मिश्रित कानवास के हों। मैं अपनी—हम लोगों की—मशीन के बारे में बहुत कुछ सोच रहा हूँ और तुम्हें भी उसके निर्माण में मदद देनी होगी।'

शिव—'और उसमें ग्नोमी लगाओगे?'

चन्द्र—'इस पर हम पीछे विचार करेंगे। मेरी समझ में अंजनी बड़ा सीधा-सादा इंजन है। तुमने अंजनी नहीं देखा है?'

शिव—'नहीं?'

चन्द्रनाथ—'तो मैं उसकी बात तुम लोगों को बताऊँगा। जैसे ही नमूना तैयार हो जायगा, मैं यंत्र-निर्माताओं को दिखाकर पूरे नाप-तौल के साथ उसे बनवा लूँगा और फिर हम उसे बोलेंगे...'

शिव—'क्या मामा? भारद्वाज?'

चन्द्रनाथ—'मैंने दूसरा ही नाम विचारा है।'

नाथन—'काश्यप?'

चन्द्रनाथ—'नहीं मेरी राय है, उसका नाम हो "दर्शना"।'

नाथन के मुख पर मारे आनन्द के उष्ण रक्त जल्दी-जल्दी दौड़ने लगा जिससे वह अरुण वर्ण हो आया और इसकी मात्रा और भी बढ़ गई जबकि शिव ने कहा—'क्या खूब! बहुत अच्छा!'

लड़कों को अब सीता से कई बातें कहनी थीं जिनमें कैवल अड्डे का दृश्य ही न था, बल्कि नये विमान—जिसमें उनका भी हाथ मामा के बराबर ही था की योजना भी। सायंकाल के समय जाकर सीता ने अपने भाई से बात करने का अच्छी तरह मौका पाया।

सीता—'कप्तान ने तुमसे भैया कुछ कहने के लिए कहा है। यह तुम्हें बड़ा दिलचस्प और आनन्दप्रद मालूम होगा। मैंने मूसा को अपनी आँखों से देखा है।'

चन्द्र—'उसने फिर उसी जहाज में नौकरी की है।'

सीता—'हाँ। लेकिन, वह मूसा नहीं है।'

चन्द्र—'ओह तो फिर वह कौन है?'

सीता—'इसहाक सासून।'

चन्द्र—'सीता! सचमुच? मधु ने मुझसे बताया था कि मैंने हाल ही में उसे देखा है, किन्तु उस बिचारे को यह नहीं मालूम कि वह एक कल्पित नाम से कोयला झोंकू का काम कर रहा है।'

सीता—'लेकिन अब वह नहीं है, भैया। उसने अबकी अपने असली नाम से दस्तखत किया है। मैंने उसे देखने के साथ ही पहचान लिया, किन्तु उसने पहिले ही हस्ताक्षर कर दिया है।'

चन्द्र—'तब तुमने उससे बात भी की?'

सीता—'और न फिर?'

चन्द्र—'हाँ। सो तो मुझे आशा ही थी और जबकि उसका अपना उर्फ भी खुल गया था। किन्तु—इसहाक! अच्छा—मैं बहुत प्रसन्न हूँ कि वह प्रताप के साथ है।'

सीता—'और सैयद रहमान।'

चन्द्र—'हाँ! और मुझे उम्मीद है कि सैयद रहमान उसकी तरक्की में सहायक होंगे और वह अपने को उनके योग्य साबित करेगा। एक ही बात का अन्देशा है—'

सीता—'लेकिन "सौदामिनी" पर भैया उसे मदिरा नहीं मिल सकती।'

चन्द्र—'इसके लिए भगवान् को सहस्र-सहस्र धन्यवाद।'

नाथन गायब

दूसरी यात्रा में रामनन्दन बाबू को कप्तान का प्रमाण-पत्र मिल गया था, इसलिए वह एक अलग जहाज पर कप्तान हो गए। इसहाक को इसके लिए जरा भी शोक न हुआ, क्योंकि वे नाम बदलने और इतना परिवर्तन हो जाने पर भी उसे घृणा की दृष्टि से देखते थे और जब-तब मूसा के नाम से पुकारते थे। यह इसहाक को बड़ा असह्य मालूम होता था, क्योंकि वह चाहता था कि किसी प्रकार उस पूर्व जीवन को भूल जाये।

कप्तान को अपनी स्त्री द्वारा इसहाक का परिचय, उसका सम्बन्ध, उसका अध्ययन, उसकी चन्द्रनाथ से मित्रता सब मालूम हो गयी और उन्होंने इसे अपने दिल में रख लिया। किन्तु कायदे से वह यद्यपि इसके लिए बाध्य थे कि इसहाक के साथ उसके पद के अनुसार बर्ताव करें तथापि कप्तान का बर्ताव रामचन्द्रन बाबू की अपेक्षा कहीं सुन्दर और समुचित था। उन्होंने जरा भी कभी उसे सन्दिग्ध दृष्टि से न देखा। उन्होंने कभी उस पर पुराने उर्फ को लेकर उसे न पुकारा। वह चुपचाप बड़ी सहानुभूतिपूर्वक इसहाक को अपने खोये हुए स्थान की प्राप्ति के लिए घोर प्रयत्न करते देख रहे थे। उन्होंने इसहाक के मार्ग में जरा भी बाधा न रखी और इसहाक की कप्तान पर अत्यन्त श्रद्धा थी, क्योंकि वह जान रहा था कि कप्तान के मन में क्या है?

रामनन्दन बाबू के स्थान परिवर्तन से इसहाक को बड़ा संतोष हुआ और उसी के कारण सैयद रहमान को भी। अब भी सैयद महाशय इसहाक की उन्नति के अत्यन्त इच्छुक थे। कप्तान ने इसहाक के रहस्य को चीफ इंजीनियर से कहा। उन्होंने इस बात को इसहाक ही पर छोड़ दिया कि वह उसे सब बतावे। धीरे-धीरे इसहाक ने सैयद रहमान पर अपना पूरा विश्वास जमा लिया और तब कप्तान को सब बात कहने का अवसर मिला और उसे भी उन्होंने इसहाक की अनुपस्थिति में कहा।

दो और यात्राएँ करनी पड़ीं। इसके बाद इसहाक ने अपनी योग्यता से तृतीय इंजीनियर का स्थान पाया। चौथी यात्रा में उसने और उन्नति की और वह आवश्यक परीक्षा में उत्तीर्ण हो द्वितीय इंजीनियर हो गये। उनके चीफ इंजीनियर सैयद रहमान इसके लिए बड़े खुश थे और कप्तान भी पूरे आनन्दित थे कि इसहाक अब जहाज के प्रामाणिक अफसर थे। तीसरे वर्ष के अन्त तक पहुँचते-पहुँचते इसहाक "सौदामिनी" पर चीफ इन्जीनियर हो गये और सैयद रहमान एक दूसरे ही जहाज पर बदल दिये गये।

लड़के अब अठारह वर्ष के करीब के हो रहे थे। दोनों मैट्रिक पास करके कालेज के द्वितीय वर्ष का इम्तिहान दे चुके थे। बीच में ऐसी कोई बात न हुई थी जिसके लिए चन्द्रनाथ को कप्तान के पास कुछ लिखना होता। वह बीच-बीच में कई बार घर आ भी चुके थे। परीक्षा के बाद शिव और नाथ गर्मियों में घर आये थे। अब शिवकुमार को तो जहाजी काम में जाना था और नाथन को उस चर्मपत्र का अध्ययन करना था जिसे कप्तान ने कराँची के सेठ के पास जमा किया था।

मेटियो या उसकी तरह का कोई भी आदमी घर या डी. ए. वी. कालेज के आस-पास दिखाई न पड़ा। सीता देवी को तो यह खयाल हो चला कि अब फिर उसकी बात सुनने में न आयेगी। चन्द्रा मामा बड़े सावधान थे, किन्तु उन्हें भी कुछ दिखाई न पड़ा। इन चार वर्षों की संगति से नाथन सबका अत्यन्त प्रेमपात्र हो गया था।

चन्द्रनाथ के सामने अब प्रश्न कालेज की नौकरी छोड़ने का था क्योंकि उन्हें अपने विमान को पूरा करने के लिए बहुत समय की आवश्यकता थी। लेकिन नाथन और शिव की शिक्षा के कारण इन चार वर्षों में अनेक बार यह खयाल आने पर भी वह उसे कार्यरूप में परिणत न कर सके। प्रताप नारायण का उन पर उतना विश्वास और नाथन के प्रति दायित्व ने भी उन्हें ऐसा करने से बहुत रोका।

नये विमान का नमूना तैयार हो गया। इसके एक-एक पुर्जे के विषय में उन्होंने लड़कों की सम्मति ली। सिर्फ छुट्टी के दिनों ही में वह उसे बनाते रहे। कालेज में रहते वक्त वहाँ अपनी वर्कशाप रखने का उन्हें सुभीता न था। यह नमूना चन्द्रा मामा के उसी टीन के झोपड़े में तैयार किया गया था। उन लोगों ने इसके लिए जरा भी जल्दी न की। कई बार उन्हें कुछ तैयार कर लेने पर भी जब कोई नया सुधार सूझा तो झट उन्होंने उसे बिगाड़कर उसके अनुसार बनाया। तीनों की सम्मति के अनुसार इस नमूने में बहुत-से नये सुधार किये गए थे।

शिवकुमार को बड़ा अफसोस हुआ जबकि उसने सुना कि यंत्रकार विमान को बनाकर तब देगा जबकि मैं कराँची जहाजी आफिस में नौकरी के लिए चला गया रहूँगा। नाथन को अपने चर्मपत्रों के लिए बड़ी उत्सुकता थी। बेचारे शिव ने आखिर यह कहकर सन्तोष किया कि नाथन को ही उसे पहिले देखने का अधिकार है, क्योंकि उसका नाम जो "दर्शना" है। जब वह कराँची के लिए रवाना हुआ तो उस समय कई कारीगर, बढ़ई बँगले से पश्चिम वाले मैदान में विमानशाला बनाने में लगे हुए थे।

वह युवक क्लर्क, जिससे मेटियो ने कप्तान का पहले पता लगाया था, अब भी उसी होटल में जलपान करने जाया करता था। अब उसकी तनख्वाह बढ़ गई थी और साथ ही दर्जा भी, किन्तु अभी उसकी राय में वह इतनी न थी कि वह उस थर्ड क्लास होटल से हटकर किसी अच्छे होटल में अपना प्रबन्ध करें। शिवकुमार के ऑफिस में पहुँचने के एक सप्ताह बाद जबकि क्लर्क मेजपर भोजन के इन्तजार में बैठा हुआ था, उसी समय एक नया भोजन करने वाला आया और उसने ठीक उसके सामने वाली खाली बेंच को अपने बैठने के लिए पसन्द किया।

आगन्तुक ने एक सूखी हँसी हँसते तथा दूध की भाँति श्वेत दंतपंक्तियों को दिखाते हुए कहा—‘कैसे हो, कप्तान!’

उसने बड़े आश्चर्य के साथ वक्ता के मुख की ओर देखा और फिर पूछा—‘क्या, मैंने आपको कहीं देखा है?’

मेटियो—‘बाहर तो।’

उसके चेहरे में बहुत कम परिवर्तन हुआ था, गालों पर कुछ रेखाएँ और जरा गहरी हो चली थीं। बालों में दो-एक श्वेत भी होते दिखाई पड़ रहे थे। मूँछ, दाढ़ी पहिले ही की तरह अब भी साफ थी और कानों में फिर वही दोनों सोने के कुंडल थे।

युवक—‘बाहर? बाहर तो निस्सीम है। क्या कृपा करके आप मुझे अक्षांश और देशान्तर तथा साथ ही उत्तर-दक्षिण भी बतलाइयेगा।’

मेटियो ‘मैंने “कदम्ब” के कप्तान के विषय में पूछा था जबकि आपने कहा था कि वह “सौदामिनी” नामक नवीन जहाज पर चले गये। युवक—‘ओ हो! कप्तान काश्यप? तुम भी युग-युगान्तर की बात ले बैठे।’

मेटियो—‘चार वर्ष।’

युवक—‘ओह! ठीक! अब मुझे मालूम हुआ। हम दोनों ही आँख मूँद कर आ रहे थे और अन्त में एक दूसरे से भिड़ गए। युग बीत गये और मैं अब भी उसी होटल में आता हूँ। अच्छा देखो किशुन, जल्दी मेरा खाना लाओ तो। और, देखो यह महाशय—’

मेटियो—‘माफ्रा कप्तान।’

युवक—‘महाशय माफ्रा बैठे हैं, इनके लिए भी थाली लाओ। देखो किशुन, एक कटोरी में पाव भर खीर और थोड़ी-सी पकौड़ियाँ भी लाना।’

किशुन—‘और आपको महाशय?’

मेटियो—‘जो कुछ भी तुम्हारी इच्छा हो।’

इस पर दोनों ही के लिए लड़के ने एक-सी ही चीजें ला रखीं।

युवक—‘क्या, आप कप्तान काश्यप को जानते हैं?’

मेटियो—‘जरा-सा—बहुत थोड़ा-सा, क्या वह अब भी “सौदामिनी” पर है?’

युवक—‘हाँ, और आगे भी रहने की उम्मीद है।’

मेटियो—‘सौदामिनी आजकल कहाँ है?’

युवक—‘बहुत दूर, दूसरे गोलार्द्ध में।’

मेटियो—‘बहुत दूर?’

युवक—‘हाँ!’ और फिर वह चुपचाप खाने लगा।

मेटियो ने देखा कि क्लर्क का बर्ताव कुछ रूखा-सा है, वह प्रश्नों का उत्तर पूरा देना नहीं चाहता।

दूसरी बार फिर खाना परसा गया, दोनों ने चुपचाप खाना खतम किया।

माफ्रा बोला—'मैं ही दाम दे देता हूँ, कप्तान।' और उसने हाथ में दो रुपये निकाल लिये।

'क्या?'—युवक ने बड़े रूखे तौर पर पूछा।

मेटियो—'यही, कि मैं ही दे देता हूँ।'

युवक—'नहीं। आपको इसके लिए धन्यवाद है, लेकिन मैं इतना गरीब नहीं हूँ। क्षमा करें।'

मेटियो—'आपको बुरा तो नहीं मालूम हुआ?'

युवक—'नहीं! बुरा लगने की कोई जरूरत नहीं, मैं स्वयं अपना दाम चुकाऊँगा। अपनी जगह से उठते हुए यदि आप कप्तान काश्यप के विषय में अधिक जानना चाहते हैं, तो उनके लड़के से पूछिये, वह आफिस में है।'

मेटियो—'उनका लड़का आफिस में है? क्या शिव?'

युवक—'हाँ! शिवकुमार काश्यप।'

मेटियो—'ओ-ओ-ह!' और वह यहीं रुक गया, क्योंकि युवक क्लर्क अब वहाँ से निकल गया था। फिर भी उसने दो बातें बता ही दी थीं, पहली तो यह कि कप्तान बहुत दूर कहीं अपने जहाज को लिये हैं और दूसरे इस समय शिव और नाथन अलग-अलग है।

तीन दिन बाद दोपहर को शिव को एकाएक सूचना मिली कि कोई भद्रपुरुष तुमसे मिलना चाहते हैं। मन में तर्क-वितर्क करता हुआ शिवकुमार अपनी कुर्सी से उठा और मुलाकात वाले कमरे में गया, देखा तो वहाँ चन्द्रा मामा बैठे थे।

'ओहो! चन्द्रा मामा।' उसने हँसते हुए आरम्भ किया, किन्तु देखा कि चन्द्रनाथ के चेहरे की आकृति गम्भीर है। इस पर कुछ हृदय में आशंकित होकर उसने पूछा—'क्या बात है?'

चन्द्र—'बहुत मुश्किल है!'

शिव—'क्या मुश्किल है, मामा!'

चन्द्र—'नाथन का पता नहीं है?'

शिव—'पता नहीं! नाथन! कब से? कैसे? कहाँ से? खोलकर बताओ मामा!' उसका हृदय आतंक से पूर्ण हो गया था।

चन्द्र—'मैं इतना ही बता सकता हूँ कि कब से। कल रात को वह ब्यालू के समय नहीं आया। मैं और सीता कितनी देर तक प्रतीक्षा करते रहे, फिर खाना खाने के बाद मैं उसके कमरे में गया। किवाड़ खुले थे और वह वहाँ न था। मैं मकान के चारों ओर घूम-घूम कर पुकारने लगा—'नाथन! नाथन होइत्!' किन्तु मेरी अपनी प्रतिध्वनि के अतिरिक्त वहाँ कोई उत्तर न था।'

'और नाथन का नहीं। शिव अब अगली बातों को सुनने के लिए अधीर हो गया।

चन्द्र—'नहीं। नाथन का कुछ उत्तर न मिला। गंगा ने बताया कि तीन बजे जलपान के बाद वह मैदान की ओर गया और तब से में निश्चय जानती हूँ, वह न लौटा। तब मैं एक गैस वाली लालटेन लेकर चारों ओर ढूँढ़ने लगा। घर के आस-पास विमानशाला का कोना-कोना और सारा मैदान ढूँढ़ डाला, किन्तु कहीं उसका पता नहीं। बहुत पुकारा, किन्तु कोई उत्तर नहीं।'

शिव—'उसका कोई चिन्ह भी न मिला।'

चन्द्र—'बिलकुल नहीं।'

शिव—'किसी प्रकार का भी शब्द न सुनाई पड़ा, मामा?'

चन्द्र—'जंगल के ऊपरी हिस्से की ओर सिर्फ उल्लू की आवाज सुनाई दी। मकान के सारे कमरे आदि सभी ढूँढ़ मारे, लेकिन फिजूल, कहीं कुछ पता नहीं। तीन बजे रात को मैंने सीता को सोने के लिए कहा, किन्तु गंगा और सीता दोनों में से किसी को भी नींद न आई। दरवाजा खोले हुए मैं चुपचाप बैठा रहा कि अब नाथन लौटता है, किन्तु वह नहीं लौटा।'

शिव—'फिर, आज आपने उसकी खोज की?'

चन्द्र—'हाँ! बाग में, वर्कशाप में, मैदान में और विमानशाला में। जब वह काम करने के लिए आये तो मैंने बढ़इयों से भी पूछा। उनमें से चार तो सुनकर हक्के-बक्के हो गये और एक की अवस्था कुछ विचित्र-सी थी, वह कहता था कि मैंने कल से ही उसे नहीं देखा।'

शिव—'लंगटू?'

चन्द्र—'हाँ! वही।'

शिव—'मैं उस पर जरा भी विश्वास नहीं करता, मामा।'

चन्द्र—'मैंने तो उसकी बकवाद को उसका वैसा ही स्वभाव समझा।'

शिव—'मेरा उस पर जरा भी विश्वास नहीं है।'

चन्द्र—'लेकिन उसे इससे फायदा? उसे नाथन के गुम होने की बात को छिपाने से क्या हाथ लगेगा?'

शिव—'वह सीधा आदमी नहीं है मामा, बड़ा धूर्त है। लंगटू परले दर्जे का शैतान है। इस बात को नाथन भी जानता है?'

चन्द्र—'क्या जानते हो?'

शिव—'वह सबसे पीछे बसूला हाथ में लेता है और सबसे पहले रख देता है। वह दूसरों से भी काम करने में देरी करवाता है। काम करने में जी चुराता है, किन्तु तनख्वाह बॅटने वाले दिन को तो आँख फाड़ देखता रहता है। हमने उसे एक दिन जान-बूझकर दूसरे की रूखानी खराब करते पकड़ा था। उसने जैसे ही हमें देखा, बन्द कर दिया। उस आदमी को फिर उस पर धार रखते देर लगी थी। मुझे बड़ा आश्चर्य है कि रघुनाथ मिस्त्री क्यों उसे रखे हुए हैं। उसने हम दोनों से पाँच रुपये अफीम के खेल में लगाने के लिए बड़ा अनुरोध किया था। उसने कहा था कि पाँच के पचास धरे हुए हैं।'

'और—?'

शिव—'ओह! हमने उसे उससे भी अधिक रुपये दिये।'

चन्द्र—'मैं समझता हूँ, तुम्हें यह बात मुझसे कहनी चाहिए थी।'

शिव—'लेकिन उसके बाद फिर हम उसके पंजे में न पड़े। नाथन और मैं दोनों ही फिर उसके चंगुल में न फँसे।'

चन्द्र—'यह तुम्हें मुझसे कहना चाहिए था?'

शिव—'क्यों?'

चन्द्र—'फिर मैं नाथन के गुम होने के विषय में और जोर से पूछ सकता था और यहाँ आते वक्त उस पर देख-भाल रखने के लिए कह आया होता। पहिले सजग कर देना बहुत अच्छा होता है, शायद इसका सम्बन्ध रहता है—'

शिव—'किससे मामा?'

चन्द्र—'मैंने समझा था कि नाथन शायद तुम्हारे पास चला आया हो, उसका मन वहाँ अकेला न लगा हो। किन्तु यहाँ उसका कोई पता नहीं। अब जहाँ तक हो सके, जल्दी नाथन के पाने का प्रयत्न करना होगा। उस समय मुझे लंगटू पर सन्देह न हुआ। अब मुझे उस पर और दूसरे पर पूरा सन्देह हो गया।'

शिव—'दूसरा कौन, मामा?'

चन्द्र—'मेटियो।'

शिव—'मेटियो? वही जिससे बन्दरवाली दूकान पर नाथन डर गया था। यह वह नहीं हो सकता, मामा। यहाँ भी उसी तरह का एक आदमी दिखाई पड़ा था। कृपासिंह अपने होटल में उसे मिला था। वह कहता था कि वह पिता जी के बारे में बहुत पूछ-ताछ करता था।'

चन्द्र—'कृपासिंह? कौन है, कृपासिंह?'

शिव—'हमारे आफिस का असिस्टेंट क्लर्क। उसकी मेज मेरी ही बगल में है।'

चन्द्र—'वह कब मेटियो से मिला था?'

शिव—'सोमवार को और चार वर्ष पहिले भी एक बार वह मिला था। किन्तु उसे मेटियो के नाम से नहीं जानता, बल्कि वह माफ्रा कहता है।'

चन्द्र—'माफ्रा! वह मेटियो ही है शिव! हमें उसी के पकड़ने की बड़ी आवश्यकता है। बड़ा अच्छा हुआ जो उसका पता लग गया। क्या कृपासिंह इस वक्त मिल सकता है?'

शिव—'यदि आप चाहें तो मैं उसे बुला लाता हूँ, अब आफिस बन्द होने का समय भी आ गया।'

चन्द्र—'जाओ, जल्दी बुला लाओ। यह सबसे जरूरी बात है।'

शिव जाकर कृपासिंह को बुला लाया और उसने चन्द्रनाथ से परिचय कराया।

कृपा ने हाथ जोड़ कर 'वन्देमातरम्' करते हुए कहा—'मुझे आपके दर्शन से बड़ा आनन्द हुआ।'

चन्द्र—'किन्तु मुझसे अधिक नहीं। शिव ने अभी मुझसे कहा है कि आपने माफ्रा नाम के किसी आदमी को देखा है।'

कृपासिंह—'हाँ जनाब।'

चन्द्र—'उसकी शकल कैसी है!'

कृपा—'एक पतला और मझोले कद का आदमी है, रंग श्वेत, बाल काले और आँखें खुमार में सी। पलकें भी जनाब निद्रित-सी मालूम होती हैं, स्वयं आँखें नहीं, उसके कानों में कुण्डल हैं। वह "सौदामिनी" के विषय में पूछता था।'

चन्द्र—'यही मेटियो है!'

कृपा—'क्या!'

चन्द्र—'मैं उसे मेटियो के नाम से जानता हूँ। क्या आप मुझे बतला सकते हैं कि वह आपसे कहाँ पर मिला? उसने आपसे क्या-क्या पूछा और आपसे उसने क्या-क्या कहा—कृपया, कृपासिंह जी इसे जहाँ तक स्मरण हो, विस्तारपूर्वक कहें।'

कृपा—'बड़ी प्रसन्नता से जनाब।'

तब कृपासिंह ने सारी बात आद्योपान्त अक्षरशः कह डाली। प्रोफेसर चन्द्रनाथ भारद्वाज ने सारी बात को बड़े ध्यान से सुना और उन्हें निश्चय हो गया कि सारी हरकतें मेटियो के सिवाय दूसरे की नहीं हो सकतीं।

अन्त में चन्द्रनाथ ने कहा—'अच्छा तो आज जलपान हमें साथ ही करना है और यदि कृपासिंह जी आप और शिव को कोई उज्र न हो तो मैं साथ ही एक मित्र से मिलने जाना चाहता हूँ। मैं चाहता हूँ कि तुम्हारी यह बातें उन्हें भी मालूम हो जायें। चलियेगा न?'

कृपा—'अवश्य जनाब, मुझे कोई काम नहीं है। और यदि कोई काम भी होता, तो भी मैं आपके वास्ते उसे छोड़ देने को तैयार हूँ। बहुत अच्छा, मैं चलता हूँ।'

सम्मति

सबेरे ही प्रोफेसर ने सेठ जी के पास फोन कर दिया था और उन्हें इसका जवाब भी मिल गया था। सात बजे रात्रि में सेठ जी के घर पर बैंक में ही मिलने की बात तै पाई थी।

चाय पी लेने के बाद तीनों आदमी सेठ जी के मकान की ओर चले। सेठ जी को युवकों के आने की खबर न थी। यह चन्द्रनाथ की भी पहली मुलाकात थी। इसलिए जब तीनों आदमी सामने पहुँचे तो सेठ को सन्देह हो पड़ा कि कोई भूल हुई है। यह अवश्य दूसरे आदमी हैं। कप्तान काश्यप के साले नहीं हो सकते।

प्रोफेसर के मुलाकाती कार्ड को जिसे उन्होंने पहले भेज दिया था, पढ़े होने से सेठ ने कहा—'महाशय भारद्वाज?'

हाथ बढ़ाते हुए प्रोफेसर ने कहा—'हाँ! और आप सेठ दाऊद?'

सेठ ने बड़ी गर्मागर्मी से हाथ हिलाया और 'वन्देमातरम्' कहा। उन्होंने यद्यपि चन्द्रनाथ और कप्तान की धर्मपत्नी के चेहरे के सादृश्य को देखा, तथापि उन्होंने पहले किसी और ही को समझ लिया था।

सन्देह में आकर अपने थोड़ी देर रुक जाने पर खेद प्रकट करते हुए सेठ ने कहा—'माफ कीजिए, मुझे पहले आपकी मुलाकात का सौभाग्य न प्राप्त हुआ था और मैंने समझा था कि आप अकेले ही आ रहे हैं?'

बस पर चन्द्रनाथ ने शिव की ओर संकेत करके कहा—'यह मेरा भाँजा शिव है।'

सेठ—'ओह! हाँ—मैंने इनके विषय में सुना है, और यह—अच्छी तरह देखकर, नहीं यह नाथन दर्शना नहीं हो सकता।'

शिव को बड़ा आश्चर्य हुआ। कैसे यह वृद्ध सेठ जानता है कि कृपासिंह नाथन नहीं है? और क्यों नाथन का नाम इसके मुँह से अत्यन्त परिचित के तौर पर निकला।

चन्द्र—'नहीं। यह महाशय कृपासिंह हैं, यह उसी जहाजी आफिस में क्लर्क हैं, जिसमें कि शिव अभी गया है। पिछले सोमवार को ही शिव ने कार्य आरम्भ किया है। मैं दोनों को आपके पास लाया हूँ कि वह जो कहते हैं उसे आप भी सुनें क्योंकि दुर्भाग्य से नाथन गुम हो गया।'

सेठ—'गुम हो गया?'

चन्द्र—'कल के छह बजे सायंकाल से। आप पहले मेरी बात सुनें, फिर शिव की और फिर कृपासिंह की। तीनों की बातों को सुनने के बाद आपको सारी घटना मालूम हो जायगी। उसके बाद आपस में राय लेकर हम नाथन को शीघ्र खोज निकालने में शायद कामयाब हो सके।'

अब चारों ही कुर्सियों पर बैठ गये। सबने अपनी-अपनी कथा कह सुनाई और सेठ ने तब तक अपनी जबान जरा भी न हिलाई जब तक कि तीनों ने अपनी-अपनी कथा समाप्त न कर ली।

कृपासिंह की बात समाप्त होने के बाद सेठ ने कहा—'जान पड़ता है, महाशय कृपासिंह जी मेटियो के सिमियन बिन इज़्रा और उनके पौत्र का पीछा करने के बारे में कुछ नहीं जानते हैं।'

चन्द्र—'हाँ! यह तो ठीक है।'

कृपा—'मुझे उसके बारे में कुछ भी मालूम नहीं है, जनाब।'

सेठ—'लेकिन इन्हें भी उसका जानना आवश्यक है, क्योंकि अब इन्हें भी इसमें सम्मिलित करना पड़ेगा। क्या शिवकुमार चर्मपत्र और ढाल के विषय में कुछ जानते हैं?'

अपने मामा के उत्तर की प्रतीक्षा न करके शिव ने कहा—'बहुत थोड़ा-सा, अधिक नहीं। मैं जानता हूँ कि एक ढाल और कुछ चर्मपत्र हैं जिन्हें नाथन अपने उन्नीसवें जन्मदिन पर पाने वाला है; किन्तु मैं यह नहीं जानता कि वह कहाँ है?'

सेठ—'तुमने नाथन की कथा सुनी है?'

शिव—'अक्षर, अक्षरा।'

सेठ—'तुमने मेटियो को देखा है?'

शिव—'हाँ! एक बार जबकि हम बन्दर बेचने गये थे।'

सेठ—'मैं इसे अच्छा समझता हूँ कि तुम इन सभी बातों को कृपासिंह से कह दो—अभी नहीं, पीछे। अब हमें नाथन की खोज के विषय में विचारना है। मेरा विचार है कि मेटियो ही नाथन को पकड़ ले गया है।'

शिव—'लेकिन महाशय, मेटियो तो कराँची में था।'

सेठजी ने बड़ी शांतिपूर्वक कहा—'सोमवार को न? सोमवार से कल तक उसे काफी समय था, उतने में वह यहाँ से सक्खर गया, उसने विमानशाला देखी, लंगटू से घनिष्ठता प्राप्त कर ली, उसे रिश्वत देकर अपनी मुट्ठी में कर लिया और उसकी सहायता से वह नाथन को पकड़ ले गया। अब चाहे कहीं उसे छिपा रखा गया है या बाहर भगा ले जाने के प्रयत्न में है।'

शिव भौचक्क-सा हो गया। कृपासिंह इस अद्भुत कथा के भिन्न-भिन्न अंशों को मिलाकर एक करने लगा।

शिव—'वह उसे क्यों भगायेगा?'

सेठ—'इसीलिए कि धमकी, चिट्ठी-पत्री द्वारा किसी प्रकार चर्मपत्र और ढाल पर अपना अधिकार जमावे। आपकी क्या राय है महाशय भारद्वाज?'

चन्द्र—'मेरा भी खयाल आपका ही-सा है, सेठ जी। मुझे आशंका हो रही है कि जब तक उसे छुड़ा नहीं लाया जाता, नाथन के साथ वह बुरा बर्ताव करेगा।'

शिव—'हमें इस विषय में बहुत जल्दी करनी चाहिए!'

सेठ—'वह और कुछ न करेगा। उसे यह अच्छी तरह मालूम है कि मैं नाथन ही के द्वारा किसी प्रकार उन चीजों को हस्तगत कर सकता हूँ। उसे यह भी अच्छी तरह मालूम है कि अब छह महीने में नाथन को ढाल और चर्मपत्र मिल जायेंगे। मुझे इसका पूरा विश्वास था कि जितना ही समय नजदीक आ रहा है, उतना ही मेटियो के हस्तक्षेप की भी अधिक आशंका बढ़ती जाती है। तो भी इस वक्त मुझे इसका कुछ खयाल न था। हमें नाथन को छुड़ाने के प्रयत्न में तुरन्त लग जाना चाहिए। कप्तान काश्यप कब घर आ रहे हैं?'

चन्द्र—'दिसम्बर से पहले नहीं। मुझे इतने समय में सिर्फ एक ही पत्र के पहुँचने की आशा है। यदि आवश्यकता हो तो मैं उनके पास तार दे दूँ।'

सेठ—'इस पर हम फिर विचार करेंगे। अवशिष्ट यात्रा में विघ्न डालना अच्छा न होगा। पत्र लिखने से सिर्फ तरद्दुद बढ़ेगा और तार से सारी बात मालूम होने से रही। हमारा पत्र या तार भेजना फिजूल है। उनके पाने और आने में महीनों लग जाएँगे, अतः वर्तमान समय में कप्तान हमें कुछ भी मदद नहीं पहुँचा सकते। और नाथन को दिसम्बर से पूर्व ही छुड़ा लेना चाहिए।'

शिव—'उससे भी पहले कि अभी उसे तीन मास रहते हैं।'

चन्द्र—'और आपकी क्या सलाह है?'

सेठ—'शिवकुमार को आप साथ ले जायें, मैं समझता हूँ, आफिस द्वारा इसमें कोई बाधा न होगी।'

चन्द्र—'इस परिस्थिति में? अवश्य मैं अवश्य ऐसा करूँगा यदि आपकी राय में शिव द्वारा इस काम में कुछ मदद मिल सकती हो।'

सेठ जी ने उत्तर दिया—'अवश्य इसमें मुझे जरा भी सन्देह नहीं है।'

'और मैं भी चलने के लिए तैयार हूँ।' यह कृपा ने इस विचित्र घटना की एक-एक बात को भली प्रकार मन में बैठा कर कहा।

सेठ—'हम आफिस वालों को अत्यधिक तरद्दुद में नहीं डाल सकते। मेरी तरह तुम्हारा कर्तव्य भी कृपासिंह जी यही है। यदि हम दोनों भी प्रोफेसर के साथ सक्खर गये तो इससे कुछ लाभ न होगा, बल्कि गुत्थी और उलझ जायेगी। अभी ही इसकी उलझ कम नहीं है। अभी हमें यह काम प्रोफेसर भारद्वाज और शिवकुमार के हाथ में छोड़ देना चाहिए। यह लंगटू को अच्छी तरह जानते हैं और लंगटू को पहले पकड़ना होगा।'

चन्द्र—'यही मेरी भी राय है।'

सेठ—'आप लंगटू द्वारा ही मेटियो को पायेंगे, जरा भी हिचकिचाहट न दिखाइयेगा। यदि लंगटू न माने तो पुलिस को बुलाये बिना न रहना। मेटियो बुजदिल नहीं है। वह धूर्त हो सकता है,

किन्तु कायर हरगिज नहीं। लेकिन लंगटू दोनों हैं। जैसे चाहिए, वैसे उसके साथ बर्ताव कीजिएगा, किन्तु खबरदार! मेटियो का पीछा करते वक्त बहुत सावधान।'

चन्द्र—'बहुत ठीक।'

सेठ—'और आप सब बातों की खबर मुझे देते रहे। मैं चाहता हूँ कि जहाँ भी अपना कदम आप बढ़ाना चाहें, पहले मुझे उसकी खबर अवश्य दे दें और तुम्हें कृपा यह सभी बातें बड़ी आश्चर्यकर मालूम होती होंगी।'

कृपा—'उतनी नहीं, जितनी कि पहले जान पड़ी थीं।'

सेठ—'तुम इन सभी बातों के जानने के योग्य हो। तुम्हारी इस अमूल्य सूचना के लिए अनेक धन्यवाद। मैं और प्रोफेसर भारद्वाज दो-एक और बातें करने वाले हैं, अतः तुम दोनों को हम अकेला छोड़ देते हैं। शिवकुमार तुम्हें बतावेंगे कि नाथन कौन है, वह कैसे हमें मिला और क्यों हमें उसे मेटियो जैसे नर-पिशाच के हाथ से मुक्त करना चाहिए।'

सेठ इब्राहीम दाऊद और प्रोफेसर चन्द्रनाथ भारद्वाज वहाँ से उठकर दूसरे कमरे में चले गए।

सेठजी ने आरम्भ किया। 'आप बहुत थके-से मालूम होते हैं, प्रोफेसर महाशय!'

प्रोफेसर ने स्वीकार किया—'मैं कल रात भर न घर पर सोया और न रेल ही में। मैं इतना चिन्तित था कि नींद आई ही नहीं। नाथन के गुम होने ने मेरे हृदय में बड़ी भारी घबराहट ही नहीं पैदा कर दी, बल्कि मुझे अपने दायित्व का बहुत खयाल हो गया है। कप्तान काश्यप को क्या उत्तर दूँगा महाशय दाऊद, यदि मैं नाथन को न लौटा पाया? मुझे इसकी बहुत चिन्ता है।' उनका खिला हुआ मुख चिन्ता के मारे मुर्झा गया था।

सेठ—'यह बिलकुल स्वाभाविक है, किन्तु इसमें आपका जरा भी दोष नहीं है। आप बहुत थके-माँदे हैं, किन्तु तो भी मैं देख रहा हूँ कि रात की लाहौर वाली डाक से आपको लौट जाना होगा।'

प्रोफेसर—'यह बहुत जरूरी है।'

सेठ—'क्या आप अपनी लौटती यात्रा में सो सकते हैं?'

प्रोफेसर—'अवश्य, मैं फर्स्ट क्लास का टिकट ले लूँगा।'

सेठ—'आपको इसकी अत्यन्त आवश्यकता है। खूब निश्चिन्त होकर सोना, शिव से कह देना कि नींद में कोई खलल न डाले। क्या नाथन को इतना पता है कि ढाल और चर्मपत्र बैंक में जमा है?'

प्रोफेसर—'नहीं!'

सेठ—'मुझे भी यही जान पड़ता था, किन्तु इसे मैं और स्पष्ट करके जानना चाहता था। मेटियो इस पते के लिए उस पर जबर्दस्ती नहीं कर सकता। आपको उम्मीद है कि मेटियो इस पते को जानता है।'

प्रोफेसर—‘नहीं! यदि उसने बैंक की रसीद कप्तान के पास देख ली हो, तो यह सम्भव है।’

सेठ—‘किन्तु यह असम्भव है।’

प्रोफेसर—‘बिलकुल नहीं। उन्होंने वह सारी कथा कह सुनाई कि कैसे मेटियो माफ्रा बनकर ‘सौदामिनी’ का भंडारी बन गया और कैसे कप्तान के सब कागज-पत्र टटोले और अन्त में कैसे बटेविया में नये कोयला-झोंकू ने उसका सारा पर्दाफाश कर दिया। सेठ जी ने इसे पहिले ही पहिल सुना था, इसीलिए वह बड़े सावधानचित्त रहे।’

सेठ—‘और यह पर्दाफाश करने वाला आदमी आपके खयाल में वही हिन्दुस्तानी है जो कि मेटियो के साथ यरुशिलम तक गया था?’

प्रोफेसर—‘हाँ। वही आदमी। उसने पहले एक झूठे नाम—मूसा के साथ हस्ताक्षर किया था। किन्तु अन्त में वह बिलकुल एक दूसरी ही श्रेणी का आदमी निकला। कई वर्ष पहले वह मेरा एक अत्यन्त घनिष्ठ मित्र था। शराबखोरी ने उसे बिलकुल पतित कर दिया। वह गिर कर पाताल तक पहुँच गया। मुझे अपने एक परम स्नेही की ऐसी दशा सुनकर बड़ा दुख होता था। किन्तु शुक्र है और साथ ही चीफ इंजीनियर सैयद रहमान और कप्तान प्रताप को भी धन्यवाद है कि अब वह फिर अपने पुराने स्थान तक पहुँचने का प्रयत्न कर रहा है, बल्कि बहुत हद तक वह अपने प्रयत्न में सफल भी हुआ है। अब वह उसी जहाज में चीफ इंजीनियर है जिसकी कि मुझे बहुत कम उम्मीद थी।’

सेठ—‘चीफ इंजीनियर! “सौदामिनी” पर?’

प्रोफेसर—‘हाँ! वह अब भी कप्तान काश्यप के साथ है।’

सेठ—‘और उसका असली नाम क्या है?’

प्रोफेसर—‘इसहाक सासून।’

‘इसहाक?’ आगे और न कहकर सेठ का चेहरा एकदम पीला हो गया। वह हक्के-बक्के से होकर प्रोफेसर के चेहरे की ओर देखने लगे। फिर ‘मैं—मैं और जान पड़ा कि उन्होंने अपने नेत्रों के सम्मुख जोर से आते हुए किसी दृश्य को हटा दिया है। बहुत प्रयत्न के साथ थोड़ी ही देर में वह प्रकृतिस्थ हो गए और फिर अपनी स्वाभाविक शांति के साथ बोले—‘लेकिन यह बिलकुल सम्भव है कि मेटियो को रसीद दिखाई पड़ी हो। वह बहुत भयानक है। क्या आप समझते हैं कि उसने रसीद देख ली है?’

प्रोफेसर—‘यह बिलकुल असम्भव नहीं है, मेरा कहना बस इतना ही है। प्रताप ने अपने अन्य निजी पत्रों के साथ इसे भी अपनी सामुद्रिक पेटी में रखा होगा और जहाँ तक प्रताप को मालूम है, मेटियो उस पेटी का ताला न खोल सका था, किन्तु उसने प्रयत्न अवश्य किया होगा। बहुत कुछ सम्भव है कि उसने अनुमान किया होगा कि ढाल और चर्मपत्र उसी में है।’

सेठ—‘सम्भवतः। हमें इस बात का निश्चय दिसम्बर में होगा, यदि बीच में—’

प्रोफेसर—'बीच में क्या?'

सेठ—'नाथन यदि चला आवे।'

प्रोफेसर—'ओफ्! वह अवश्य लौट आवेगा। उसके बिना मैं प्रताप को मुँह कैसे दिखाऊँगा।'

सेठ—'वह अवश्य लौट आयेगा, यदि आपने पूरा प्रयत्न किया।'

प्रोफेसर—'अवश्य कैसे?'

सेठ—'क्योंकि मेटियो कप्तान से पत्र-व्यवहार करेगा, यदि उसे मालूम होगा कि वह चीजें कप्तान के पास हैं और यदि उसने रसीद देख ली है, तो मेरे साथ।'

प्रोफेसर—'हमारे साथ खेल खेलेगा?'

सेठ—'हाँ! लेकिन वह बड़ा धूर्त है, वह स्वयं पर्दे की आड़ ही में रहेगा।'

प्रोफेसर—'लेकिन हम दिसम्बर तक प्रतीक्षा नहीं कर सकते। नाथन को उससे बहुत पहले छुड़ा लेना होगा।'

सेठ—'मुझे आशा है कि ऐसा ही होगा। जितनी आवश्यकता हो, बेधड़क खर्च कीजिए। रुपये की जरा भी कमी नहीं है। आप निःसंकोच खर्च कीजिएगा। मैं अच्छी तरह जानता हूँ कि इस अवस्था में सिमियन बिन इज्रा क्या करते। आप खर्च बैंक से ले सकते हैं।'

प्रोफेसर—'नहीं! दोष मेरा है—यद्यपि आपने नाथन के गुम होने में मेरा जरा भी दोष नहीं बताया है तथापि मैं अच्छी तरह जानता हूँ कि यह मेरी असावधानी का फल है, इसलिए सारा खर्च मुझे अपने ऊपर लेना होगा, तभी तो आगे के लिए मुझे होश भी आयेगा।'

सेठ—'आप बहुत थके और चिन्तित हैं, मेरे प्यारे मित्र! आओ! लड़कों के पास चलें। वह बड़ी चिन्ता में होंगे कि क्यों हम इतनी देरी कर रहे हैं। मैंने चन्द ही मिनटों के लिए कहा था और आप इसहाक—इसहाक के विषय में कहने लगे। शिव ने अपनी कथा कभी समाप्त कर दी होगी। आपको अब कुछ भोजन कर लेना चाहिए और तब तक मोटर आ जाती है। आप लाहौर-मेल के खुलने के पन्द्रह मिनट पूर्व ही स्टेशन पर पहुँच जायेंगे—गाड़ी ग्यारह बजे खुलती है।'

चन्द्रनाथ ने इसके लिए धन्यवाद दिया।

गाड़ी पर चढ़ते ही टिकट तो उन्होंने शिव के हाथ में दिया और आप एक बेंच पर खूब पैर फैला कर लेट गये और जल्द ही घोर निद्रा में चले गये। पूरे चार घण्टे तक वह उसी प्रकार सोते रहे। तीन बजे का वक्त था जबकि उनकी नींद सर्द हवा के लगने से खुली। गाड़ी खड़ी थी। गाड़ी की खिड़कियों के बाहर रोशनी दिखलाई पड़ रही थी। आदमी इधर-उधर टहल रहे थे। गाड़ी खुलने की घण्टी टनन्-टनन् हुई।

प्रोफेसर ने आँख मलते हुए शिव से पूछा—'हम कहाँ हैं शिव?

शिव—'हैदराबाद।'

चन्द्र—'ओह! मैं बहुत सोया। लेकिन इससे मुझे बड़ा फायदा हुआ।'

शिव—'तुम अब बहुत अच्छे दिखाई पड़ रहे हो मामा। सिर्फ थोड़ी-सी कसर है। यदि नींद आवे तो एक झपकी और ले लो, मैं बैठा हूँ।'

चन्द्र—'तुम नहीं सोये?'

शिव—'बिलकुल नहीं।'

चन्द्र—'तो अब यह तुम्हारी बारी है। यह सारा ही डब्बा तो हमारा है। सो जाओ शिव! पैर फैलाकर पड़ जाओ और कुछ देर अपने शरीर और दिमाग को विश्राम दो। तुम्हें कल इनकी आवश्यकता पड़ेगी।'

शिव ने कहने का अभिप्राय समझ लिया और तुरन्त लेट गया। गाड़ी चलने के मन्द धक्के में उसे भी सोते देर न लगी।

चन्द्रनाथ को एक-एक करके सेठ के साथ का सारा ही वार्तालाप याद आने लगा। उन्होंने खुल कर ढाल और चर्मपत्र के विषय में कहा, किन्तु प्रताप ने उन्हें थैली के अन्दर रखकर सिर्फ थाती के तौर पर रखा है। उन्होंने उनके बारे में और कुछ नहीं कहा, सिवाय इसके कि यह चीज नाथन की है और उसे उन्नीसवें जन्म-दिन पर मिलेगी। लेकिन सेठ इसे भली-भाँति जानते हैं कि उस थैली में क्या है। उन्होंने मुहरें न तोड़ी होंगी, क्योंकि यह विश्वास घात होगा। चन्द्रनाथ को इस बात का खयाल उस समय न आया था। अन्त में सब बातों पर विचार करके उन्होंने निष्कर्ष निकाला कि सेठ को थैली के भीतर की चीजों का ही हाल नहीं मालूम है, बल्कि सिमियन बिन इज़्रा और दर्शना—परिवार के रहस्य को भी वह बहुत कुछ जानते हैं। नाथन के विषय में उन्हें भी उतना ही खयाल है जितना कि प्रताप को। वह चाहते हैं कि नाथन अपने दादा की वसीयत से वंचित न होने पावे और उसके कर्त्तव्य को पूरा करने में मेटियो बाधा न डाल सके।

लेकिन सेठ इब्राहीम और इसहाक से क्या सम्बन्ध है? इसहाक के नाम लेने मात्र से वह इतना घबरा गए। उन्होंने इसके विषय में कुछ न कहा। उन्होंने अपनी घबराहट को बड़े प्रयत्न के साथ दबा दिया और जरा ही देर में फिर पूर्ववत् शान्त और गम्भीर हो गए। एक बार फिर इसहाक का नाम लेने में उन्होंने हिचकिचाहट प्रकट की और उसे किसी बड़े हार्दिक भाव के साथ लिया। चन्द्रनाथ को इसका मतलब कुछ न लगा।

उन्होंने इस विचार-तरंग को छोड़ दिया और मेटियो और लंगटू का खयाल करना आरम्भ किया। उन्हें समय और मार्ग के स्टेशनों का कुछ भी खयाल न रहा। शिव बराबर सोता ही रहा। छह बज गया था, जबकि चन्द्रनाथ ने कहा—'उठो शिव, अब गाड़ी सक्खर ही में खड़ी होगी।'

तहखाना

सीता देवी ने जैसे ही शिव की आवाज सुनी, वह दौड़ी बाहर निकल आई। अकस्मात् शिव के आ जाने से नाथन की अनुपस्थिति की उदासीनता कुछ घट गई। शौच स्नान के बाद जलपान के लिए बैठे, तो प्रोफेसर ने शिव के लौट आने और सेठ इब्राहीम के सारे परामर्श को सविस्तार कह सुनाया। अब बढ़इयों के आने का समय भी हो गया था, इसलिए दोनों मामा-भांजे फाटक पर खड़े हो गए कि आते ही लंगटू को पकड़कर उससे सब बातों का पता लगावें।

लंगटू औरों की अपेक्षा दस मिनट पीछे आया। जब उसने शिव को भी खड़ा देखा तो उसे बड़ा विस्मय हुआ।

चन्द्रनाथ ने कहा—'मैं तुमसे दो-एक बात करना चाहता हूँ, लंगटू।'

लंगटू—'तो इतने समय का वेतन मुझे कौन देगा? मैं तो एक घंटा इसी में फँसा रहूँगा।'

चन्द्रनाथ—'मैं इसे पीछे देखूँगा और यदि तुममें अकल है तो मेरे साथ उस घर में चलो, वहीं बात होगी। विमानशाला में दूसरों के सम्मुख कुछ कहना तुम्हारे लिए अच्छा न होगा।'

लंगटू—'यदि मुझमें अकल है?'

चन्द्र—'हाँ होशियार लंगटू और यदि अधिक स्पष्ट कराना चाहते हो, तो अपने प्राणों के लिए—क्यों?' यह कहते हुए उन्होंने निश्चल दृष्टि से लंगटू की ओर देखा।

लंगटू ने कोमल स्वर में कहा—'आप उस घर के विषय में कहते हैं महाशय?'

चन्द्र—'हाँ! मैंने घर ही के बारे में कहा तो भी यदि तुम इसे पसन्द करो—और मैं जानता हूँ कि तुम्हारा इस सारे कार्य में हाथ है। अच्छा, तो बँगले के पीछे वाले लोहारखाने में वहाँ हमारी बातचीत में कोई बाधा न होगी।'

लंगटू ने घृणा की दृष्टि से शिव की ओर देखते हुए कहा—'और यह छोकरा?'

चन्द्रनाथ ने बड़ी शान्तिपूर्वक कहा—'मेरा भांजा शिवकुमार काश्यप हमारे साथ चलेगा।'

लंगटू—'एक के ऊपर दो—क्या यह उचित है महाशय?'

चन्द्र—'बिलकुल उचित—उससे कहीं अधिक उचित जो बुध के दिन एक छोकरे पर दो आदमी लगे।'

लंगटू का मन इस सीधे वार से कुछ विचलित होने लगा। उसकी आँखों से आतंक प्रकट हो रहा था।

लंगटू—'मेरा एक पहर नुकसान हो जायेगा महाशय! और यदि यहीं, जहाँ काम होता है, हम बात करें तो?'

चन्द्र—'यह तुम्हारी इच्छा पर निर्भर है। आओ।'

तीनों आदमी लोहारखाने की ओर चले। लंगटू का चेहरा उड़ा हुआ था, उसकी आँखें बिलकुल घबड़ाई हुई थीं।

'अच्छा तो महाशय'—लंगटू बोल उठा, क्योंकि बोलने से चुप रहना उसे अधिक मर्मभेदी मालूम होता था।

चन्द्र ने कहा—'नाथन कहाँ है?'

लंगटू—'मैं कैसे जान सकता हूँ?'

चन्द्र—'नाथन कहाँ है?'

लंगटू—'मैंने आपसे कहा नहीं था कि बुध ही से मैंने नाथन को नहीं देखा।'

चन्द्र—'हाँ, तुमने कहा था। और अब मैं तुमसे तीसरी बार कहता हूँ, नाथन कहाँ है?'

लंगटू—'सब से पिछली बार?'

चन्द्र—'बुध को किस समय तुमने उसे देखा?'

लंगटू—'सब से पिछली बार?'

चन्द्र—'बुध को किस समय तुमने उसे देखा?'

लंगटू—'किस समय? जरा मुझे याद कर लेने दीजिए! हाँ, करीब तीन बजे शाम को आपके साथ विमानशाला में।'

शिव—'झूठ बोल रहा है, मामा।'

लंगटू ने शिव की ओर घूरकर ताकते हुए कहा—'मैंने देखा।'

चन्द्र—'लेकिन मैं पूछता हूँ कि लंगटू तुमने सबसे पिछली बार—तीन बजे के बाद—बल्कि छह बजे के बाद जबकि काम छोड़कर सब लोग अपने घरों को लौटे—कब उसे देखा?'

लंगटू—'मैं भी सबके साथ ही चला गया।'

चन्द्र—'और माफ़ा के साथ लौट आये?'

लंगटू—'माफ़ा के साथ? माफ़ा कौन है?'

शिव—'वही शैतान, जिसके साथ तुम लौट कर आये।'

अब की बार भी लंगटू ने आँखों से घृणा प्रकट की, किन्तु मुँह से कुछ न कहा।

चन्द्र—'आओ लंगटू। बात खुल गई। अब तुम्हारा पानी पीटना फिजूल है। तुम माफ़ा के हाथ के खिलौने थे। उसने अपने मतलब के लिए तुम्हें चंगुल में फँसाया। उसने तुम्हारी मुट्ठी भी गर्म की।'

लंगटू घबराहट में बिना समझे-बूझे ही बोल उठा 'उसने नहीं!'

चन्द्रनाथ ने बड़ी शांतिपूर्वक कहा—'सुनो, अभी मेरी बात खतम नहीं हुई। उसने तुम्हारी मुट्ठी गर्म कर दी या कर देने का वचन दिया, किन्तु खयाल रखो यह खून का रुपया होगा।'

लंगटू ने अपराधी की तरह कहना आरम्भ किया—'मैंने नहीं, बीच ही में वह ठिठक गया।' उसके मुख की अजब दशा थी।

चन्द्र—'क्या मैंने नहीं?'

लंगटू—'मैंने लड़के को मारा नहीं।'

शिव—'तो क्या माफ़्रा ने?'

लंगटू—'चुप था।'

चन्द्रनाथ ने अत्यन्त गम्भीर होकर कहा—'अब एक बात हमारी सुनो, मैं तुम्हें एक बार और मौका देना चाहता हूँ। यदि तुम तब भी न बताओगे और ठीक-ठीक, क्योंकि उसे हम कसौटी पर कसेंगे, तो मैं फिर तुम्हें पुलिस के हवाले कर दूँगा। वह कहाँ है?'

लंगटू—'खलीलपुर में?'

चन्द्र—'और खलीलपुर में कहाँ?'

लंगटू—'मेरे ही घर के तहखाने में।'

चन्द्र—'और तुमने उसे बुध ही से नहीं देखा?'

लंगटू—'मैंने आज ही प्रातःकाल को देखा है।'

चन्द्र—'लंगटू!'

लंगटू—'आप ही ने कहा कि बात खुल गई।'

चन्द्र—'क्या माफ़्रा उसके साथ था?'

लंगटू—'वह उसके पास ही ऊपर वाली कोठरी में था।'

चन्द्र—'हम खलीलपुर चलेंगे।'

लंगटू—चकित-सा हो उठा—'और मैं भी।'

चन्द्र—'हाँ! हमारे साथ की बात कहाँ तक सत्य है।'

लंगटू—'लेकिन आप मुझे पुलिस से पकड़ायेंगे तो नहीं?'

चन्द्र—'नहीं यदि बात ठीक उतरी।'

लंगटू—'तो पहर भर ही नहीं, अब मैं दिन भर के लिए पकड़ा गया।'

शिव—'और नहीं तो हजरत एक वर्ष से कम नहीं।'

लंगटू—'क्या नहीं तो?'

शिव—'जबर्दस्ती पकड़ ले जाने के लिए और यदि तुमने कोई और शैतानी खेली है तो और भी! तुम और वह गोरा दोनों।'

उन्होंने तुरन्त एक ताँगा खलीलपुर के लिए भाड़े पर किया और लंगटू को लिये उस पर सवार हो गये। सड़क कच्ची किन्तु अच्छी थी। एक-दो घण्टे में वह लोग उस कस्बे में पहुँच गये।

लंगटू कई गलियों को घुमा कर एक ऊँचे पुराने गढ़ के टीले पर चढ़ा। कुछ दूर आगे चढ़ने पर उन्हें सीढ़ी से कुछ नीचे उतरना पड़ा। यह एक तरह का आँगन-सा था। इसमें दाहिने-बायें दोनों ओर दो घर थे और सामने भी एक घर था।

वह सामने वाले दरवाजे की ओर चला, लेकिन बराण्डे की फर्श पर पहुँच कर खास तरह से पैर को धमधमाते चला। दरवाजे को खोलने से पहले उसने दो बार कुण्डे को खटखटाया। फिर भीतर घुसा। यह एक छोटी-सी कोठरी थी जिसके पीछे की ओर एक छोटा-सा जंगल था जहाँ से दूर का एक जंगल दिखाई पड़ता था। दीवारें यद्यपि ईंटों की थीं तथापि फर्श कच्चा था अथवा नीचे ईंट देकर ऊपर से मिट्टी डाली गई होगी। उसकी एक ओर दो-चार तिपाइयाँ और दो-तीन चटाइयाँ बिछी हुई थीं। जंगले की ओर मुँह किये हुए एक 35-36 वर्ष की स्त्री खड़ी थी, किन्तु जैसे ही चन्द्रनाथ और शिवकुमार लंगटू के पीछे-पीछे अन्दर आये, वैसे ही उसने बड़ी तीखी नजर से उनकी ओर देखा।

लंगटू ने सीधे से पूछा—'मेहमान कहाँ हैं?'

स्त्री ने झगड़ालू स्वर में उत्तर दिया—'चिड़ियों का शिकार करने गये।'

लंगटू—'और लड़का कहाँ है?'

स्त्री—'वह भी साथ ही गया है' जंगले की ओर मुँह करके मैं अभी देख रही थी, वह उस— वह दूर—के नाले के पास जा रहे थे। एक बार उन्होंने अपनी छोटी हवाई बन्दूक चलाई भी थी।'

शिव बड़ी उत्सुकता के साथ झट जंगले पर पहुँच गया और उधर देखने लगा। उसने वहाँ कोई नाला न देख कर पूछा—'कहाँ जा रहे थे?'

स्त्री—'अभी वह दक्षिण की ओर फिर गये हैं। वह उन झाड़ियों की आड़ में छिप गए हैं।'

शिव का चेहरा उदास हो गया और वह अपने मामा के पास चला गया। चन्द्रनाथ स्त्री की सारी बातों और हरकतों को बड़े ध्यान से सुन-देख रहे थे।

चन्द्र—'क्या वह तहखाना यहीं-नीचे है, लंगटू?'

लंगटू—'हाँ! साहब, नीचे।'

चन्द्र—'में नीचे जाना चाहता हूँ।'

औरत ने जंगला छोड़ दिया और झट तहखाने के छोटे जीने को रोककर वह बड़े कड़ाके के साथ बोली—'नहीं, हरगिज नहीं। तुम कौन हो, जो दूसरे के घर में इस तरह तलाशी लेना चाहते हो? मेरे घर से तुरन्त बाहर निकल जाओ, नहीं तो मुझे जबर्दस्ती बाहर निकालना होगा।' उसने यह कहते हुए द्वार की ओर इशारा किया और आप वही रास्ता रोके जमी रही।

चन्द्र—'तुम्हारा पति मुझे यहाँ लाया है। यह उसकी इच्छा पर है, चाहे मुझे पसन्द करे या पुलिस को। मैं समझता हूँ, पुलिस ही यहाँ ठीक होगी। यह कहकर वे दरवाजे की ओर लौट पड़े।

लंगटू ने बड़ी नर्मी से कहा—'नहीं। महाशय, पुलिस नहीं। आप तहखाना और भी जो कुछ देखना चाहते हैं, देख सकते हैं। किन्तु आपने सुना कि वह दोनों ही शिकार खेलने गए हैं।'

चन्द्र—'पुलिस ही तहखाने की तलाशी लेगी, क्योंकि तुम्हें भलमन्सी पसन्द नहीं है।'

लंगटू—'नहीं! नहीं महाशय! हट जा सोना! मुझे इन महाशय को तहखाना दिखाने दें।'

चन्द्रनाथ ने कुछ फिर भी इन्कार-सा किया, किन्तु इन्हें यह मालूम था कि पुलिस से इस काम में और भी देरी होगी। साथ ही वह यह भी समझ रहे थे कि लंगटू और उसकी औरत दोनों चाल चल रहे थे। उन्हें यह भी आशा न थी कि मैं कोई मुकदमा उस पर करके सफल हो सकता हूँ। उनका इरादा था जल्दी से जल्दी नाथन का उद्धार करना। इसीलिए वह लौटकर सीढ़ी की ओर आये।

पहले लंगटू उतरा, फिर प्रोफेसर और तब शिव। स्त्री ऊपर ही रही। तहखाना बहुत लम्बा-चौड़ा था, जान पड़ता था, दूसरे कमरों और आँगन के नीचे तक। यहाँ चारों ओर अँधेरा ही अँधेरा था। धीरे-धीरे जब उनकी आँखों को अँधेरे का अभ्यास हो गया तो आस-पास कुछ-कुछ दिखाई पड़ने लगा। दीवारों और फर्श पर चूने की गच थी। लेकिन यह कहीं-कहीं टूटी थी और एक कोने में कुछ ईंटें और पत्थर के टुकड़े जमा किये हुए थे। इस ढेर के पास ही एक दरवाजा था।

चन्द्रनाथ ने इस दरवाजे को धक्का देकर खोल दिया और तुरन्त ही तहखाने में प्रकाश की धार बह चली। लेकिन उससे सिर्फ यही जान पड़ा कि वह बिलकुल खाली है। भीतर भी देखा, किन्तु वहाँ भी मेटियो का कहीं कुछ पता नहीं।

लंगटू—'देखो महाशय, वे यहाँ नहीं हैं। जैसा कि मेरी स्त्री ने कहा, वे शिकार खेलने के लिए गये हैं।'

चन्द्र—'अच्छा, तो आओ शिव चलें!' यह कहकर वह निकल पड़े।

लंगटू—'अब मैं दरवाजा बन्द कर दूँ, महाशय?

चन्द्र—'हाँ! लेकिन अब तुम्हें हमारे साथ आने की जरूरत नहीं है, अब तुम अपना काम देखो।'

लंगटू—'और मेरे इतने समय की अनुपस्थिति के बारे में क्या होगा, बाबू?'

चन्द्र—'उससे तुम्हारी मजदूरी में कोई बाधा नहीं। देखो, अब दस बजकर पन्द्रह मिनट हुए हैं। यदि तुम डेढ़ बजे तक काम पर पहुँच जाओ तो तुम्हें पूरे दिन की मजदूरी मिलेगी—लेकिन एक शर्त पर।'

लंगटू—'वह क्या है?'

चन्द्र—'यदि तुम्हारी स्त्री की बात सच्ची साबित हो।'

जैसे ही मामा-भांजे आगे बढ़े, दरवाजा बन्द हो गया और भीतर से कुंडा लगाने की आवाज सुनाई पड़ी। वह लोग धीरे से कोट के नीचे की ओर उतर गए। शिव बड़ा सुस्त था और चन्द्रनाथ विचार में मग्न थे। दोनों ही खूब छेकाये गए।

शिव ने नीरवता भंग करते हुए कहा—'आपको इसका विश्वास नहीं है कि वह जंगल की ओर शिकार खेलने गए हैं!'

चन्द्रनाथ—'बिलकुल नहीं और इसे हम आसानी से जान सकते हैं। यदि मेटियो और नाथन के रंग के कोई दो आदमी इधर से गये होंगे तो इन किसानों से पता लगे बिना न रहेगा। वह ऐसे आदमी नहीं हैं कि पहचाने न जायें। उन्हें देखने मात्र से कौतूहलवश किसान निहारने लगेंगे।'

शिव—'बड़े आश्चर्य में होकर देखने लगेंगे मामा।'

चन्द्र—'क्यों?'

शिव—'यदि नाथन और आदमियों को देखेगा, तो क्या भेड़ की भाँति चुपके से मेटियो के साथ जायेगा। वह भागने चिल्लाने की कोशिश करेगा।'

चन्द्र—'हाँ! वह जरूर करेगा।'

शिव—'बड़ी ऐय्यारी है, मामा?'

चन्द्र—'इसमें क्या शक?'

पता लगाने से मालूम हुआ कि वैसा कोई आदमी उधर से नहीं गया। जो तीन आदमी शिकार के लिए गये भी, वे खलीलपुर के ही प्रसिद्ध बाशिन्दे थे। इसमें भी शक नहीं कि वह नाले से दक्खिन की ओर घूमे हैं। चन्द्रनाथ ने साफ-साफ सब बातें इसलिए न पूछीं कि इससे लोगों को तरह-तरह के प्रश्न करने का मौका मिलेगा। यदि जरा भी बात वैसी निकली तो राई का पहाड़ बनाना उनके बायें हाथ का खेल होगा। उन्होंने अच्छी तरह समझ लिया कि लंगटू और उसकी स्त्री हमें धोखा दे रहे हैं। हमें बड़ी सावधानी से कदम आगे रखना चाहिए। नाथन कहीं उनके नजदीक ही है। उसे तुरन्त कहीं दूसरी जगह चुपके से हटा दिया गया है। लंगटू का पैर धमकाना और दरवाजा खोलने से पूर्व जंजीर का खटखटाना याद आ गया। अवश्य यह उस स्त्री को सजग करने के लिए था। उसने जाने वाले आदमियों को देखकर झट एक बहाना भी बना लिया। इस सब का तात्पर्य यही था कि जिसमें मामा-भांजे जरा-सा वहाँ से हटें और उन्हें नाथन को किसी सुरक्षित स्थान पर भेजने का अवसर मिल जाय।

उस दिन लंगटू विमानशाला पर न आ सका। अगले दिन शनिवार को बारह बजे वह अपनी तनख्वाह लेने आया। वह पहले दिन के आधे दिन की मजदूरी के विषय में कुछ न बोला। यह उसका अन्तिम बार काम पर आना था। उसके बाद वह फिर न आया और उसके ऐसे आदमी की अनुपस्थिति से किसी को कुछ भी अफसोस न हुआ।

चन्द्रनाथ के कथनानुसार कान्सटेबिल ने लंगटू को गिरफ्तार किया और पुलिस के दरोगा और कुछ सिपाहियों ने जाकर खलीलपुर में लंगटू के घर के कोने-कोने की तलाशी ली, लेकिन वहाँ कुछ हाथ न लगा। स्त्री ने वही कहानी फिर कह सुनाई और बताया कि तब से वे दोनों जंगल से न लौटे।

अगले बुध को जब अदालत से बयान लिया तो लंगटू का बयान बहुत सीधा सादा था। शपथ लेने के बाद उसने कहा—'पिछले बुधवार को सक्खर में विमानशाला के काम से छुट्टी पाने पर मैं एक घण्टा ताड़ीखाने में बैठ गया। ताड़ीवाले ने भी इसके लिए अपनी गवाही दी और फिर मैं खलीलपुर को रवाना हुआ। रास्ता उसी मैदान से होकर जाता था जिसमें कि शाला बन रही है। मैदान में मैंने दो गोरे आदमियों को देखा जिनमें से एक के कान में कुंडल था और दूसरा नाथन था। वह दोनों मेरी ओर आ रहे थे और जब वह करीब आ गये तो नाथन ने मुझसे कहा—'बन्देमातरम् लंगटू।' मैंने भी उत्तर में कहा—'बन्देमातरम् महाशय।' तब नाथन ने कहा—'यह हमारे दोस्त महाशय माफ्रा हैं।' इसके बाद दोनों हँसते—हँसते बात करते आगे बढ़े। तब महाशय माफ्रा ने मुझसे कहा कि आप हमारे लिए एक डेरे का इन्तजाम कर दीजिए। इस पर मैंने कहा कि मेरा अपना ही घर हाजिर है।'

जब जिरह में उससे पूछा गया कि तुमने पहले क्यों प्रोफेसर भारद्वाज से कहा कि मैंने बुधवार के बाद ही से नाथन को नहीं देखा और फिर क्यों कहा कि मैंने आज ही देखा है, वह मेरे घर में है। इस पर उसने कहा कि नाथन ने मुझे इस बात को गुप्त रखने के लिए कहा था। किन्तु प्रोफेसर ने धमकी देकर इस बात को पूछ निकाला। 'कैसी धमकी?' कि मैं पुलिस के हवाले कर दूँगा। मैं इज्जतदार आदमी हूँ; पुलिस और अदालत के सामने पेश होने की परेशानी से बच जाऊँ इसी से मैंने उस गुप्त बात को भी प्रकट कर दिया।

चन्द्र—'तुम्हारे लिए रास्ता खुला हुआ है।'

लंगटू—'वह क्या?'

चन्द्र— 'मुझपर अन्यायपूर्वक रोक रखने और झूठा इल्जाम लगाने के लिए अपनी आर्थिक और अपमानजनक हानि का दावा करो यदि तुम इसे साबित कर सको।'

लंगटू—'मैं देखूँगा।'

यद्यपि उसकी बातें सिर्फ झूठ पर खड़ी थीं, लेकिन उस झुठाई को सिद्ध करने के लिए वहाँ कोई मजबूत गवाही न थी। इसीलिए मुकदमे से लंगटू बरी हो गया।

उसी शाम को जबकि मुकदमे के परिणाम पर प्रोफेसर विचारमग्न थे और सीता देवी तथा शिव उदास थे, नाथन को गुम हुए एक हफ्ता बीत गया था। मोन्ते-वाइदो (दक्षिणी अमेरिका) से उन्हें एक तार मिला। सीता देवी ने उसे खोला और चन्द्रनाथ तथा शिव नजदीक होकर पढ़ने लगे। वहाँ था 'घर को—प्रताप।'

आधी यात्रा

ऐसे तार की कोई आशा न थी, क्योंकि प्रतापनारायण ने पहले पत्र में लिखा था कि मोन्ते-वाइदो से 'सौदामिनी' फिर हॉर्न अन्तरीप की परिक्रमा करके प्रशान्त महासागर पार करेगी और जापान-चीन के रास्ते लौटना होगा। जहाजी आफिस के एक पोस्टकार्ड से भी तार का समर्थन हो गया।

वह लोग तरह-तरह का अनुमान करने लगे, किन्तु तार इतना संक्षिप्त था कि उस पर प्रतिज्ञा हेतु-उदाहरण-उपनय-निगमन-पूर्वक कोई ठीक अनुमान करना असम्भव था। पोस्टकार्ड में भी विशेष कुछ न था, सिर्फ यही कि सौदामिनी दक्षिणी अमेरिका से भारत आ रही है। तार भेजने के साथ ही तो कप्तान चल भी पड़े थे, अतः उनका कोई पत्र पाँच सप्ताह के पहले आ सकता था और जब पत्र आयेगा, उसी समय वह स्वयं भी पहुँचेंगे।

पहले-पहल तार के पाने से सबके हृदय में आनन्द हुआ और तब चन्द्रनाथ के हृदय में विफलता और लज्जा चोट पहुँचाने लगी। यदि नाथन तब तक लौट न आया, तो कैसे मैं मुँह दिखा सकूँगा? इस भारी प्रमाद के लिए वह क्या कहेंगे? यह उनकी पवित्र थाती थी जो मुझे सावधानीपूर्वक रखने के लिए दी गई थी। प्रताप मुझे फटकारेंगे। मैं बिलकुल इसके योग्य हूँ। किन्तु चाहे जितना भी वह फटकारेंगे, वह आत्म-भर्त्सना से अधिक न होगी, जो कि इस सारे क्षण में प्रोफेसर के हृदय को आरपार कर रही थी।

उन्होंने खलीलपुर में लंगटू के घर पर चुपके-चुपके पहरा बैठा रखा, किन्तु उससे कुछ फल न निकला। स्त्री घर पर ही थी और जान पड़ता था, वहाँ वही अकेली रह गई। लंगटू कहीं चला गया। पुलिस के हाथ से मुक्त होते ही वह खलीलपुर की ओर गया और तभी से गुम है। चन्द्रनाथ के आदमी ने उसको तब से देखा ही नहीं और न उसे मेटियो और नाथन जैसे किसी आदमी का कोई चिह्न तक खलीलपुर में मिला।

चन्द्रनाथ को आशा थी कि लंगटू उन पर शायद अपनी क्षतिपूर्ति के लिए कोई अभियोग करे जो कि उनके हक में बहुत अच्छा होता; लेकिन लंगटू ने ऐसा कुछ न किया। उसे पूरा डर था कि एक ही बार जो अदालत की आँख में धूल झोंक कर मैं छूट आया हूँ, वही बहुत है, आगे कहीं भंडा फूट गया, तो आफत आई। उसको उसी में छूटने की आशा न थी और छूटने के बाद उसकी स्त्री ने भी इसे चुपचाप छोड़ देने की सलाह दी।

अगले पाँच सप्ताहों में चन्द्रनाथ दो बार कराँची गये। इन यात्राओं का तात्पर्य था सेठ इब्राहीम को सब बातों की खबर देना और शिव को घर पर रखने के लिए आफिस से छुट्टी लेना। इस बीच में विमानशाला भी वायुयान रखने के लिए तैयार हो गई, लेकिन इस विषय का उनका सारा उत्साह नाथन के अभाव में पट पड़ गया था। नाथन की खोज में भेजे हुए अपने आदमी को उन्होंने हटा दिया, लेकिन समाचार-पत्रों में अब भी विज्ञापन छप रहा था। पर कहीं से कुछ उत्तर नहीं आया। उनकी दाढ़ी मारे शोक के बहुत-सी सफेद हो गई, उनकी आँखें अधिक गहरी हो गई, मुँह का रंग पीला हो गया, ललाट की रेखाएँ भी अधिक गहरी हो चलीं। यह पाँच सप्ताह उनके लिए पाँच युग या पाँच कल्प थे।

सेठ इब्राहीम ने कहा—'मेरे दोस्त, तुम बड़े चिन्तित हो।'

चन्द्र—'लेकिन मैं इससे बच कैसे सकता हूँ?'

सेठ—'तो भी इससे कोई लाभ नहीं। मैं भी नाथन के लौट आने के लिए तुम्हारे ही लिए इतना उत्सुक हूँ, लेकिन मैं खूब जानता हूँ कि मेटियो नाथन का अनिष्ट न करेगा।'

चन्द्र—'मैं कैसे इस पर विश्वास करूँ?'

सेठ—'इसी से कि वैसा करने से मेटियो का चिरन्तन मनोरथ भंग हो जायगा। उसका अभिप्राय किसी तरह उन चीजों को हाथ लगाना है। इसमें सन्देह नहीं कि उनके पता लगाने के लिए वह नाथन पर अत्याचार करने से बाज न आयेगा। इसमें भी सन्देह नहीं कि वह अपने मनोरथ की सिद्धि के लिए सब कुछ कर सकता है। इसमें मेटियो के कृतज्ञ होने की आवश्यकता नहीं है। वह नाथन का अनहित नहीं करेगा। हमें उसके उस लोभ ही से यह आशा है कि नाथन को बहुत कष्ट भी न देगा।'

चन्द्र—'मुझे भी ऐसी आशा है।'

सेठ—'तुम मेरी बात को सोलहों आने ठीक समझो। सिर्फ नाथन को कष्ट न देकर सिर्फ उसी के द्वारा वह ढाल और चर्म-पत्र की आशा कर सकता है। तभी वह उसके लिए लिखा-पढ़ी कर सकता है।'

चन्द्र—'क्या सचमुच वह लिखा-पढ़ी करेगा?'

सेठ—'कप्तान काश्यप को जरा आने दो।'

चन्द्र—'प्रताप के आने ही से तो मैं और उद्विग्न हो उठा हूँ। यह कहकर उन्होंने मुँह को हाथों से ढाँक लिया।'

सेठ—'लेकिन यह बात मुझे बड़ी विचित्र मालूम होती है कि तुम अपने परम स्नेही के आगमन पर खिन्नमनस्क हो।'

चन्द्र—'क्यों?'

सेठ—'क्योंकि कोई मनुष्य तुम्हारे हृदय को समझकर समवेदना का दावा कर सकता है, तो वह कप्तान काश्यप ही है। तुम झूठ-मूठ अपने दिल में इतना तर्द्दुद उठा रहे हो। तुमने अपने सारे भावों को सीता जी पर प्रकट किया कि नहीं?'

'अभी नहीं' चन्द्रनाथ ने यह उस समय कहा जबकि उन्हें जरा जरा आशा की किरणें दिखलाई देने लगी थीं।

सेठ—'आप अवश्य उनसे कहें। यदि मैं भूल नहीं करता तो सीता जी साधारण स्त्री नहीं हैं। वह आपके इस मानसिक कष्ट के समय बड़ी सहायक सिद्ध होंगी।'

जरा देर के बाद चन्द्रनाथ ने ध्यानपूर्वक 'वन्देमातरम' कहा और बहुत-कुछ दिल के बोझ को हल्का करके वहाँ से विदा हुए।

सौदामिनी पर उरुगाय देश का मुलायम ऊन बम्बई के लिए लादा गया था। रास्ते में रुकने के लिए कोयला-पानी छोड़कर और कोई आवश्यकता न थी, इसीलिए वह बम्बई में अपेक्षाकृत जल्दी पहुँच गई। और एकाएक जब एक दिन काश्यप भवन में पहुँच गए तो उन्हें बड़ा आश्चर्य हुआ। सीता देवी अपने पति की आवाज सुनते ही बाहर निकल आई और दोनों की नमस्ते हुई। फिर शिव दौड़ आया और बोल उठा 'ओहो, यह कैसे? मैंने तो समझा कि अभी—और' तब चन्द्रनाथ के उदास मुख को देखकर बीच ही में चुप हो गया।

कप्तान ने चन्द्रनाथ के मुँह की ओर देखकर कहा—'क्या बात है, क्या तुम बीमार रहे हो चन्द्र? तुम्हारे बालों से तो मालूम होता है, तुम्हें छोड़े मुझे दस वर्ष हो गए हैं।'

चन्द्र—'बीमार नहीं, किन्तु बड़ा चिन्तित।'

'किसलिए?' फिर कप्तान ने तीनों के मुख को बारी-बारी से देखा। 'नाथन कहाँ है?' लेकिन अब चन्द्रनाथ के मुख की उदासी उनके चेहरे पर भी प्रतिबिम्बित हो रही थी। 'वह क्यों नहीं मेरे पास दौड़ आया?'

सीता—'आओ, भोजनागार में चलें, फिर हम सारी कथा सुनावेंगे।'

सीताजी ने कथा आरम्भ की, किन्तु बीच में उसे चन्द्रनाथ ने ले लिया और बीच-बीच में शिव भी टिप्पणी करता गया। कप्तान ने बातों को स्पष्ट करने के लिए दो-एक प्रश्न किये। सब कथा सुनकर उन्होंने कहा—'मुझे अत्यन्त खेद है।'

चन्द्र—'किन्तु मैं खिन्न से भी अधिक अत्यन्त लज्जित हूँ, प्रताप।'

प्रताप—'लज्जित! किसलिए, चन्द्र?'

चन्द्र—'कर्त्तव्य पालन में असावधानी के लिए।'

प्रताप—'छिः! तुमसे जो कुछ हो सकता था, वह तुमने किया।'

चन्द्र—'किन्तु उसका कुछ भी फल न निकला।'

प्रताप—'सो तो मुझसे या तुम्हारे स्थान पर होने वाले किसी आदमी से भी हो सकता था। तुम इसके लिए झूठ-मूठ मुझसे सशंकित हुए। क्या तुम समझते हो कि मैं तुम्हारे भाव को नहीं समझता?' प्रताप ने समझ लिया कि चन्द्र की चिन्ता का कारण सिर्फ नाथन का गुम होना ही न था, बल्कि खोजने के प्रयत्न में असफलता और उससे भी बढ़कर असावधानी।

प्रताप ने फिर कहा—'इससे तुम्हारे वश में और क्या था? तुम मेटियो की चालों को कैसे पहले से जान सकते थे? मुझसे तुमने सुना था कि उसे हमने सुदूर यव द्वीप में छोड़ा है। और नाथन, तुम उसे बाँध कर नहीं रख सकते थे, न दिन- रात चौबीसों घंटे उसके साथ रहना ही सम्भव था। हम उसे जरूर पावेंगे इसका मुझे पूरा विश्वास है। अपने को दोषी मत ठहराओ चन्द्र, मैं इसमें तुम्हारा जरा भी दोष नहीं समझता।' उन्होंने बड़े जोश के साथ कहा—'हम अवश्य पावेंगे, क्योंकि मैं भी कुछ तुम्हें सुनाने जा रहा हूँ। तुम्हें मेरे तार को पढ़कर आश्चर्य हुआ होगा कि क्यों मैं मोन्तो-वाइदो से ही लौट पड़ा, जबकि पहले पत्र में आगे जाने को लिख चुका था। इससे और भी निश्चय होता है कि हम अवश्य ही नाथन को पा लेंगे। मैंने एक स्वप्न देखा और उसी पर मैंने आगे के प्रस्थान को परिवर्तित कर सीधा घर का रास्ता लिया।'

तीनों ही बड़े आश्चर्य में हो गए जिसमें चन्द्रनाथ तो और भी अधिक, क्योंकि वह खूब जानते थे कि प्रताप का ऐसे-ऐसे स्थानों पर कैसा विश्वास है। इस खयाल ने चन्द्रनाथ को और भी चिन्ता के गहरे गड़हे में डाल दिया जिससे कि निकलने के लिए प्रताप प्रयत्न कर रहे थे।

सीता—'स्वप्न?'

कप्तान ने बहुत शान्तिपूर्वक कहा—'हाँ! नागासाकी (जापान) की यात्रा बिलकुल ठीक हो गई थी। अगले दिन ही मैं माल लादने वाला था, किन्तु जानते हो तुम उरुगाव के गर्म प्रदेश में 'सीस्ता' या मध्याह्न शयन कितना प्रचलित है? —मैं भी उस दोपहर को अपने केबिन में सो गया था और उसी समय स्वप्न हुआ। सिमियन बिन इज़रा मेरे सामने खड़े थे। मुझे उनके देखने में कोई आश्चर्य न हुआ। जान पड़ा, उनका वहाँ होना स्वाभाविक है। और इसके बाद क्या हुआ, वही अत्यन्त विचित्र है। वह एक देवी सन्देश का-सा था। कैसे भी हो, वह वहाँ खड़े थे और उन्होंने अपनी करुणापूर्ण दृष्टि को मेरी ओर डाला।

मैंने कहा—'आप महाशय सिमियन, यहाँ?'

उन्होंने मुस्कराते हुए कहा—'हाँ! और आगे का प्रस्थान बन्द होगा।'

मैंने पूछा—'किसलिए'?

सिमियन—'घर पर तुम्हारी इस समय बड़ी जरूरत है।'

मैं—'सचमुच? किसके लिए?'

सिमियन—'नाथन के लिए।'

इतने में ही दरवाजे पर धक्का सुनाई दिया और मैं आँख मलता उठ खड़ा हुआ। भंडारी ने आकर मुझे सूचित किया कि सौदागर आपको देखना चाहता है और आफिस के कमरे में बैठा है। मैं वैसे ही वहाँ से उठकर चला गया, अब भी मेरी पलकें निद्रा के बोझ से दबी थीं। सौदागर ने कहा कि मैं नागासाकी की जगह बम्बई को माल लादना चाहता हूँ।

'मैंने जो कुछ स्वप्न में देखा, उससे तो मुझे वही मान लेना चाहिए था, किन्तु यह मेरे अधिकार से बाहर की बात थी। नागासाकी का बयाना तय हो चुका था, इसीलिए यह मालिकों के अधिकार की बात थी कि यात्रा में परिवर्तन। किया जाय या नहीं। मैंने महाजन से कह दिया कि मैं आपके पक्ष में हूँ और यदि आप तार का खर्च स्वीकार करें तो मैं मालिकों से इस विषय में पूछताछ करके ठीक करने का प्रयत्न करता हूँ। कुछ ही घंटों में सब बात तय हो गई। दूसरे दिन ऊन की गाँठें जहाज पर लदना शुरू हुईं और उसी दिन मैंने वह तार तुम्हारे पास भेजा।'

सीता—'यह बड़ी विचित्र कथा है मेरे प्रियतम!'

कप्तान—'और अभी ही समाप्त नहीं हुई। मैं यहाँ सिमियन बिन इज़्रा द्वारा भेजा गया हूँ कि नाथन के छुड़ाने में मदद करूँ। मुझे इसका अर्थ नहीं मालूम होता, तुम कह सकते हो चन्द्र?'

चन्द्र—'नहीं? जैसा कि तुमने कहा, अभी यह समाप्त नहीं हुई, इससे मुझे बड़ा सहारा मिला है, प्रताप।'

शिव—'हम सभी को?'

'और सहारा इतनी जल्दी आया कि जिसकी उन्हें उम्मीद भी न थी।'

सायंकाल को कप्तान काश्यप कुछ काम से कराँची गये और दूसरे दिन दोपहर को फिर घर लौट आये।

सांयकाल की डाक से एक रजिस्ट्री चिट्ठी उन्हें मिली जिस पर शिकारपुर की मुहर थी। पता लिखने में अक्षरों की बड़ी अशुद्धि तथा लिखावट बड़ी फूहड़ थी। मुहरवाली लाख काली हो गई थी। जान पड़ता था, मोमबत्ती के ऊपर उसे उस वक्त पिघलाया गया था जबकि वह अधिक धुआँ दे रही थी। लाख भी बहुत अधिक और अधिक स्थानों पर चिपकाई गई थी और कड़े अँगूठे से दबाई गई थी। जब कप्तान अपने कमरे में बैठे थे, उसी समय गंगा चिट्ठी और पीली रसीद को उनके पास लाई।

कप्तान ने हस्ताक्षर करके रसीद तो लौटा दी और चाकू के फल से लिफाफे को खोला। उन्होंने बहुत जल्दी-जल्दी सारे पत्रों को पढ़ डाला और फिर उसे दुहरा कर पढ़ा और अन्त में आवेश में आकर वह कुर्सी से उठ खड़े हुए।

दरवाजा खोलते हुए वह चिल्ला उठे—'चन्द्र!'

'हाँ!' और तुरन्त ही चन्द्रनाथ बाहर निकल आए।

कप्तान—'दरवाजा बन्द कर दो और इसे पढ़ो, अभी ही मैंने इसे पाया है।'

चन्द्रनाथ ने हिचकते हुए अँगूठे और तर्जनी के बीच में दबाकर चिट्ठी ले ली क्योंकि उसमें तम्बाकू की गंध आ रही थी—और पढ़ा—

'कप्तान का पसतूम को यह खबर देने को लिखते हैं हम सुनें कि तुम सक्खर में हो, इसे रजिस्ट्री से भेजते हैं जिससे जरूर मीले हम तुमको सिकारपूर को बखत देना चाहते हैं नथन दरसाना भले है हम आज रात में उसे तुमको देंगे अगर दो चीज हमें तुम दो एक चमड़े के थैला में कुछ और दुसर गोल चोगा जैसा जीसकू सेमीन दरसाना ने नाव से जहाज पर तुमको दीया हम उलूवा वन में रहेंगे जो तुम जानते हो सक्खर से खलीलपुर जाने की सड़क पर पड़ता है तुम केले 14 की रात में पोने बारा बजे मैल वाले पाथर से पछीम सो हथ पर आओ साथ कीसिकू मत लावो चीज लाना औ हम नाथन को लावेंगे खियाल से भूलो मत रात पौने बारा।'

कप्तान की तरह ही प्रोफेसर भी पहिली बार की पढ़ाई से पत्र के केवल सारांश को समझ सके थे। उन्होंने दूसरी बार ध्यानपूर्वक उसे पढ़ा। उनकी आँखें चमक उठीं। नह नराबर उस पर सोच रहे थे। चेहरे के रंग क्षण-क्षण के परिवर्तन से कप्तान उनके हार्दिक भाव का अनुमान कर रहे थे। जब प्रोफेसर ने पढ़कर पत्र को वापस दे दिया तो कप्तान ने व्यंग्य से कहा—'यह एक बहुमूल्य पत्र है, चन्द्र!'

लेकिन प्रोफेसर के उत्तर के व्यंग्य का नाम न था। उन्होंने कहा—'वह इसके परिणाम पर निर्भर है। सेठ इब्राहीम का अनुमान बिलकुल ठीक निकला। उन्होंने यह बात पहले ही कही थी। उन्होंने कहा था कि मेटियो चाहे तो कप्तान से या मुझसे पत्र-व्यवहार करेगा।'

कप्तान—'अब वह दो हैं।'

'लंगटू और मेटियो। यह' और चन्द्रनाथ ने पत्र की ओर इशारा किया 'लंगटू की कारस्तानी है। तुम्हें वह मिलेंगे प्रताप?'

कप्तान—'जरूर।'

चन्द्र—'किन्तु अकेले नहीं।'

कप्तान—'लेकिन देखने में जैसा अकेला ही-सा मालूम हो।'

चन्द्र—'तुम्हारा क्या इरादा है?'

कप्तान—'पहले में थाने में जाता हूँ और दरोगा से कहता हूँ कि नौ बजे से पहले चार कान्सटेविलों को उलुवा जंगल में खूब अच्छी तरह जाकर छिप जाने के लिए कह दें। मैं बता दूँगा कि मील के पत्थर से थोड़ा-सा आगे बढ़कर दाहिनी ओर रहें। तुम चन्द्र पत्थर से इधर ही झाड़ी में छिपे रहना और शिव—मैं चाहता हूँ, वह इस बात को जाने और इस काम में हाथ बँटावे तुमसे कुछ और पश्चिमी झाड़ी और तलाई के बीच में रहे।'

चन्द्र—'किस समय?'

कप्तान—'साढ़े नौ बजे से पहले नहीं या उसी समय जबकि कान्सटेबिल। उस वक्त अँधेरा भी खूब रहेगा। चन्द्रमा उस दिन सवा ग्यारह बजे तक न उदय होंगे। मैं बारह बजे के कुछ मिनट के बाद एक पुलिन्दा हाथ में लेकर निश्चित स्थान पर उन्हें मिलने जाऊँगा।'

चन्द्र—'हाँ? यह तो बहुत ठीक है, लेकिन—'

कप्तान—'तुम देख रहे हो न चन्द्र, मुझे छोड़कर और सभी को मेटियो और लंगटू के आने से पूर्व ही वहाँ छिपा रहना होगा। मैं जब उससे झगड़ने लग पड़ूँ तो तुम लोग समझ लेना कि अब प्रकट होने का अवसर है। हमें उनके सभी नाके बन्द रखने होंगे जिसमें वह कहीं से न भाग सकें।'

चन्द्र—'मैं तुम्हारी बात मानता हूँ, लेकिन—'

कप्तान—'सबको सॉस बन्द कर चुपचाप पड़ा रहना होगा। जरा-सी भी आहट हुई कि सारा काम बिगड़ जायगा, क्योंकि वह सभी बातों को बड़ी संदिग्ध दृष्टि से देखेंगे। मेरे पास देने के लिए चीज तो रहेगी नहीं, फिर वह नाथन को लौटा लेना चाहेंगे और उस समय मुझे झगड़ने का मौका मिलेगा और फिर तुम लोग चारों ओर से कूद पड़ना।'

चन्द्र—'लेकिन तुम्हें पहले शिकारपुर जाना और जितनी जल्दी हो सके वहाँ से लौट आना चाहिए।'

कप्तान—'शिकारपुर! लौटने की कोई ट्रेन नहीं है। और यह सारा प्रबन्ध कैसे होगा?'

चन्द्र—'मेटियो ने इस बात को सोच लिया है। उसकी धूर्तता पर खयाल करो! और सब प्रबन्ध मेरे ऊपर छोड़ो। मेटियो ने आज की रात निश्चित की है और उसने या लंगटू ने इसके लिए पत्र में लिखा है कि तुम्हें शिकारपुर के लिए अवसर देते हैं। वह शायद समझते हैं कि ढाल और चर्मपत्र शिकारपुर ही में कहीं जमा है। उन्होंने जान-बूझकर बहुत थोड़ा समय तुम्हें दिया है जिसमें तुम कुछ और प्रबंध न कर सको। यदि तुम शिकारपुर न जाओगे प्रताप तो आज रात को वह तुमसे उलुवा बन में मिलने ही न आयेंगे।'

कप्तान—'क्यों?'

चन्द्र—'क्योंकि मेटियो और लंगटू शिकारपुर में बराबर तुम्हारी ताक में रहेंगे। तुम न देख सकोगे और वह तुम्हें देख लेंगे और यदि उन्होंने तुम्हें जाते न देखा तो समझ लो, वह कभी तुमसे मिलने के लिए निर्दिष्ट स्थान में न आयेंगे।'

कप्तान—'लेकिन वह फिर यहाँ कैसे पहुँचेंगे, कोई ट्रेन तो है ही नहीं?'

चन्द्र—'इनके लिए और उपाय हैं। मेटियो ने इसके बारे में सब सोच रखा है। वह ट्रेन से दूर ही रहना चाहता है और तुमको भी चाहिए कि उसे दिखाओ कि तुम उसके हाथ की कठपुतली की तरह काम कर रहे हो। तुम रेल से तो सीधे शिकारपुर जाओ। और फिर वहाँ से सीधे चेलाराम की कोठी में चले जाना। वहाँ भीतर ही कुछ कागजों को कपड़े-सपड़े में लपेट कर दो उसी तरह के बना लेना और फिर एक मोटर टैक्सी सक्खर के लिए भाड़े पर करके सीधे यहाँ चले आना।

टैक्सी बल्कि पहले ही कर लेना। और यदि न मिल सके तो स्वयं चेलाराम की मोटर ले लेना, वह बड़ी खुशी से तुम्हें दे देंगे। अपने आने-जाने को जरा भी छिपाने का प्रयत्न न करना। अपने ऊपर पड़ती हुई नजरों का जरा भी खयाल न करना। इस तरह तुम नौ बजे से पहले यहाँ चले आओगे।'

थोड़ी देर के सोच—विचार के बाद कप्तान ने कहा—'मैं जरूर जाऊँगा और बाकी प्रबन्ध तुम्हारे ऊपर।'

चमकती आँखों और प्रकाशमान मुख से चन्द्र ने कहा—'हाँ! वह सब मैं ठीक कर रखूँगा। तुम निश्चिन्त रहो।'

दोनों आदमी उसी समय दो तरफ रवाना हुए और साढ़े आठ बजे अनुमान से आधा घंटा पहले ही दोनों आदमी फिर मिले। टैक्सी ड्राइवर को निश्चित भाड़े के अतिरिक्त इनाम भी देकर विदा कर दिया गया।

कप्तान ने पूछा—सब ठीक है न, चन्द्र?'

चन्द्र—'बिलकुल ठीक।'

कप्तान—'सिपाही वहाँ मौजूद रहेंगे न?'

चन्द्र—'पाँच सिपाही।'

कप्तान—'और तुम और शिव मिलकर सात और मैं आठवाँ। हम उन दोनों को रगड़ धरेंगे कि।

चन्द्र—'तुमने उन्हें देखा?'

कप्तान—'नहीं! मैंने तुम्हारी सम्मति के अनुसार अपने को खूब उन्हें देखने का अवसर दिया।'

भोजनागार से शिव चिल्लाया—'ब्यालू तैयार!"

अभी दो—चार सीढ़ी ही दोनों साले-बहनोई उतरे थे कि उन्होंने एक आतंक-भरी चिल्लाहट और आह सुनी। सीता देवी और शिव भोजनागार से निकल कर उधर दौड़े और चन्द्र तथा प्रताप भी बाकी सीढ़ियों को जल्दी-जल्दी तय करके रसोई घर की ओर दौड़े।

गंगा हाथ से अपने कलेजे को थाम कर चिल्ला उठी थी—'आह! आह!—आह!' और उसकी बगल में खड़ा था, फटे और मैले कपड़े में काँपता और नीरव—नाथन!

उलुवा बन

नाथन के अकस्मात् आ पहुँचने से सभी इतने चकित हो गये थे कि उनको अपनी आँखों पर विश्वास करना मुश्किल होता था। गंगा अब कुछ सँभल कर—'ओहो! मेरे नाथन! ओहो हो! प्यारे नाथन ओ हो! इसने मुझे दिल पर ऐसा धक्का दिया कि मैं तो समझ गई थी, कोई न कोई तो है।'

सब लोग थोड़ी देर तक अवाक् रह गए और यह शिव था जिसने बड़े आनंद से पहले मुँह खोला—'ओह! नाथ!'

लेकिन सीता देवी पीछे न थी। उन्होंने तुरन्त आगे बढ़कर नाथन के कन्धे पर हाथ रखकर उसके ललाट पर चुम्बन किया और उसके विकीर्ण बालों को सुलझाते हुए कहा, 'हाय मेरे बेटे! तू कहाँ चला गया था?' वह अपने आपको न रोक सकी, उनकी आँखों से टपाटप अश्रु-बिन्दु गिरने लगे।

नाथन भी अपने आपको न रोक सका और सीता की गोद में मुँह डाल कर रोने लगा। सब लोगों ने यही उचित समझा कि दोनों माँ-बेटों को इस समय चुपचाप छोड़ देना ही अच्छा है। इस समय यद्यपि उससे कुछ पूछना बिलकुल अयुक्त था, तथापि दो-एक प्रश्नों का उत्तर मिलना आवश्यक था। यदि उन्हें अपने पहले वाले प्रोग्राम को अब भी पूरा करना था। क्या उन्हें अब भी वैसा करना चाहिए। उसका मुख्य प्रयोजन था नाथन को छुड़ाना और नाथन यहाँ उनके पास सुरक्षित पहुँच गया था। लेकिन अब भी मेटियो और लंगटू का पकड़ना बाकी था। विशेष कर मेटियो की गिरफ्तारी, जिसका न पकड़ा जाना, नाथन के लिए बहुत खतरनाक था। मेटियो को गिरफ्तार करके मुकदमा चला, जेल में भेज देना आवश्यक था। नौ बजने में अब दो-चार मिनटों की ही देरी थी, इसलिए पुलिस उसके स्थान पर पहुँचना चाहती थी।

वह थोड़ी देर तक भोजनागार में बैठे प्रतीक्षा करते रहे, फिर सीता देवी नाथन के हाथ को पकड़े वहाँ पहुँचीं।

कप्तान काश्यप ने बड़े कोमल स्वर में कहा—'नाथन मेरे बेटे, हम इस समय यह नहीं जानना चाहते कि तुम कैसे यहाँ पहुँच आये, यह तुम फिर कहना, लेकिन हमें यह जानना बहुत जरूरी है कि मेटियो और लंगटू को तुम्हारे भागने की खबर है?'

नाथन—'अभी नहीं।'

कप्तान—'तुम शिकारपुर से आये?'

नाथन—'नहीं! खलीलपुर से।'

कप्तान—'बस इतना ही हमको चाहिए था, हम इस वक्त तुम्हें और तकलीफ न देंगे।'

सीता देवी ने मातृ-वात्सल्य से प्रेरित हो, गम्भीरता से कहा—'मैं इस समय और कुछ कहने-सुनने की तुम्हें अनुमति भी नहीं दे सकती! अभी देखते नहीं हो, बेटे का मुँह कैसा सूख गया है। आ बेटा चल।' और वह नाथन को लेकर अपने कमरे में चली गई।

भोजन तुरन्त परसा गया और चन्द्रनाथ और शिव ने बहुत जल्दी जल्दी खाना खतम किया, क्योंकि साढ़े नौ बजे तक अपनी जगह पर उलुवा बन में पहुँच जाना था। कप्तान पीछे रह गए। नाथन को अब गर्म जल से स्नान और फिर मुलायम बिस्तरा अपेक्षित था, क्योंकि यद्यपि वह भोजन कर चुका था, तथापि शरीर का मैलापन और हद दर्जे की थकावट इसके लिए मजबूर कर रही थी। कप्तान के घर से निकलने के समय वह सब कुछ भूल कर गम्भीर निद्रा में मग्न था।

बारह बजने में पाँच मिनट की देर थी जबकि कप्तान उलुवा बन के किनारे पर पहुँचे। रात्रि का आकाश बिलकुल स्वच्छ था। नीले आकाश के छोटे-छोटे श्वेत पुष्प चारों ओर बिखरे हुए थे। चन्द्रदेव ऊँचे पर आरूढ़ होकर बड़े वैभव के साथ अपनी छटा को चारों ओर फैला रहे थे। हवा निस्तब्ध थी, एक पत्ती भी न हिलती थी। उनके पैरों की आहट स्पष्ट उनके कानों में आ रही थी।

मील वाले पत्थर से होकर पच्छिम तरफ बहुत आगे बढ़ गए लेकिन अब भी उन आँखों को न देख सके जो झाड़ियों की आड़ से उन्हें टकटकी लगाकर देख रही थीं। इसी समय उन्हें उल्लू की आवाज जो असल में नकल थी, सुनाई दी। सुनने के साथ ही वह खड़े हो गये। उसी समय झाड़ी के अन्दर से एक आदमी प्रकाशमान चाँदनी में निकल आया।

उन्होंने देखा कि वह मेटियो न था। वह मेटियो से अधिक लम्बा और मोटा था। उसकी गर्दन जरा आगे को झुकी हुई थी। कप्तान ने लंगटू को कभी न देखा, लेकिन उन्होंने अनुमान कर लिया कि यह वही है।

अब वह फिर आगे बढ़े—क्योंकि आदमी चुपचाप अपनी जगह खड़ा था और जब बहुत नजदीक पहुँच गये तो बोले—'मेटियो कहाँ है?'

लंगटू—'मेटियो? आपका मतलब माफ्रा से है।'

कप्तान—'हाँ माफ्रा।'

उसने बड़े कड़े स्वर में कहा—'तुम्हें उसके लिए चिल्लाने की आवश्यकता नहीं है। याद रखो, तुम यहाँ 'पुल' पर नहीं हो। लंगटू के कहने का ढंग इतना बुरा था कि कप्तान का मन उसे धक्का देकर जमीन पर गिरा देने का हुआ। माफ्रा यहाँ कप्तान है और मुझे द्वितीय अफसर समझो?'

लंगटू के मुँह से निकलने वाली शराब की गंध उस बन के स्वच्छ शीतल वायु को कलुषित कर रही थी। कप्तान ने देखा कि मुझे एक ऐसे आदमी से मुकाबिला करना है। लेकिन मेटियो जिसे मेटियो ने जान-बूझ कर शराब पिला मतवाला कर रखा कहाँ है। वह उसी से मिलने के लिए आये थे, इस शराबी उल्लू से नहीं। कप्तान का धैर्य धीरे-धीरे टूटने लगा। उन्होंने दृढ़तापूर्वक कहा—'नहीं! मैं नहीं समझता! लेकिन यहाँ उसकी कोई जरूरत नहीं। मैं तुमसे कुछ नहीं कहूँगा, मुझे माफ़्रा से मिलना है।'

लंगटू—'वाह आप जरूर मिलेंगे? लेकिन मामला बेढब है, कप्तान, तुम्हें मुझसे ही निबटना होगा।' हाँ, तो वह—वह कहाँ है, ची—ज।

कप्तान—'लड़का कहाँ है?' वह बड़े धैर्यपूर्वक मेटियो के देखने की इच्छा से हँसते हुए कह रहे थे।

लंगटू—'दरसना? ओहो! ठीक, वह सुरक्षित जगह पर है, तुम उस चीज को पहले दो और मैं उसे तुम्हारे हवाले करता हूँ।'

कप्तान—'कब?'

लंगटू—'कल?'

कप्तान—'इधर सुनो, लंगटू।'

लंगटू ने हाथ आगे की ओर तान कर कहा—'दत्! कौन कहता है कि मैं लं—लंगटू हूँ। और मैं हूँ भी तो भी तुम्हारे इस तरह जोर से बोलने से यहाँ कोई फायदा नहीं—नहीं होगा। मैं तुम्हें बि—बिलकुल मना करता हूँ।'

कप्तान ने और भी ऊँचे स्वर से कहना शुरू किया—'मैं तुमसे बिलकुल बात करना नहीं चाहता। मेरा काम माफ़्रा से है।' यह कहकर वह उसे ढकेल कर आगे बढ़े।

नकली उल्लू की आवाज 'हू—हू—हू' फिर उस निस्तब्ध रात्रि में सुनाई पड़ी। लंगटू मुड़कर उसके पीछे झपटा। जैसे ही कप्तान अगली झाड़ी के पास पहुँचे, रिवाल्वर की स्पष्ट आवाज सुनाई पड़ी और गोली भनकती हुई उनके कान के पास से निकल गई। वह उससे बाल—बाल बच गए। इसी समय वन में आदमियों का हल्ला और दौड़-धूप सुनाई देने लगी। चन्द्रनाथ कूद कर दौड़ते हुए कप्तान की ओर दौड़े। शिव आड़ से निकल कर तलाई के किनारे-किनारे आगे दौड़ा। पहली आवाज के स्थान से आगे जाकर एक और आवाज सुनाई दी और साथ ही आदमी के कराह कर गिर पड़ने की आवाज भी आई।

जैसे ही शिव आगे दौड़ रहा था, उसी समय एक मूर्ति धक्का लगने के डर से पहले तो बगल हो गई और जरा ही देर में भय के मारे आँख मूँद कर आगे दौड़ी। शिव ने पहचान लिया कि यह लंगटू है और वह लौट कर उसे पकड़ने के लिए दौड़ा। लंगटू सड़क की ओर जाना चाहता था, लेकिन शिव ने आगे से बढ़कर घेर लिया। जरा ही आगे दौड़ा था कि वह तलाई में जा पड़ा।

वह कीचड़ में फँस गया। वह निकलना चाहता था, लेकिन नीचे के कीचड़ ने उसे इतने जोर से पकड़ लिया था जितना कि शिव भी नहीं पकड़ सकता था। जहाँ वह एक पैर ऊपर उठाना चाहता था, वहाँ दूसरा और नीचे जाने लगता था। उसने उठने के लिए बहुत हाथ-पैर मारा, लेकिन सब निष्फल। पानी बहुत ज्यादा न था, वह तो सिर्फ घुट्टी ही भर था, लेकिन कीचड़ ज्यादा गहरा था। यद्यपि अब उसका पैर दृढ़ भूमि पर टिका था, लेकिन छाती से ऊपर का भाग ही उसका ऊपर बच रहा था।

शिव को अब सिर्फ उस पर निगाह रखने का काम था। उसके पीछे की ललकार, पैरों का धबधबाना भी अब बन्द हो गया। उसने ही रिवाल्वर की एक तीसरी आवाज भी सुनी, किन्तु कोई भी न आया।

'शिव।'

अपने पिता की आवाज को सुनकर उसे बड़ा ही आनन्द आया। दूसरी रिवाल्वर की आवाज के साथ ही कराहट को सुनकर उसका हृदय बड़ा शंकित हो गया था। उसको यह देख कर अपार खुशी हुई कि उसके पिता को कोई चोट नहीं आई।

उसने उत्तर दिया—'हाँ!'

कप्तान—'तुम अच्छी तरह हो न?'

शिव—'बिलकुल अच्छी तरह और मैंने उसे खूब घेर रखा है।'

'फँसा रखा है।' लंगटू बड़बड़ा उठा।

अब आगे जल्दी-जल्दी बढ़ते हुए कप्तान ने पूछा—'दोनों में से किसको?'

शिव—'बढ़ई को।'

कप्तान ने बड़े निराशाजनक स्वर में कहा—'मैंने तो समझा था, मेटियो है।'

शिव—'आपने उसे नहीं पकड़ा, बाबू जी?'

कप्तान—'नहीं! मैंने बल्कि पुलिस वालों ने भी उसे भागते सुना। वह जंगल के बीच से खिसक गया।'

शिव—'साँप की तरह सरक गया।'

कप्तान—'हाँ! साँप की तरह और सिर्फ एक बार सिर पीछे की ओर फेरा, यह उस समय जबकि एक सिपाही उसको पकड़ना ही चाहता था।'

शिव—'सिपाही पर, बाबू जी?'

कप्तान—'हाँ, सिपाही की जाँघ में उसने गोली मारी।'

शिव—'और पहली आवाज?'

कप्तान—'उससे तो मैं बाल-बाल बचा।'

शिव—'उसने आप पर गोली चलाई थी।'

कप्तान—'हाँ झाड़ी की आड़ से, जैसे ही मैं उसके पास पहुँचा। और तब वह भीतर की ओर भागा और सिपाही उसके पास पहुँच गया जिस पर उसने फिर गोली चलाई।'

शिव—'और चन्द्रा मामा कहाँ हैं?'

कप्तान—'घायल सिपाही के पास।'

शिव—'और दूसरे?'

कप्तान—'मेटियो की तलाश में। लेकिन मुझे विश्वास है कि वह व्यर्थ का और खतरनाक प्रयास है। सारे बन को छान डालने के लिए यहाँ पर्याप्त आदमी नहीं हैं। सूर्योदय से पूर्व ही वह यहाँ से निकल जायेगा और किसी ऐसी जगह जा छिपेगा जहाँ उसका मिलना असम्भव है। फिर जैसे ही उसे मौका मिलेगा, वह देश से बाहर निकल जायगा।'

शिव—'क्यों?'

कप्तान—'इसी दूसरे फैर से। उसने घायल पुलिस मैन की कराहट जरूर सुनी होगी। घाव खतरनाक है या नहीं, इस बात का पता पाने का तो उसे मौका न था, लेकिन उसे यह स्पष्ट मालूम होगा कि जब सरकारी नौकर को चोट लगी है तो मेरा यहाँ रहकर बच रहना असम्भव है।'

थोड़ी देर चुप रहने के बाद शिव ने कहा—'मुझे उम्मीद है कि वह उसे पकड़ लेंगे। यह बहुत अच्छा होगा, किन्तु यदि ऐसा न भी हुआ तो भी अब उससे पिण्ड छूटा। नाथन के लिए यह अच्छी बात होगी।'

कप्तान—'शायद। मैं तो उस समय पकड़ सकता था, क्योंकि मुझे अच्छी तरह मालूम हो रहा था कि वह कहाँ है। मैं उसे उसी तरह देख रहा था, जैसे इस समय हम लंगटू को देख रहे हैं।'

लंगटू अब अपनी अवस्था से अधीर हो चला था। उसके शरीर में अब सर्दी भी लगने लगी थी। वह अपने पैरों को हिला नहीं सकता था। वह बीच ही में अधीर होकर बड़े विनम्र स्वर में बोल उठा—'आप मुझे बाहर न निकालेंगे?'

कप्तान—'कान्सटेबिल निकालेंगे?'

लंगटू—'मैं बड़ा रोगी आदमी हूँ, जरा भी और ठहरा कि गठिया मेरी जान लेकर छोड़ेगी। दया करके मुझे बाहर निकालिये।'

कप्तान ने बगल से एक सूखी लम्बी-सी लकड़ी उठा ली और उसे आगे बढ़ाया—'जोर से इसे पकड़ो। फिर उन्होंने खींच कर उसे दृढ़ भूमि पर किया। जरा ही देर में वह कीचड़ और पानी से बाहर सूखी जमीन पर चला आया। जिस वक्त वह कदम आगे बढ़ाना चाहता था, उसी समय कप्तान ने कहा—'बस। आगे नहीं।'

लंगटू—'लेकिन गठिया मेरे लिए काल है, कप्तान साहब!'

कप्तान—'नहीं! तुम्हारी मृत्यु इस प्रकार आसानी से नहीं हो सकती। तुम लंगटू, यहाँ हमारे साथ चुपचाप खड़े रहो जब तक कि सिपाही नहीं आते।'

लंगटू—'मैं तुमको ठीक जगह पर ले चलूँगा! कप्तान साहब!'

कप्तान—'बस रहने दो, तुम्हारी भलमन्साहत देख ली है।'

लंगटू—'नहीं! अब की जरूरा। मैं आपको उसी जगह ले चलूँगा जहाँ नाथन है और मैं तुम्हें उसे दे दूँगा। मैं आपसे कुछ नहीं चाहता। फिर मुझे छोड़ दीजियेगा जब मैं नाथन को तुम्हारे हाथ में दे दूँ।'

कप्तान—'और यह कुछ है ही नहीं? तुमको छोड़ देना यह भारी भूल होगी? बस! तुम चुप रहो, बोलने की जरूरत नहीं।'

'लेकिन नाथन—' और लंगटू ने चाहा कि कप्तान को डिगा दें।

'नाथन के लिए भी मैं तुम्हें नहीं छोड़ सकता', कप्तान ने बड़ी कड़ाई से उत्तर दिया जिस पर लंगटू निराश हो गया।

लंगटू—'ओफ! माफ्रा ने मुझे धोखा दिया।'

कप्तान—'वह कैसे तुम्हें धोखा दे सकता था, लंगटू, यदि तुम स्वयं न उसके हाथ का खिलौना बनना चाहते। तुम खूब जान रहे थे कि उसका हृदय और मतलब बहुत खराब था। लो यह सिपाही भी आ गये।'

लंगटू के हाथ में हथकड़ी पड़ गई और वह दो सिपाहियों के बीच में सक्खर की ओर चला। दो सिपाहियों ने घायल सिपाही को उठा लिया। दरोगा साहब घर में सोये थे लेकिन खबर पाते ही वह थाने में चले आये। घाव के मामूली होने का निश्चय होते ही कप्तान प्रोफेसर और शिव घर को लौट आये। सीता देवी बड़े शंकित हृदय से उनकी प्रतीक्षा कर रही थी। नाथन अब भी सोया ही था, वह जरा-सा कुनकुनाया भी नहीं। उन्होंने सीता से सारी घटना कह सुनाई। सीता ने भी मेटियो के भाग जाने के लिए अफसोस जाहिर किया और आशा प्रकट की कि वह अवश्य गिरफ्तार होकर अपने किये का फल पायेगा।

जब वह लोग सबेरे नास्ता के लिए बैठे, तो नाथन वहाँ न था। अब भी वह निद्रा देवी की गोद में खर्राटे ले रहा था। सीता देवी का सख्त हुक्म था कि कोई उससे कुछ न कहे। वह बराबर सोता ही रहा। जैसे ही उसने आँख खोली, घड़ी बजने लगी। उसने मन ही मन गिना— एक, दो, तीन।

'कदापि नहीं!' जोर से कहकर वह उठ बैठा। चारों ओर दिन का पूरा प्रकाश था और पश्चिम की ओर झुके हुए सूर्य की धूप एक रोशनदान से कमरे में आ रही थी।

'नहीं ठीक है', कहकर शिव ने कमरे के बाहर से उसे विश्वास दिलाया। उसने नाथन का अभिप्राय ठीक समझ लिया।

'भीतर आओ' नाथन ने कहा और हँसते हुए शिव ने जब अन्दर कदम रखा तो उसने कहा—'शिव, तुमने क्यों नहीं मुझे जगाया?'

शिव—'मुझे साहस न हुआ। और यदि होता भी तो अम्मा कहाँ वैसा करने देतीं। लेकिन—
नाथन—पूरे सोलह घंटे। मुझे तो मालूम होता था, तुम आधुनिक कुम्भकर्ण होने की तैयारी में
हो। सचमुच यह उचित भी है, क्योंकि आधुनिक भीम, आधुनिक अर्जुन, सभी देखे गये, लेकिन
आधुनिक कुम्भकर्ण अब तक कहीं न सुनाई पड़े थे।'

नाथन—'रावण का छोटा भैया? ठीक! तब तो तुम्हें भी आधुनिक कुछ बनना पड़ेगा।'

शिव—'मुझे बड़ी खुशी हुई, भला तुम्हारा मुँह तो खुला।'

नाथन—'ओह! मुझे अपने को यहाँ देखकर बड़ा आनन्द आ रहा है। यदि मैं वहाँ जागता,
वह काँप उठा। लेकिन शुक्र है जो वह भीषण स्वप्न बीत गया। और मैं निश्चित ही तुम्हारे कहने
के अनुसार पूरे सोलह घंटे सोया। मुझे ठीक नहीं मालूम, मैं किस समय लेटा था।'

शिव—'साढ़े दस बजे, अम्मा ने बताया। इस प्रकार मैंने बल्कि आधा घण्टा तुम्हारे लिए
छोड़ भी दिया और साबित घण्टों ही को गिना।'

नाथन—'मेरे लिए फिर तो यह सोलह सेकंड में बहुत कुछ हो गया।'

शिव—'और तिस पर भी तुम्हारे इस सोलह सेकंड में बहुत कुछ हो गया।'

नाथन—'सच! क्या?'

शिव—'अभी ठहरो नाथ, मैं जरा दौड़कर अम्मा से कह आऊँ कि कुम्भकर्ण भैया जाग
गया है। सोलह सेकंड से उसने कुछ नहीं खाया, उसकी पेट-पूजा का जल्दी इन्तजाम होना
चाहिए। और तुम उठ कर जरा मुँह हाथ धोकर ठीक हो जाओ। फिर उधर तुम खाने लगो और
इधर मैं तुम्हें सारा महाभारत सुनाता हूँ।'

शिव ने बड़े विस्तारपूर्वक रात की सारी घटना शुरू की। नाथन ने बड़े एकान्त मन से सबको
सुना और जब सारी कथा समाप्त हो गई तो उसने रात की घटना का कारण पूछा। जिस पर शिव
ने गुम होने की शाम से लेकर सारी ही बातें कह सुनाई, खोजने के लिए कैसे-कैसे प्रयत्न हुए,
कैसे कप्तान काश्यप घर पर आये, आदि।

सारी कथा में नाथन के ऊपर उतना प्रभाव किसी बात ने न डाला जितना कि स्वप्न में
सिमियन बिन इब्रा का दिखाई देना। अपने आवेश को छिपाने के लिए नाथन ने अपना मुँह
सामने से जरा फेर लिया।

अभी जब वह बातों में ही मशगूल थे, कप्तान और प्रोफेसर आ गये। वह थाने में घायल
सिपाही को देखने गये थे।

बन्दी-घर

गंगा ने जलपान करने के लिए कहा और जब सब लोग एकत्र हुए तब वह नाथन की बात सुनने के लिए उत्सुक हो उठे।

चन्द्रनाथ ने उद्घाटन करते हुए कहा—'अच्छा नाथन, तुम शाम को विमानशाला में गये।'

नाथन—'हाँ! जलपान करने के बहुत देर बाद करीब छह बजे मैं यह देखना चाहता था कि छत कहाँ तक तैयार हो चुकी। यद्यपि बाहर अभी प्रकाश था, तथापि अंधकार हो चला था। मैं अच्छी तरह देख न सकता था। शायद मैं वहाँ एक घंटा रहा हूँगा। अब लौटने का विचार कर रहा था, उसी समय जिस कोने में अधिक अन्धकार था, वहाँ किसी को हिलते देखा।'

मैंने पूछा—'कौन!'

लंगटू—'तुम वहाँ क्या कर रहे हो?'

लंगटू—'मैं लौट आया, तारपीन की शीशी के लिए, मैं उसे यहीं भूल गया था। जानते हैं न, मुझे गठिया बहुत तकलीफ देती है लेकिन वह मिल नहीं रही है।'

इस पर मैं उसके पास उसकी सहायता के लिए चला गया। मैंने उससे कहा कि यहाँ अन्धकार बहुत है, रोशनी की जरूरत है।

उसने कहा—'मैं टटोलकर ढूँढ़ लूँगा।'

मैंने कहा—'यही तुम्हारा ठीहा है?' उसने 'हाँ' कहा और मैं भी झुककर टटोलने लगा।

'अकस्मात् मुझे मालूम हुआ कि तारपीन से भिन्न किसी दूसरी चीज की मीठी, लेकिन अरुचिकर गंध आ रही है। उसी समय लंगटू ने मेरे मुँह और नाक पर एक भीगा हुआ लत्ता रख कर मुझे जमीन पर दबा गिराया। मैंने बहुत हाथ-पैर मारे, लेकिन व्यर्थ। मैंने चिल्लाना चाहा, लेकिन गंध ने मुझे बेबस कर दिया। उसके बाद मैं अचेत हो गया और कई घंटों तक, जहाँ तक मुझे खयाल आता है, होश में नहीं आया।'

चन्द्रनाथ—'क्लोरोफार्म।'

नाथन—'जब मुझे होश हुआ, तो देखा कि मैं खुली जगह में हूँ। लेकिन चारों ओर अँधेरा था और मुझमें हिलने-डोलने की शक्ति न थी। मुझे दो-एक कै हुई। अब भी मेरी मानसिक

घबराहट हटी न थी। मैं जमीन पर बैठा था और मेरी पीठ पर एक वृक्ष था जिसके सहारे मैं एक रस्से से बँधा हुआ था। मैंने समझा लंगटू पकड़कर मुझे यहाँ लाया है।'

चन्द्रनाथ—'उलुवा बन।'

नाथन—'हाँ! उलुवा वन। कमजोरी और अँधेरे के कारण कुछ न देख सकने पर मैंने अपने पास उल्लू की आवाज सुनी, फिर मैंने देखा कि वह मेटियो था जो अपने दोनों हाथों को मिलाकर दोनों अँगूठों के बीच में मुँह से सीटी बजा रहा था। उसने मेरी ओर देखकर व्यंग्यपूर्ण हँसी हँसी। लंगटू ने, जो कि उसके पास ही बैठा था, मेरे मुँह की ओर झुककर पूछा, मैं कैसा हूँ। मैंने कुछ उत्तर न दिया।'

'हमें चलना चाहिए।' यह लंगटू ने मुझसे नहीं, बल्कि मेटियो से कहा और मेटियो ने फिर एक बार सीटी बजाई जो कि ठीक उल्लू की तरह थी।

फिर लंगटू झुककर मेरे मुँह की ओर देखते हुए बोला—'क्या तुम चल सकते हो?' मैंने फिर कुछ उत्तर न दिया, लेकिन मेरे चेहरे से उसने मेरी कमजोरी अवश्य जान ली होगी।

'मेटियो ने एक हाथ गर्दन में और दूसरा काँख में लगा कर मुझे खड़ा कर दिया, किन्तु जैसे ही उसने अपना हाथ हटाया, मैं फिर गिर गया! मेरी नसों और हाथ-पैरों में अपने को सँभाल रखने की ताकत न थी। मुझे मालूम हुआ कि मैं फिर कहीं ले जाया जा रहा हूँ। उस समय जान पड़ता है, फिर कुछ देर के लिए मैं अचेत हो गया था क्योंकि पहली बात जो मुझे जान पड़ी, वह मुँह पर ठंडी-ठंडी हवा थी। उन्होंने मेरे मुँह पर थोड़ा पानी छिड़का।'

लंगटू ने कहा—'हमें इसे ढोकर ले चलना पड़ेगा।'

मेटियो—'और कितनी दूर?'

लंगटू—'करीब तीन या चार मील—सड़क के रास्ते नहीं, खेतों के रास्ते से, वहीं सुरक्षित होगा। गाँव के बाहर कोट के नीचे मेरी स्त्री भी हाथ बँटाने के लिए तैयार मिलेगी।'

चन्द्रनाथ—'इस प्रकार वह तुम्हें खलीलपुर ले गए।'

नाथन—'अधिकतर लंगटू ही मुझे ले गया, मेटियो बीच-बीच में उसे जरा-सा सहारा दे देता था। मैं इस प्रकार एक चहारदीवारी पर बैठाया गया और फिर उस पर से मुझे किसी ने उतारा। मुझे खयाल है, उस वक्त मैं कुछ ऊपर चढ़ रहा था। वहाँ की हवा अधिक स्वच्छ थी। जहाँ-तहाँ एकाध चिराग जलते दिखाई पड़ते थे। उसी समय एक औरत आई। वह लंगटू की स्त्री थी। उसने मेटियो को छुड़ा दिया। मेरे हाथों के बीच में अपने को डालकर वह आगे ले चली। कुछ सीढ़ियाँ उतर कर मैं एक आँगन में पहुँचाया गया।' स्त्री ने एक दरवाजा खोला और फिर मैं एक छोटी कोठरी में पहुँचाया गया।

'एक धुँधला-सा चिराग जलाया गया। हवा बहुत खराब थी। मैं वहाँ चुपचाप बैठा। मुझसे किसी ने कुछ न कहा। तब उस स्त्री ने कुछ रोटियाँ और तरकारी पकाई। जब खाना तैयार हो गया,

तो उसने थाली में परस कर उसे मेरे सामने ला रखा। लेकिन मैंने सिर हिला कर खाने से इन्कार कर दिया। मेरी तबियत और मुँह का स्वाद इतना खराब था कि खाने की ओर नजर उठाकर देखने की भी मेरी तबियत न थी।'

फिर उसने उन दोनों से पूछा—'इसे कहाँ रखा जायेगा?'

लंगटू ने भारी आवाज में कहा—'तहखाने में।'

मेटियो—'बड़े दरवाजे बन्द हैं न?' और उसने मेरी ओर घूर कर देखा।

इस पर औरत ने कहा—'हम सदा उन्हें बन्द रखते हैं और इससे डरने की आवश्यकता भी नहीं। इसमें भागने की ताकत नहीं, मैं इसे नीचे ले जाऊँ?'

लंगटू ने रोटी-भरे हुए मुँह से जल्दी में कहा—'इसी वक्त।'

फिर वह मुझे थाम कर नीचे के तहखाने में ले गई। चारों ओर घना अंधकार था, हवा बहुत दूषित थी और साथ ही सर्दी अधिक थी। वह मुझे तहखाने के सबसे पिछले भाग पर पहुँचा आई।

मैंने अपने कोट के बटन लगा दिए और नंगे फर्श पर लेट गया। मैं उनकी बातचीत सुन रहा था लेकिन लंगटू को छोड़कर बाकी दोनों की बात का एक शब्द भी न समझ सकता था, क्योंकि वह बहुत धीरे-धीरे बात कर रहे थे। मैं सामने की ओर उस दरवाजे को देख रहा था जिसके विषय में मेटियो ने पूछा था। उसकी फाँकों से तारे टिमटिमाते दिखलाई पड़ रहे थे।

यहाँ कुछ पहिले से अच्छा मालूम होता था। वायु भी यहाँ की कुछ स्वच्छ थी। और थोड़ी ही देर में मैं सो गया। उस समय मैंने एक भयंकर स्वप्न देखा। मैं एक अतल गड्ढे में गिर रहा हूँ। बराबर गिरता ही जा रहा हूँ। मेरे ऊपर मेटियो का भयानक हँसी हँसता क्रूर मुख है। मेरी नींद बीच में जरा खुल गई-सी मालूम हुई, लेकिन फिर मैं द्वितीय हो गया और फिर वही भयानक स्वप्न! उसी अतल खड्ड में गिर रहा हूँ और ऊपर वही वीभत्स मुख। फिर स्वप्न खतम हो गया और मैं शान्त सो गया। जब मेरी नींद खुली तो मेटियो को अपनी बगल में सोता पाया।

वह एकदम सो गया और इस तरह सोया कि मेरे जरा भी हिलने से जाग उठता। उसका सिर मेरे सिर के बगल में ही था, इसीलिए उस अंधकार में मैं उसे पहचान सका। मैं चुपचाप उषा के इन्तजार में वहीं पड़ा रहा।

प्रभात होते ही लंगटू और उसने हम दोनों के चेहरे की ओर देखा, फिर धीरे से बिना कुछ बोले ही वह लौट गया।

मेटियो जगा और मुझे लेकर ऊपर कमरे में गया। दिन भर हम वहीं रहे। खाना बनाने-खिलाने का काम वही औरत करती रही। मेटियो शायद ही कभी मुझसे बोलता था। लेकिन उसी स्त्री ने कई बार मुझे बात में लगाना चाहा। मुझे बिलकुल इच्छा न थी। मेरा मस्तिष्क भागने की कल्पना में लग्न था। मेटियो ने मेरी जेबों को टटोला और उनमें जो था, निकाल लिया। सायंकाल के

आते ही फिर मुझे उसी तहखाने में ले गया। तहखाने के एक कोने में कुछ ईंट और कुछ पत्थर रखे हुए थे।

चन्द्र—'वही शिव, जिन्हें हमने देखा था।'

नाथन—'मेटियो उनमें से छः बड़े-बड़े पत्थर वहाँ ले गया जहाँ रात को हम सोये थे। उसने मेरी कमर में रस्सा बाँधकर उसके दोनों छोरों पर दो पत्थर बाँध दिये। दो को मेरी बँधी हुई कलाई में खूब कस कर बाँध दिया और बाकी दो पैरों में।'

शिव—'तुमने उससे झगड़ा न किया नाथन?'

नाथन—'उसने अचानक ही मुझे पकड़ लिया और दूसरे मैं अत्यन्त निर्बल भी था। मैंने बहुत उछल-कूद की जिससे मैं और भी निर्बल हो गया और अन्त में मुझे चुप हो जाना पड़ा। उस रात को मैं बहुत कम सोया।'

सीता देवी ने बड़े करुणापूर्ण स्वर में कहा—'कैसे नींद आती बेटा, राक्षस ने इतना जकड़ के बाँध कर जमीन पर गिरा दिया था।'

नाथन—'जब वह लौट कर आया तो उसने रस्सी को कुछ ढीला कर दिया, लेकिन तो भी मैं सुख से न सो सका। पिछली रात की तरह ही वह फिर मेरे पास सो गया। मैं जगा हुआ था और निश्चल भाव से दरवाजे की फाँकों की ओर देख रहा था। मेरे दिल में यही खयाल था कि इन्हीं के द्वारा मैं अपनी मुक्ति पा सकूँगा।'

'लंगटू दूसरे दिन सबेरे फिर आया और मेटियो उससे मिलने के लिए उठा। वह मुझसे कुछ दूर हट गये जिससे मैं उनकी बात को न सुन सकूँ और दरवाजे की बगल वाले उस ढेर के पास जा बात करने लगे। लंगटू जब चला गया तो मेटियो मेरे पास आया और हाथों के बंधन को उसने मजबूत कर दिया, लेकिन कमर वाले को खोल दिया, फिर वह ऊपर वाली कोठरी में चला गया। मैंने कोशिश की कि हाथ के बंधन खोल दूँ, लेकिन रस्सी टस से मस न होती थी। अन्त में मैंने दाँत से खोलना चाहा, आधा ढीला मैं कर चुका था और शायद मैं खोल भी सकता। यद्यपि कई जगह चमड़ा छिल गया था, तथापि इसी समय वह स्त्री खाना लेकर मेरे पास आई। उसने मेरा हाथ खोल दिया जिससे मैं खाना खा सकूँ।'

करीब एक घंटे के बाद वह फिर लौटकर आई, लेकिन बर्तन ले जाते समय हाथों को बाँधना भूल गई या जान बूझकर उसने खुला छोड़ दिया। मेरा हृदय आशा से भर आया। बस अब कुछ मिनटों की आवश्यकता थी, फिर मेरे पैर भी खुल जाते। फिर मुझे दरवाजे के पीछे जोर से कसा हुआ डडा निकालने की देर थी। जरा-सा उसे हटाकर जहाँ दरवाजे में सिर जाने भर की फाँक कर पाया कि बस कैदखाने से बाहर। फिर तो जान छोड़कर भागने की ताकत मैं न जाने कहाँ से पैदा कर लेता और जिस किसी से भी मिलता, उसी से मेटियो से अपनी रक्षा के विषय में कहता।

'लेकिन हाय! जिस वक्त मैं अपने पैरों को अभी खोलने ही लगा था, उसी समय मेटियो दौड़ा हुआ आया। वह चुपचाप, दबे पाँव चीते की तरह आया। उसने मुझे दबा दिया और मेरे मुँह में कपड़ा ठूँस दिया, फिर वहाँ से ईंटों-पत्थरों के ढेर के पास ले गया। वह दो बार दौड़-दौड़ कर उन छहों पत्थरों को लेने के लिए गया। उसने उन्हें बहुत धीरे से जिसमें जरा भी शब्द न हो, उसी ढेर पर रख दिया। फिर उसने अपनी सारी शक्ति लगाकर एक पटरे को उठाया। यह पटरा उस ढेर के नीचे ही था। उसने उसे इतना ही उठाया जिसमें नीचे वाले गड्ढे में मुझे ढकेल सके। उसने पहले मुझे ढकेल दिया और फिर आप भी मेरे ऊपर आ पड़ा। फिर उसने दोनों हाथों से मेरे मुँह को दबा रखा। मुझे इसका कुछ मतलब न मालूम हुआ। पहले तो मैंने समझा था कि वह मुझे हमेशा के लिए इस गड्ढे में समाधिस्थ करना चाहता है—मुझे वहीं मार डालना चाहता है।'

शिव ने बड़े आश्चर्य से कहा—'ओह! जब मैं और मामा वहाँ गये थे, तो तुम वहीं थे?'

नाथन—'हाँ! जब मेटियो ने मुझे गड्ढे में ढकेला न था, तभी मैंने ऊपर के कमरे में आवाज और पैर की आहट होते सुना था। मैंने चिल्लाने का प्रयत्न किया, लेकिन मेरे मुँह में कपड़ा ठूँसा हुआ था और मैं बोल न सकता था। जब मुझे नीचे गिरा कर मेटियो भी मेरे ऊपर आ गया, तो मुझे जान पड़ा कि वह मुझे मारना नहीं चाहता, बल्कि चुप रखना चाहता है। मैं डरा न था, स्वप्न ने इससे कहीं अधिक मुझे भयभीत किया था, लेकिन मैं बेबस था। मैंने फिर चिल्लाने और उसे धक्का देकर हटाने का प्रयत्न किया, लेकिन उसने मेरे कान में कहा कि यदि में जरा भी हिला, तो फिर मेरा होश-हवास गुम कर दिया जायगा। उसने एक हाथ मेरे मुँह से हटाकर मेरे गले में लगाया।'

शिव—'मामा! हम बिलकुल करीब थे।'

चन्द्र—'लंगटू का पैर धमकाना और कुण्डे का खटकाना सजग करने ही के लिए था। और औरत रास्ता रोककर खड़ी हो गयी थी, क्यों? यदि हम लोग उसी वक्त सीधे तहखाने में चले गये होते, तो बहुत अच्छा होता यदि तहखाने में बाहर की ओर से पहुँचे होते। लेकिन हमें घर की स्थिति न मालूम थी। हम लोग लंगटू के हाथ में थे और इतनी देर में मेटियो को सब बन्दोबस्त कर लेने का मौका मिल गया। मैंने ईंट-पत्थरों की ढेरी को देखा, लेकिन यह खयाल न आया कि उसके नीचे गड्ढा है।'

शिव—'और मुझे भी खयाल न आया। तुमने हमारी आवाज सुनी थी नाथ?'

नाथन—'मैंने पैरों की आहट सुनी और यह भी सुना कि लंगटू किसी के विषय में शिकार खेलने गये कहता था। मैंने दरवाजे के खुलने की आवाज को भी सुना तथा अस्पष्ट रूप से मामा की आवाज को भी। लेकिन क्या करता, मैं बिलकुल असमर्थ था, और-और मैंने देखा कि मेरी आँख से आँसू बह रहा है।'

सीता ने उसके काँपते हाथ को अपने हाथों में लेकर कहा—‘इसमें लज्जित होने की कोई बात नहीं है मेरे लाल। आश्चर्य तब होता यदि वैसा न होता।’

कप्तान काश्यप ने पूछा—‘और तब, नाथन?’

नाथन ने सम्भल कर फिर कहना शुरू किया—‘फिर लंगटू ने पत्थरों को हटा दिया, कितनी देर बाद? उसका मुझे पता नहीं और हम ऊपर वाले कमरे में गये जहाँ कि वह औरत थी। उन्होंने मेरे मुँह से कपड़े को निकाला जिसे मेटियो ने बड़े जोर से ठूँस दिया था। स्त्री रस्सी खोल रही थी, लेकिन मेटियो ने रोक दिया। मुझे जान पड़ा कि वह मुझसे अलग होकर परिस्थिति पर कुछ विचार करना चाहते हैं। औरत ने बताया कि इसे बन्द करने के लिए पीछे वाला झोपड़ा अच्छा होगा। झोपड़ा हाल ही में बना था। उन्होंने पहले खूब झाँक-झूक कर देख लिया और फिर मेरे हाथ पैर बाँधकर वहाँ ले गये। मैं दिन भर वहीं रहा। औरत मेरे लिए दो बार खाने को लाई।’

जैसे ही अँधेरा हुआ, वैसे ही मेटियो आया और उसने मेरे बन्धनों को खोला। लंगटू तथा वह मुझे वहाँ से बस्ती के बाहर ले चले। थोड़ी दूर जाकर एक खंडहर में हम थम गये और लंगटू आगे गया। थोड़ी देर बाद लौटकर उसने कहा, रास्ता साफ है। फिर हम प्रायः रात भर चलते रहे। हमारा चलना अधिकतर पगडंडी के रास्ते से होता था। मैं थक कर अधमरा हो गया था, लेकिन वह मुझे आगे चलने के लिए बाध्य कर रहे थे। मैं स्वप्न में चल रहा था, एक तरह की बीमारी मुझे घेरे हुए थी। मेरा मस्तिष्क इतना अस्थिर हो चला था कि मैं किसी एक बात को लेकर एक मिनट भी न सोच सकता था। जरा ही देर में मेरा शरीर आग में झुलसने लगता था और तुरन्त ही पाला पड़ता-सा मालूम होता था। मुझे अत्यन्त क्षीण-सा स्मरण आता है कि मैंने नाव पर होकर एक नदी पार किया था। फिर कितनी ही सीढ़ियाँ उन्होंने ढकेल कर मुझसे पार कराया। मैंने लंगटू को एक आदमी से कहते सुना—‘शराबी!’ फिर एक छोटी-सी कोठरी में वह मुझे ले गए, उसमें बड़ा क्षीण-सा प्रकाश था।

उसके बाद के चार हफ्तों की बात मुझे बहुत कम याद है। मेटियो मेरे साथ था। लेकिन लंगटू की उपस्थिति का मुझे खयाल नहीं। वह अधिकतर यहाँ न दिखाई पड़ता था। मुझे बड़े जोर का बुखार लगा रहता था और अधिकतर मैं बेहोश और सन्निपात में रहता था। मेटियो मेरे साथ क्रूरता का व्यवहार न करता था। वह मेरी सारी आवश्यकताओं को पूरा करता था। लेकिन उसकी परछाई देख मेरा हृदय घृणा से भर जाता था। वह बहुधा उस पर्दे की आड़ में छिपा रहता था जिसने कमरे को दो भागों में विभक्त किया था।

मालूम होता है, उसने किसी डॉक्टर को भी बुलाया था, क्योंकि मुझे जरा-जरा स्मरण आता है, एक अपरिचित किन्तु भद्र पुरुष था। उसने मेरी ओर बड़े गौर से देखा और फिर मेटियो ने दवाई का गिलास मेरे मुँह में लगाया। मैंने शायद उस व्यक्ति से कुछ कहा भी था, शायद यही

कि मैं यहाँ नहीं रहना चाहता, मुझे घर भेज दीजिए। लेकिन उस अवस्था में मेरी बात पर विश्वास ही कौन करता!

जब मेरा ज्वर उतर गया तो मैंने देखा—'मैं एक खाट पर लेटा हूँ। पर्दे के उस पार चटाई बिछी है जिसपर मेटियो सोता है। जब मुझे थोड़ी ताकत आई तो मेटियो मुझसे प्रश्न करने लगा।'

कप्तान—'ढाल और चर्मपत्र के बारे में?'

नाथन—'हाँ! कि वह कहाँ है? मैं इसके विषय में कुछ उत्तर न दे सकता था। उसको मालूम था कि 'सौदामिनी' बहुत दूर है। उसने मुझसे कहा कि वह दो-तीन मास के भीतर नहीं लौट सकती और तब तक तुम्हें यहीं रहना होगा। उसने भागने के प्रयत्न के लिए मुझे मार डालने की धमकी दी। लेकिन मैंने उसकी जरा भी परवाह न की।'

'जब वह कहीं जाता तो दरवाजे में ताला मार जाता था और मुझे वैसा मौका न मिलता था। परसों वह बड़ा घबड़ाया-सा लौटा। उसके साथ लंगटू भी था। दोनों मुझे वहाँ से ले चले।'

सेठ जी का मकान

सीता देवी ने पूछा—'कैसे ले चले?'

नाथन—'एक ताँगे में अम्मा जिसका घोड़ा बड़ा तेज था। मुझे मैले-कुचैले कम्बलों और टाट में लपेट कर एक लम्बे बड़े पुलिन्दे की तरह ताँगे वाले के पैरों के नीचे रख दिया और मेटियो ताँगे वाले की बगल में बैठ गया। लंगटू पीछे बैठा था। यात्रा कई घंटों तक जारी रही। अभी भी अँधेरा ही था, जबकि ताँगा खड़ा कर दिया गया और लंगटू और मेटियो उतर पड़े। उन्होंने मुझे उतार कर नीचे रक्खा और भाड़ा देकर ताँगे वाले को विदा किया।'

उन्होंने मुझे खोल दिया और पकड़े हुए बहुत-से टेढ़े-मेढ़े रास्तों से वह एक मकान में ले गये जिसे देखकर मुझे मालूम हुआ कि मैं फिर से खलीलपुर में हूँ। औरत वहाँ पहले ही से हमारा इन्तजार कर रही थी। उन्होंने मुझे तो उस औरत के हाथ में सौंपा और स्वयं जल्दी-जल्दी कुछ खाकर अभी जब थोड़ा अँधेरा था, वहाँ से चल दिए, उसके बाद फिर मैंने उन्हें न देखा।

औरत ने मुझे सोने के लिए कहा और मैं भी उसे मान कर उसी कमरे में लेट गया। नींद का कहीं पता न था। मैं लेटा-लेटा तरह-तरह की बातें सोच रहा था कि कैसे इसके पंजे से छूटूँ। वह सारे दिन मेरे साथ उसी कमरे में रही। मैंने अच्छी तरह समझ लिया कि मैं युक्ति से ही इसके हाथ से छूट सकता हूँ, ताकत में उससे पार नहीं पा सकता।

मेरा अवसर तब आया जब दिन खतम हो गया। मैं बराबर उसकी ही ओर नजर रखे था। मैं देखने लगा कि उसकी आँखें भारी हो गई हैं। निद्रा मेरी परम सहायक हुई। यदि मैं उस पर काबू नहीं पा सकता था, तो निद्रा मेरे लिए वह काम कर सकती थी। अन्ततः सन्ध्या के समय उसने मुझे एक कम्बल दिया और निचले तहखाने में जाकर सोने के लिए कहा। मैंने भी उस समय जरा निद्रा का अभिनय शुरू किया था। मैं बहुत धीरे-धीरे उसकी बात मानकर सीढ़ी द्वारा नीचे आया। उसी पहिली जगह पर वह कम्बल बिछाकर लेट रहा।

'लेकिन मैं सोया नहीं—सोना असम्भव था। यदि निद्रा आती भी तो मैं उससे लड़े बिना न रहता। मैं कान लगाकर आहट ले रहा था। अन्त में उसकी नींद के खर्राटे की आवाज मेरे कानों में आने लगी। तब मैं पंजों के बल धीरे-धीरे उस बड़े दरवाजे के पास गया। चारों ओर घोर अँधेरा छाया था। मेरा हृदय धक-धक कर रहा था कि कहीं वह जग न उठे। मैंने दरवाजे के पीछे लगे हुए

उस बड़े डंडे को हटाने के लिए उसके एक छोर पर दीवार के छेद में ठोंके हुए पच्चर को हिलाना शुरू किया। पहले तो यह काम मुझे असम्भव-सा मालूम हुआ, लेकिन दस-पन्द्रह बार के धक्के से वह हिलने लगा। एक मिनट के भीतर-भीतर मैंने उसे निकाल लिया और फिर डंडे को एक ओर की दीवार में ढकेल दिया। अब धीरे से एक पल्ले को खिसकाने लगा। मैं जान रहा था यह मेरा अन्तिम और भयानक प्रयत्न है। खैरियत हुई तो जरा भी आवाज न होने पाई और इतनी फाँक हो गई कि मैं उससे बाहर निकल सकता था।'

शिव ने प्रसन्नतापूर्वक कहा—'तब फिर तुमने घर का सीधा रास्ता लिया, क्यों?'

नाथन—'मैंने सड़क का रास्ता छोड़ दिया कि कहीं फिर न पकड़ा जाऊँ। मैंने सीधा खेत का रास्ता पकड़ा।'

शिव—'हाँ, रात के खम्भों की तरह सीधा और साथ ही दौड़ने भी लगा।'

नाथन—'एकदम नहीं। फसल वाले खेतों की आड़ में आते ही दौड़ने लगा और बीच-बीच में बहुत थक जाने पर जरा धीरे-धीरे भी चलने लगता था। और इस प्रकार जैसे-तैसे यहाँ—'

शिव—'बेचारी गंगा को घबड़ा दिया। उसने तो समझा कोई बड़ा भूत, जिन आ गया। हम लोग न पहुँचते तो शायद मारे भय के वह प्राण छोड़ देती। तब फिर तुमने एक बार कुम्भकर्ण को भी परास्त करना चाहा। अच्छा अब एक बार हो गया सो हो गया जिसमें दूसरी बार कोई तुम्हें उठा न ले जाय, इसका हम पूरा ध्यान रखेंगे।'

लंगटू के खिलाफ पुलिस ने सारी गवाहियाँ एकत्र कीं। वह डाक्टर भी खोज निकाला गया जिसने बीमारी में नाथन को देखा था। वह ताँगा वाला भी पकड़ा गया जिसने शिकारपुर से तीनों को खलीलपुर पहुँचाया था। लंगटू का पिछला इतिहास भी खोज निकाला गया जबकि एक बार दूसरे नाम से वह एक ऐसे ही अपराध में दंडित हुआ था। कप्तान के पास भेजे हुए रजिस्टर्ड पत्र पर के उसके अंगूठे के निशान ने भी मदद की। वह दौरा सुपुर्द हुआ और वहाँ उसे पाँच वर्ष की सख्त सजा हुई।

मेटियो को गिरफ्तार करने का बहुत प्रयत्न किया गया। उसने रिवाल्वर चलाया था और एक सरकारी नौकर को घायल किया था। अधिकारी उसको पकड़ने के लिए बड़े उत्सुक थे। पुलिस गजट तथा प्रसिद्ध-प्रसिद्ध स्थानों पर उसकी हुलिया छाप दी गई। उसको पकड़ने वाले के लिए पाँच हजार का इनाम रखा गया। पुलिस भी इसमें कप्तान की राय से सहमत थी कि वह अब भारत से निकल जाने का प्रयत्न करेगा। लेकिन मेटियो साधारण धूर्त न था। सारी खोज अन्त में व्यर्थ सिद्ध हुई। जिस दिन से वह उलुवा बन से खिसका फिर कहीं उसका पता न लगा।

सेठ इब्राहीम को बराबर सूचना भेजी जाती थी और लंगटू की सजा के बाद कप्तान, चन्द्रनाथ, शिव और नाथन सभी कराँची गये। कप्तान की कम्पनी के पास 'सौदामिनी' और शिव के सम्बन्ध में कुछ काम था। अगली यात्रा के बाद उनकी इच्छा थी कि 'सौदामिनी' से

छुट्टी ले ले क्योंकि नाथन की उन्नीसवीं वर्षगाँठ का समय अब होगा। अमानत इतनी पवित्र थी कि उन्होंने उचित न समझा कि उसे चन्द्रनाथ पर ढाल दें। वह समझ रहे थे कि इस सारे समय में शिव का नाथन के साथ रहना बहुत लाभदायक होगा। इसलिए अभी आफिस में उसे मुस्तकिल (स्थायी) न होने देने का भी प्रबन्ध करना था।

वस्तुतः शिव का मन जितना विमान के जोड़ने-बनाने में लगा था, उतना जहाजी आफिस की क्लर्की में नहीं। जब वह लोग कराँची में थे, तभी एक दिन चन्द्रनाथ दोनों लड़कों के लिए वायुयान के कारखाने में गये। 'दर्शना' के तैयार होने में अब थोडी कसर थी। चन्द्रनाथ ने यंत्रकारों को जल्दी करने आदि के बारे में कुछ न कहा। इसका कारण सिर्फ यही न था कि वह चाहते थे कि धीरे-धीरे सब काम बहुत ठीक बनावे बल्कि यह भी था जो नाथन के गुम होने की परेशानी से उनके हृदय पर पड़ा था। उसकी क्षीण छाया उनके हृदय पर अब भी मौजूद थी।

नाथन लौट आया। उनका मानसिक सन्ताप भी दूर हो गया। धीरे-धीरे फिर वही दिलचस्पी नवीन हो चली। लड़के मशीन को देखकर बड़े खुश हुए। उन्होंने उसमें जरा भी दोष न देखा। चन्द्रनाथ अभी उसकी कुछ भी तारीफ न करते थे। वह उसकी परीक्षा पर निर्भर समझते थे। तो भी रचना के लिए उन्होंने अपना सन्तोष प्रकट किया।

सेठ जी ने चारों आदमियों को भोजन करने के लिए अपने घर पर निमंत्रण दिया था। भोजन के बाद नाथन और शिव को अकेले छोड़कर तीनों आदमी दूसरे कमरे में चले गये।

सेठ ने पूछा— 'इसहाक सासून अब भी आपके पास ही है, कप्तान?'

कप्तान—'अभी दो सप्ताह की छुट्टी में है लेकिन सौभाग्य से हमें फिर 'सौदामिनी' के लिए उनकी सेवाएँ प्राप्त हो गई हैं। वह अगली यात्रा में भी हमारे साथ होंगे।'

सेठ—'इंजीनियर के तौर पर?'

कप्तान—'हाँ! चीफ इंजीनियर के तौर पर।'

सेठ—'सौभाग्य से किसके उसके या कम्पनी के?'

कप्तान—'कम्पनी और 'सौदामिनी' के सौभाग्य से। और महाशय इसहाक?—वह चीफ इंजीनियर से भी कुछ और बढ़कर निकले।'

सेठ—'आप उससे सन्तुष्ट हैं?'

कप्तान—'बिलकुल।'

सेठ—'इस चार वर्ष के सहवास से आपको वह कैसा मालूम हुआ?'

कप्तान एक क्षण के लिए कुछ सोचने लगे, फिर बड़ी दृढ़ता के साथ बोल उठे—'एक सुशिक्षित और सज्जन पुरुष जिसने भाग्यक्रम से अपने गौरव को खो दिया था और पीछे फिर प्रयत्न करके उसे प्राप्त किया हो तथा उसे कायम रखने के योग्य हुआ हो।'

सेठ—'और यह गौरव फिर से प्राप्त हुआ किसकी कृपा से?'

कप्तान—'अपनी कठिन साधना से और इसके बाद यदि किसी ने सहायता की, तो वह सैयद रहमान थे जिन्होंने सच्चे शुभचिन्तक और मित्र का काम किया।'

चन्द्र—'और तुम्हारा भी प्रताप!'

कप्तान—'सैयद साहब की अपेक्षा मैंने बहुत ही कम किया है।'

थोड़ी देर सोचने के बाद सेठ जी ने गम्भीरता के साथ कहा—'यह प्रश्न मैंने केवल कौतूहलाक्रान्त होकर ही नहीं किये हैं। महाशय भारद्वाज ने इसहाक का नाम मुझसे कहा था। मैं सुनने के साथ ही स्तम्भित हो गया और उस समय मुझे कुछ और पूछने की इच्छा न हुई। मैं उसके लिए आपसे कुछ प्रार्थना करना चाहता हूँ, कप्तान!'

कप्तान—'इसके लिए मैं अपने को बड़ा भाग्यशाली समझूँगा, सेठ जी।'

सेठ—'इसहाक की छुट्टी के खतम होने से पहले आप एक बार अवश्य आइये और साथ ही उसे भी लेते आइये। वह आने में शायद आनाकानी करेगा, लेकिन आप उसे अवश्य लाइयेगा।' सेठजी की यह प्रार्थना इतनी करुणाभरी थी कि दोनों श्रोता भी उससे प्रभावित हुए बिना न रहे।

कप्तान— 'वह आपको पहचानते हैं?'

सेठ जी को अपने सँभालने में बहुत प्रयास करना पड़ा। उनके नेत्र अश्रुपूर्ण थे और गला भर आया था। उन्होंने कम्पित स्वर से कहा—'वह मेरी बहन का लड़का है—एक मात्र बहन का एक मात्र लड़का। कई वर्ष बीत गए जब से मैंने उसे नहीं देखा। मेरा चित्त उसके देखने के लिए अधीर हो रहा है।'

कप्तान—'तो आप उसे लिखते क्यों नहीं।'

सेठ—'इसके कई कारण हैं। उसकी माँ मुझे बराबर पत्र लिखती रहती है और कितनी ही बार देखा-देखी भी होती है, लेकिन उसने कभी इसहाक का जिक्र मुझसे न किया। उसने भी नहीं बताया कि वह कहाँ है, क्या करता है। मैं इससे अनुमान करता हूँ कि यह इसहाक की सलाह ही से हुआ है। उसने शायद उससे कहा होगा कि तब तक मेरा जिक्र न करो जब तक मैं ठीक न हो जाऊँ—पूर्व सम्मान न प्राप्त कर लूँ। उसका नाम उस दिन अकस्मात् प्रोफेसर भारद्वाज रो बात करने में आ गया था। आप मेरी चिट्ठी से बढ़कर सब बात उसे समझा सकते हैं, कप्तान।'

कप्तान—'मैं जरूर उनसे कहूँगा और पकड़ लाऊँगा।'

'यही मेरी प्रार्थना थी और यदि सेठ को इस समय अपने हृदय के आवेश को दबाने में बड़ी जद्दोजहद करनी पड़ी, उनका गला रुक-सा गया, 'आप इसमें सफल हुए तो आप अपने चीफ इंजीनियर को खो बैठेंगे।'

कप्तान ने हँसते हुए कहा—'मैं बड़ा खुश होऊँगा इस खोने से, क्योंकि इसका अर्थ उनके लिए अधिक का पाना होगा।'

सेठ ने सोचते हुए कहा—'मैंने एक बात ठीक की है, इसहाक उसके लिए बहुत उपयुक्त सिद्ध होगा और वह उसे पसन्द भी करेगा। लेकिन अभी इसमें उसकी मुलाकात तक के लिए छोड़ देता हूँ।' फिर लड़कों की ओर खयाल कर, 'मैंने लड़कों पर बड़ा अन्याय किया जो उनका खयाल न किया। अब मुझे आप लोगों की सहायता से उनका मनोरंजन करना है, महाशयो।'

इसके तीन दिन बाद एक दिन तीसरे पहर कप्तान काश्यप और चीफ इंजीनियर इसहाक बैंक मैनेजर के कमरे में प्रविष्ट हुए। सेठ इब्राहीम जो अपनी कुर्सी पर बैठे थे, एकाएक अपने भांजे को सामने देखकर एक क्षण के लिए जरा स्तब्ध-से हो गये और फिर अपने दोनों हाथों को आगे फैलाये हुए उधर दौड़े।

'इसहाक!' वहाँ चिल्ला उठे और उनके स्वर से उनका हार्दिक आनन्द प्रतिध्वनित हो रहा था। उस स्वर और दृष्टि में सिर्फ आनन्द ही न था, बल्कि कुछ और भी था जिसने भांजे के हृदय को हिला दिया और उसके नेत्रों से आँसू टप-टप गिरने लगे।

'मामा!' उसने बड़े कम्पित और करुण स्वर से उस समय कहा जबकि मामा ने उसे अपनी छाती से लगा लिया था।

कप्तान काश्यप चुपचाप वहाँ से हट आये! दोनों इतने आत्मविस्मृत हो गये थे कि उन्हें इसका कुछ भी पता न लगा कि बैंक का बाहरी दरवाजा बन्द था और उसमें ताला लगा हुआ और खजांची और क्लर्क आज की रोकड़ ठीक करने में लगे हुए थे। खजांची ने कप्तान को आते देखकर जिज्ञासा की दृष्टि से देखा।

कप्तान ने मुस्कराते तथा कमरे की ओर इशारा करते हुए कहा—'मैंने दोनों को अकेले छोड़ दिया, यह ठीक भी है।'

खजांची—'और आप उनकी प्रतीक्षा भी करेंगे, कप्तान साहब?'

कप्तान—'जरूर, यदि वह मुझे न भूल जायें।'

खजांची—'आप कुर्सी पर बैठ जाइये। यदि मैं गल्ती नहीं करता तो वह महाशय इसहाक थे न?

कप्तान—'आपका अनुमान बिलकुल ठीक है।'

खजांची—'बड़ा परिवर्तन हो गया है। पहले से अधिक लम्बे, हृष्ट-पुष्ट मालूम होते हैं। कई वर्षों से मैंने उन्हें न देखा था। और वह अपने हिसाब में लग गए।

करीब आध घंटे तक कप्तान चुपचाप वहाँ बैठे कागज पर कलमों की कुरकुराहट को सुनते और पन्नों के उलटने को देखते रहे। बगल के कमरे से बातचीत की अस्पष्ट धीमी-धीमी आवाज भी आ रही थी। कप्तान को खयाल होने लगा कि वह मुझे भूल तो नहीं गये। इसी समय दरवाजे की किल्ली खटकी और सेठ इब्राहीम बहुत बहुत क्षमा प्रार्थना करते बाहर निकल आये।

'माफ कीजिएगा कप्तान साहब, चिरकाल के बाद आज इसहाक को देखा और बात में हम इतने तन्मय हो गये थे कि हमने आपका खयाल न किया। आप कोई दूसरे नहीं हैं। आइये चलें।' यह कहकर वह कप्तान का हाथ पकड़ कर भीतर ले गए।

कुर्सी पर बैठते हुए सेठ जी ने कहा—'आखिर वही बात हुई न कप्तान साहब, आपने अपने इंजीनियर को खो दिया।'

इसहाक—'अभी अगली यात्रा तक नहीं, इसके लिए मैं कप्तान काश्यप को वचन दे चुका हूँ।'

कप्तान—'और तब हम दोनों "सौदामिनी" को एक साथ ही छोड़ेंगे।'

सेठ—'और मैं भी उससे पहले बाध्य नहीं करता।'

इसहाक—'आप?'

कप्तान—'अगली यात्रा के बाद मुझे अपने कर्त्तव्य के लिए स्थल पर रहना होगा।' उन्होंने सेठ की ओर अभिज्ञानसूचक दृष्टि डाली, 'सब प्रबन्ध ठीक हो रहा है। पाँच बजे मुझे जहाजी आफिस में कुछ काम है। उसके बाद मैं फिर आपसे मिल सकता हूँ, सेठ जी?'

सेठ—'कोई हर्ज नहीं। आज रात को आपको मेरे साथ भोजन करना होगा—आप और इसहाक दोनों को। घड़ी देखकर 'क्या यह अच्छा न होगा कि जब तक मैं आफिस का काम ठीक करता हूँ, तब तक आप दोनों ही जहाजी ऑफिस का काम भुगता कर घर पर आवें।'

कप्तान—'कोई हर्ज नहीं। सिर्फ यही है कि आधी रात वाली डाक से मुझे घर अवश्य जाना है।'

जब दोनों आदमी जहाजी आफिस से बाहर निकले तो उसी समय द्वार पर उनकी भीतर जाते हुए एक आदमी से मुलाकात हुई। उसने झट कप्तान से हाथ मिलाया और बड़े आश्चर्य के साथ उनके साथी की ओर देखा। उसने बड़े प्रफुल्लित मुख से कहा—'अपार आनन्द जिसकी उम्मीद न थी कप्तान।'

कप्तान काश्यप और मुझे भी अत्यन्त प्रसन्नता हुई, कप्तान रामनन्दन सहाय, तुम्हारे इस अकाल जलदोदय से। मैंने सुना है कि अब तुमने 'कदम्ब' का चार्ज ले लिया है।

कप्तान रामनन्दन—'हाँ! बूढ़ा 'कदम्ब' और मैं समझता हूँ, आप अब भी "सौदामिनी" ही पर हैं। मैंने सुना है कि वह बम्बई में है, वहाँ से कहीं पूर्व का बयाना हुआ है।'

जब वह इस प्रकार बात कर रहे थे उस समय भी उनकी दृष्टि बराबर कप्तान काश्यप के साथी के मुख पर पड़ रही थी। वह खयाल कर रहे थे—'यह कौन लम्बा, शान्त, भद्रवेशी पुरुष है। क्या वह हमारे बेड़े के किसी जहाज का कप्तान तो नहीं है जिसे कि मुझे अभी तक देखने का संयोग न हुआ था?' और तब जबकि इसहाक ने अपना मुँह, पूरी तौर पर उधर फेरा तो कप्तान रामनन्दन को असली बात मालूम हुई।

कप्तान रामनन्दन—'धन्य, मैं गलती पर था।'

कप्तान काश्यप ने हँसते हुए कहा—'यह मेरे चीफ इंजीनियर महाशय इसहाक सासून हैं। रामनन्दन जी, तुमने इन्हें पहले देखा है।'

कप्तान रामनन्दन इंजीनियर से हाथ मिलाते हुए बोले—'ओहो! मुझे स्मरण हो गया। आपके चीफ इंजीनियर। मैं आपकी इस सफलता के लिए, महाशय इसहाक, बधाई देता हूँ।'

इसहाक ने गम्भीरता से कहा—'मैं इसके लिए आपका कृतज्ञ हूँ।'

रामनन्दन—'और मैं आशा करता हूँ कि आप अपने वर्तमान पद पर कामयाब होंगे।'

म० इसहाक—'लेकिन मुझे अधिक दिन तक इस पद पर रहने की आशा नहीं है। अगली यात्रा की समाप्ति के साथ ही मुझे "सौदामिनी" और कप्तान काश्यप से विदाई लेनी होगी।'

रामनन्दन—'सच? और एक बात के लिए मैं अत्यन्त लज्जित हूँ, महाशय इसहाक जो मैंने उस माफ्रा के कारण आपको समझने में बहुत भूल की। मुझे आशा है, आप उसके लिए मुझे क्षमा करेंगे।'

म० इसहाक—'इसमें कोई क्षमा की बात नहीं है रामनन्दन बाबू, उस समय मैं उसी के योग्य था।'

रामनन्दन—'आपको माफ्रा फिर कभी मिला था?'

इसहाक—'नहीं! वह मेरी छाया से भड़कता है!'

कप्तान काश्यप ने बड़ी उत्सुकतापूर्वक पूछा—'और तुमने कभी देखा, रामनन्दन बाबू?'

रामनन्दन—'मिला तो नहीं, लेकिन यदि मिलेगा तो—'

काश्यप—'यदि आपको मिल जाय तो तुरन्त पुलिस में उसकी खबर दे देना। याद रखना, उसका पूरा नाम है—मेटियो माफ्रा। पुलिस का कहना है कि यह बड़ा भयंकर बदमाश है। भारतीय अधिकारी इसकी बहुत तलाश में है तथा गिरफ्तार करने वाले को पाँच हजार रुपया इनाम देने का इश्तिहार हुआ है और साथ ही मुझे तार देना।'

यद्यपि यह बात कप्तान रामनन्दन सहाय को अनहोनी-सी जान पड़ती थी, तो भी उन्होंने अभिवचन दे दिया और फिर अलग हुए।

दर्शना

भोजन कर लेने के बाद सेठ ने अपने मन की बात कहनी आरंभ की। सबसे पहले उन्होंने कई प्रश्नों द्वारा यह जानने की कोशिश की कि इसहाक, नाथन के सम्बन्ध में कहाँ तक जानते हैं। उन्हें मालूम हो गया कि यरुशिलम तक की यात्रा और जो कुछ मेटियो के कहने से उन्हें मालूम हुआ था, उसके अतिरिक्त उन्हें कुछ मालूम नहीं। यह भूत का अत्यन्त लज्जास्पद कृत्य था जिसके लिए इसहाक के हृदय में बड़ा ही परिताप होता था।

सेठ—'परिताप होना आवश्यक है, इसहाक। और मैं नहीं चाहता कि तुम उसे भूल जाओ, क्योंकि ऐसी अवस्था में तुम पूरी तौर से प्रतिशोध नहीं कर सकोगे। तुम्हें मालूम होना चाहिए इसहाक कि सिमियन बिन इन्ना मेरे अत्यन्त प्रिय मित्र थे, जैसे कि कप्तान काश्यप के और उनके पौत्र को मैं उतना ही प्रेम करता हूँ जितना कि तुम्हें।' और उसका गला रुक गया।

इसहाक स्तम्भित हो गए। थोड़ी देर तक उन्होंने सिर्फ सेठ और कप्तान के मुख की ओर देखा और फिर करुण स्वर में कहा—'क्या वृद्ध सिमियन अब इस संसार में नहीं हैं?'

सेठ—'तुमने जब आखिरी बार देखा, उसके कुछ ही सप्ताहों के बाद वह मर गए। इसका विशेष विवरण तुम्हें कप्तान काश्यप बतलावेंगे। मैं तो संक्षेप में बतला देना चाहता हूँ, विस्तारपूर्वक कहने का इस समय अवसर नहीं है।'

इसहाक—'और नाथन?'

सेठ—'कप्तान काश्यप की संरक्षकता में है।'

कप्तान—'और मेरा दूसरा पुत्र है।'

इसहाक—'और कथा क्या है मामा?'

इस पर सेठ जी ने संक्षेप में सारा किस्सा कह सुनाया और फिर कहा—'महाशय भारद्वाज, कप्तान काश्यप के साले को तुम जानते हो न? यदि मैं भूल नहीं करता तो इसहाक किसी समय तुम और भारद्वाज दोनों यान्त्रिक आविष्कारों में बड़ी दिलचस्पी लेते थे।'

कप्तान—'सचमुच?'

इसहाक—'हाँ, चन्द्र का और मेरा रुझान एक-सा ही था। उन्हें तो प्रोफेसरी करनी पड़ती थी, लेकिन मामा की कृपा से मुझे बहुत सुभीता था, यद्यपि मैं अत्यन्त लज्जित हूँ कि आपकी सब कृपाओं को मैंने धूल में मिला दिया मामा।'

सेठ—'नहीं! अब भी बहुत समय है।'

इसहाक—'मैंने सिविल इंजीनियरिंग पास की थी और आगे की सभी परिस्थिति मेरे अनुकूल थी।'

कप्तान—'ओहो, अब मुझे मालूम हुआ कि क्यों इतनी जल्दी तुमने तरक्की कर ली। तुमने पहले ही बहुत कुछ जान लिया था। तभी तो!'

इसहाक—'यद्यपि नाविक इंजीनियर में न था लेकिन पूर्व के ज्ञान ने मुझे बहुत सहायता दी।'

सेठ—'प्रोफेसर भारद्वाज ने अब विमान का काम हाथ में ले लिया है।'

इसहाक—'मुझे भी मेरे और चन्द्र के एक घनिष्ठ मित्र मधुसूदन खन्ना से मालूम हुआ था कि भारद्वाज ने एक विमान स्तम्भक यंत्र आविष्कृत किया है जिससे विमान वायु में वैसे ही खड़ा किया जा सकता है, जैसे पानी में जहाज। क्या परीक्षा में वह सचमुच ठीक उतरा?'

कप्तान—'बिलकुल ठीक, मैं समझता हूँ। अभी हाल में ही उन्होंने एक खास ढाँचे का एक विमान बनवाया है जिसमें वह आविष्कार खास इंजन में लगा हुआ है, अलग से जोड़ा हुआ नहीं। चन्द्र ने उसका नाम 'दर्शना' रखा है और वह, और लड़के जल्दी ही उसके तैयार हो जाने की आशा कर रहे हैं।'

सेठ—'यहाँ, मेरी वह बात प्रकरणसंगत हो गई जिसे मैं तुम्हें कहना चाहता था। मैं चाहता हूँ कि इसहाक तुम चन्द्रनाथ से सम्मति लेकर उसके इस काम में सहायक हो जाओ। और जब आविष्कार सब तरह ठीक हो जाए परीक्षा में पक्का उतर जाए, तो उसे तैयार करो और मुझसे उसमें आर्थिक सहायता देने के लिए कहो।'

इसहाक—'क्या, आपका मतलब यह तो नहीं है मामा, कि हम उसके तैयार करने के लिए कारखाना खोलें और अपने तैयार किये हुए विमान को बाजार में रखें!'

सेठ—'खाली स्तम्भक यंत्र-मात्र ही नहीं, बल्कि पूरा विमान।'

इसहाक—'आपने इसका जिक्र चन्द्रनाथ से किया था?'

सेठ—'अभी तक नहीं। मैं पहले यह जानना चाहता था कि तुम्हारी क्या राय है। जब तुम अगली यात्रा में जाओ, तो मैं भारद्वाज से बात कर लूँगा।'

इसहाक—'इसके लिए एक अनुकूल स्थान ढूँढ़ना होगा और विशाल कल घर स्थापित करना होगा। यह बहुत भारी काम है मामा, मैं इसमें सहसा कूदना नहीं चाहता। इसमें एक बहुत भारी पूँजी की आवश्यकता पड़ेगी जितना कि अब तक आपने किसी को कर्ज न दिया होगा। इसके लिए मुझे और चन्द्र को सोचने-विचारने का अवसर देना होगा।'

सेठ—'तुम इस प्रस्ताव के पक्ष में हो?'

इसहाक—'यदि भारद्वाज स्वीकार करें तो—'

कप्तान—'मैं समझता हूँ वह जरूर स्वीकार करेंगे।'

सेठ—'और तुम्हें पसन्द है, इसहाक?'

इसहाक—'हाँ, लेकिन जैसा मैंने कहा, अभी थोड़ा समय देना चाहिए इस पर विचार करने के लिए क्योंकि इसमें बहुत अधिक धन और श्रम व्यय करना होगा।'

सेठ ने बहुत प्रसन्न होकर कहा—'जितना चाहो, उतना समय लो। जो निश्चय हो, उसे मुझे किसी बन्दर से लिख भेजना अथवा यात्रा को समाप्त करने के बाद ही मुझसे कहना।'

इसहाक—'हाँ, आपने प्रतिशोध की बात कही थी, मामा?'

सेठ—'प्रतिशोध भी इस प्रस्ताव के स्वीकार ही से हो जायेगा। मैंने भारद्वाज से मिलकर काम करने में तुम्हारी और नाथन दोनों की भलाई सोची है।'

इसहाक—'यदि ऐसा है तो विचार करने के लिए एक क्षण की भी आवश्यकता नहीं, मैं तैयार हूँ, हाँ! चन्द्रनाथ की सम्मति आवश्यक है।'

सेठ ने प्रसन्नवदन हो कहा—'यदि तुम तैयार हो, तो मैं इसे निश्चितप्राय समझता हूँ।'

कप्तान—'निश्चितप्राय क्या, बिलकुल निश्चित समझिये, यदि इसका निश्चय चन्द्र पर अवलम्बित है।'

सेठ—'अच्छा तो कप्तान साहब, आप अपनी यात्रा में इसहाक को सारी कथा विस्तारपूर्वक सुना दीजिएगा। समय की कमी से मैंने बहुत संक्षेप में कहा है। इन दो-तीन महीने में इसहाक, तुम सब जान जाओगे और तब तक नाथन की उन्नीसवीं जन्मतिथि भी आ जायेगी।'

तीन दिन बाद काश्यप-भवन के बाहर वाले मैदान में बहुत-सी भीड़ लगी हुई थी। उन सबकी दृष्टि दक्षिणी आकाश की ओर थी। कप्तान भी वहाँ मौजूद थे। "सौदामिनी" अभी बम्बई से रवाना न हुई थी, लेकिन आज से चौथे दिन जाने वाली थी। मेज पर छोटे तिनपावे के सहारे दूरबीन रखी हुई थी। सीता देवी कुर्सी पर बैठी अपने पति के कथनानुसार उससे देख रही थीं। उनके पीछे गंगा मिश्रानी खड़ी थीं। शिव और नाथन एक साधारण मैदानी दूरबीन पर कब्जा किये हुए थे और उनमें से जब एक देखता था तो दूसरा एक, दो, तीन...गिनता रहता था और तीस के पूरा होते ही 'समय'! बोल देता था जिस पर दूरबीन उसे मिल जाती थी।

मैदानी दूरबीन इस तरह बराबर बदली जा रही थी। 'समय' मुँह से निकाला नहीं कि दूरबीन दी गई नहीं। स्थानीय थाने के सब-इन्सपेक्टर और हल्के के इन्सपेक्टर साहेब भी वहाँ पहुँचे हुए थे। कितने ही और आदमी भी मैदान में जमा थे, क्योंकि आस-पास चारों ओर प्रसिद्ध हो गया था—बड़ा भारी घर बन रहा है जिसमें 'उडन खटोलना' रखा जायगा।

आज का दिन बहुत अच्छा था। नीले आकाश में ढाका के मलमल की तरह के हल्के श्वेत में घ फैले हुए थे। यह उड़ने के लिए सर्वोत्तम दिन था। इस मौसम में ऐसा मौका बहुत कम मिलता है। ऋतुविज्ञानी कप्तान ने धीरे-धीरे उसमें परिवर्तन होते देखा।

नाथन चिल्ला उठा—'वह है!'

कप्तान ने पूछा—'कहाँ?' और नाथन ने अँगुली उठा कर आकाश की उस दिशा में किया। दूरबीन अब भी उसकी आँखों पर थी। कप्तान ने दूरबीन को ठीक लगा दिया।

शिव धीरे-धीरे गिन रहा था—'सत्ताइस—अट्ठाइस—उन्तीस—तीस' और वह उत्तेजित हो बोल उठा, 'समय!'

नाथन ने तुरन्त दूरबीन शिव के हाथ में देते हुए कहा—'अब तुम्हारी बारी है शिव! देख रहे हो न, वह दक्षिण ओर बादलों में ताना तन रहा है। वाह, अब तो मैं सुन रहा हूँ। क्या खूब।'

सीता देवी—'मैं भी आवाज सुन रही हूँ, लेकिन मुझे इसमें दिखाई नहीं पड़ता। यह क्यों? वह बहुत जल्दी-जल्दी घूमता होगा। काश्यप जरा मेरी सहायता करो।'

शिव ने बड़े आनन्द के साथ चिल्लाकर कहा—'मैं देख रहा हूँ।' नाथन गिनना भूल गया था। अब वह अपनी आँखों ही से देख सकता था। उसको दूरबीन की जरूरत न थी। वही हालत कप्तान काश्यप की भी थी। इंजन की घन घनाहट क्षण-क्षण बढ़ रही थी। दूरबीन तिगुना ऊँचा कर दिया गया और सीता देवी अब उसके सहारे विमान को स्पष्ट देख सकती थीं।

दर्शकों की भीड़ में एक बार खलबली मच गई और फिर तालियों की गूँज से दिशाएँ पूर्ण हो गई। शिव ने देखा, नाथन गिनता नहीं है और समय आध मिनट से ऊपर हो गया होगा। उसने झट दूरबीन नाथन के हाथ में दे दी।

नाथन ने कहा—'अपने ही पास रखो, या—'

शिव—'या?'

नाथन—'या दरोगा जी को या इन्सपेक्टर साहब अथवा गंगा माई को दे दो। हमें पहले ही देना चाहिए था, शिव यह एक तरह की खुदगर्जी है।'

शिव—'भूल, खुदगर्जी नहीं, नाथ।'

दूरबीन गंगा की हाथ में गया, क्योंकि दरोगा और इन्सपेक्टर साहबों ने दूरबीन से आँखों ही को अच्छा समझा। शिव ने कितना ही बताया लेकिन बूढ़ा तोता कहीं राम-राम पढ़ता है। अन्त में गंगा ने भी हार कर उसे मेज पर रख दिया।

उसने कहा—'मुझे कुछ नहीं मालूम होता है बाबू। इसमें तो धूप, कुहरा-सा दिखाई पड़ता है।'

विमान की भनभनाहट अब और तीव्र थी। उसकी आकृति किसी पक्षी की अपेक्षा प्रकांड जुलाहे—फतिंगे से बहुत मिलती जुलती थी। लोगों के ठीक सामने आकर वह चक्कर काट कर

नीचे उतरने लगा और थोड़ी देर में उस पर के दोनों सवारों—चन्द्रनाथ और एक कारखाने के यांत्रिक का सिर छोटे-छोटे दो गेंदों की तरह दिखाई देने लगा।

शिव और नाथन ने पहले ही अन्दाज लगा लिया कि वह कहाँ उतरेगा और वह दोनों उस स्थान पर दौड़ गये। जरा ही देर में बड़ी सफाई से चन्द्रनाथ ने 'दर्शना' को चील्ह के उतरने की तरह जमीन पर ला रखा।

दूसरे क्षण प्रोफेसर ने कनटोप और ढक्कन चश्मा हटा दिया। शिव और नाथन पावदान पर चढ़ गये और उनके उन फीतों को खोलने लगे जिनसे वह अपनी जगह पर सुरक्षित रहने के लिए बँधे थे। इसके बाद फिर, उन्होंने यांत्रिक की भी उसी तरह सेवा की। जब दोनों आदमी उतर कर नीचे आये, तो कप्तान, सीता देवी, दरोगा जी और इन्सपेक्टर साहब उनके स्वागत के लिए आगे बढ़े। दर्शक मण्डली अब कुछ और नजदीक आकर चकित हो देख रही थी।

प्रोफेसर भारद्वाज ने स्वागतकर्ताओं की ओर देखकर कहा—'बड़ा सुन्दर समय हमें मिला।'

शिव—'इंजन कैसा काम देता है, मामा?'

चन्द्रनाथ—'बहुत ही अच्छा मेरे बच्चे, जरा भी उसने हमें तकलीफ न दी।'

नाथन ने पूछा—'और स्तम्भक यंत्र?'

चन्द्र—'यदि मैं वायु को समुद्र कहूँ—जैसा कि वास्तव में वह है भी, यद्यपि नीचे वाले समुद्र से इसका पानी (हवा) हल्का है तो मैं कह सकता हूँ कि वह वैसे ही स्तम्भित कर सका, जैसे समुद्र में जहाज को लंगर। हमें खराब मौसम से मुकाबिला न करना पड़ा और न उनके लिए जोखिमी चालें ही चलनी पड़ीं। एक पूर्ण मधुमक्खी की तरह हम सीधे जमीन पर आ बैठे। इसलिए नाथ, यह उड़ान इसकी निर्दोषता की पूरी कसौटी है।'

सीता—'और भैया अब तो तुम छत्ते में नहीं हो न?'

चन्द्र—'नहीं सीता, हम दोनों बहुत भूखे हैं। लेकिन अभी पहले हमें विमान को विमानशाला में पहुँचाना है, फिर नहाना है, तब जाकर माकुर- माकुर। मैं समझता हूँ, छत्ते में मधु तैयार होगी?'

सीता—'बहुत भैया, मधु का क्या दुःख है, यांत्रिक महाशय को लिए जल्दी जाओ।'

जाड़े के अगले तीनों मासों के मौसम ने बहुत कम उड़ने का अवसर दिया। सक्खर का अशान्त और चौबाई वायुमंडल उड़ने के लिए कोई उत्तम स्थान न था। लेकिन स्तम्भक यंत्र की परीक्षा के लिए यह आदर्श स्थान था क्योंकि यदि वह इस अशान्त वातावरण में सफल हो सका तो उसे कहीं भी असफल होने का डर नहीं।

वह छह बार उड़े और प्रति बार नाथ और शिव में से एक अवश्य उनके साथ था। चन्द्रनाथ संचालक रहते थे। उन्होंने उड़ाके का प्रमाण पत्र पा लिया था, इसलिए उनकी बहन अब उन पर विश्वास कर सकती थी। मौसम जब शान्त था तो दो बार लड़कों ने मामा के बिना ही उड़ने की

कोशिश की, लेकिन सीता इस पर राजी न हुई। फिर भी उन्होंने घंटों चन्द्रा मामा के साथ आकाश में विचरते हुए चारों ओर के विचित्र दृश्यों को देखा, मौसम और हवा का ज्ञान प्राप्त किया और दिल की दृढ़ता प्राप्त कर ली। इस प्रकार अब वह चन्दा मामा के स्थान पर स्वयं उड़ाका होने के योग्य हो गए।

वह यंत्र से खूब परिचित हो गये। उन्होंने उसके एक-एक पुर्जे को देख और समझ लिया। चन्द्रनाथ उनके सम्मुख अनेक प्रकार के प्रश्न उपस्थित करने लगे। यह प्रश्न पुर्जों के जोड़ने के विषय में न थे, बल्कि भिन्न-भिन्न अवस्था में उड़ाके के कर्त्तव्य के विषय में थे। उन्होंने सिखाया कि उड़ाके को संकट के समय कितना स्थिर-मस्तिष्क रहने की आवश्यकता है। उड़ाके को पक्षी या मधुमक्खी के उड़ने का अनुकरण करना चाहिए।

अक्तूबर मास के आरम्भ में "सौदामिनी" के जाने के बाद ही चन्द्रनाथ सेठ इब्राहीम का पत्र पाकर कराँची गये।

सेठजी ने कारखाने और भागीदारी का प्रस्ताव उनके सामने रखा। चन्द्रनाथ को इस पर आश्चर्य हुआ। कहाँ यह उनका काम था कि तरह-तरह से समाहित करके किसी महाजन को रुपये के लिए तैयार करते और कहाँ सेठ इब्राहीम स्वयं उससे कह रहे हैं। वह सेठ जी के प्रति बहुत कृतज्ञ हुए। उनको पूरा विश्वास था कि इसहाक के साथ काम बहुत ठीक तौर से निभेगा। उनके दिल में पहिले कारखाने के स्थान और कलों के विषय में अच्छी तरह विचार करने का खयाल आया और फिर यह सोच कर और अधिक प्रसन्नता हुई कि इसहाक 'दर्शना' फैक्टरी में भागीदार और कार्यकर्ता होगा।

चन्द्र—'आपके प्रस्ताव से बढ़कर मेरे लिए कोई अच्छी बात नहीं हो सकती, सेठ जी! और रही अन्य योजनाएँ उनके विषय में मैं सोच कर लिखूँगा।'

चन्द्रनाथ का पत्र सेठ इब्राहीम की इच्छा और आशा के बिलकुल अनुकूल था और नवम्बर के आरम्भ में ही उन्हें फिर कराँची जाना पड़ा।

सेठ जी—'मेरी चिट्ठी इसहाक को यूकोहामा में मिली। उसने लिखा है कि इस मास के अन्त तक मैं आऊँगा। आपने जो उसे अपना भागीदार बनाना स्वीकार किया है, उसके लिए वह अत्यन्त कृतज्ञ और प्रसन्न है। यह उसके लिए बहुत है, प्रोफेसर महाशय, जितना मैं कह सकता हूँ, उससे भी बहुत; इसी से यह मेरे लिए भी बहुत है।' और उनका गला भर आया।

चन्द्रनाथ—'नाथन को भी और हम सभी को, सेठ जी।'

सेठ—'हाँ! हम सभी के लिए। आपने कप्तान से सुना होगा?'

चन्द्र—'कुछ दिन पहले। आपकी सूचना को उन्होंने स्वीकृत कर लिया सेठ जी। इसी महीने की 25वीं तारीख तक "सौदामिनी" आ जायेगी, उन्होंने मेल्बोर्न से मुझे लिखा है। उसके आने के साथ ही प्रताप उससे छुट्टी लेने वाले हैं—यह सब प्रबन्ध कम्पनी से तय हो गया है।'

सेठ—‘यहूदी नौरोज। मेटियो को इसका पता है कि नहीं?’

सेठ—‘मैं समझता हूँ, जरूर है। सिमियन बिन इज्रा की बहुत दिनों तक नौकरी करते रहने से उसे यहूदी सभी पर्व मास मालूम हैं लेकिन मुझे उसकी परवाह नहीं। हम देख लेंगे जब नाथन अपने दादा की वसीयत का पूर्ण अधिकारी हो जायगा।’

चन्द्र—‘तो नाथन के मामले के तय होने तक यह स्कीम मुल्तबी न रहेगी?’

सेठ—‘नहीं। लेकिन पीछे आवश्यकता पड़ने पर हमें अपनी स्कीम को बढ़ाने के लिए तैयार रहना चाहिए। और बीच में नाथन का हित, उसकी मेटियो के हाथ से रक्षा और एक टुकड़े ही का नहीं, सारी ढाल का उसके अधिकार में आने का प्रयत्न हमारा प्रधान कर्त्तव्य होगा।’

चन्द्र—‘ढाल की नाभि—’

सेठ—‘हाँ! उसी को तो मेटियो चाहता है। मुझसे उसके बारे में कुछ न पूछिये, ठहरिये। आप भी चौथी दिराम्बर को मौजूद रहेंगे और कप्तान के अतिरिक्त मेरा भांजा और आपका भांजा भी।’

नाथन की उन्नीसवीं जन्म तिथि

नवम्बर की सत्ताइसवीं तारीख को ''सौदामिनी'' कराँची पहुँची। रास्ते में बंगाल की खाड़ी में उसे एक तूफान से सामना करना पड़ गया था, इसलिए यह देर हुई।

बम्बई में मुसाफिरों की चिट्ठियाँ जहाज पर लाई गई। उनमें एक कप्तान काश्यप के नाम भी थी जिसमें मिस्री टिकट लगा था और स्वेज के डाकखाने की मुहर थी। जब उसे खोलने का उन्हें समय मिला तो उन्होंने देखा कि कप्तान रामनन्दन सहाय का है। पत्र 6 अक्टूबर को लिखा गया था और इस प्रकार था—

'श्रद्धेय कप्तान काश्यप महाशय, नमस्ते।'

आपके कथन का मैंने बराबर खयाल रखा था। अभी ही हम नहर से होकर आये हैं। इस्माइलिया में हमें दो-तीन घन्टे के लिए रुक जाना पड़ा था और एक छोटा मिस्री डाक जहाज वहाँ से होकर निकला। मेरे पास और काम न था, इसलिए मैं मैदानी दूरबीन लेकर उसकी ओर देखने लगा। मैंने देखा कि उस पर माफ्रा कट घरे के सहारे झुककर एक क्रूराकृति अरब से गप कर रहा है। मैंने खूब ध्यान से देखा, इसलिए प्रमाद की गुंजाइश नहीं। उसने आँखें उठाकर 'कदम्ब' की ओर देखा और फिर अरब से अँगुली दिखा कर इशारा किया। इस पर वह दोनों मुस्कराये। मुझे नहीं विश्वास है कि उसने मुझे देखा होगा। मैं चक्र की आड़ में खूब छिपकर खड़ा था। वह दोनों इस्माईलिया में उतरे। मैंने आपके पास तार इसलिए न दिया कि मुझे मालूम नहीं है, आप इस समय कहाँ हैं। इसीलिए में पत्र लिख रहा हूँ। हम तुरन्त ही चल पड़े और स्वेज में पहुँचने पर मैं तुरन्त किनारे पर गया और पुलिस के प्रधान अफसर को मैंने उसकी हुलिया बताई। मैंने यह भी बता दिया कि भारतीय पुलिस उसकी बड़ी खोज में है और पकड़ने वाले को पाँच हजार रुपया 'बख्शीश' भी मिलेगी। वह मेरे कहने के अनुसार करेगा या नहीं, इसका मुझे पता नहीं। महाशय इसहाक सासून को मेरा बन्देमातरम् कहें।

आपका आज्ञाकारी—

रामनन्दन सहाय

उन्होंने एक बार उसे फिर दोहरा कर पढ़ा और फिर उसे चौपेत कर पॉकेट में रख लिया। पुलिस अफसर के कुछ करने के विषय में उन्हें भी पूरा सन्देह ही रहा। अरब शायद वही रहा

होगा जो इसहाक और मेटियो के साथ यरुशिलम गया था। वह इस्माईलिया में बहुत दिन तक नहीं टिक सकते। बहुत कुछ सम्भव है कि वह काहिरा चले गये होंगे क्योंकि वही ऐसा स्थान है। मेटियो-सा आदमी अपने आपको छिपा सकता है। यदि पुलिस उन्हें पकड़ना भी चाहेगी तो भी मेटियो के चकमों से पार पाना बहुत कठिन है।

उन्होंने इसहाक से पत्र का जिक्र न किया। उस समय इसके लिए कोई जल्दी न थी। इसहाक अपनी अन्तिम तैयारी में लगे थे। इस प्रकार पत्र कुछ समय के लिए भूल ही गया। कराँची पहुँचकर सारा सामान लिये-दिये इसहाक तो अपने मामा के घर पहुँचे और जब कप्तान ने अपने स्थानापन्न को जहाज का चार्ज दे दिया तो वह भी पहले सेठ जी के यहाँ गये और फिर अपने घर की ओर भागे।

इस सप्ताह मौसम बहुत अच्छा रहा और इसहाक 'दर्शना' को देखने के लिए सक्खर बुलाये गये। साथ ही भारद्वाज के साथ सारी स्कीम पर भी पूरा विचार करना था। नाथन को यह न मालूम था कि यह वही भयानक हिन्दुस्तानी है जो शराब के नशे में मेटियो और अरब के हाथों का खिलौना होकर उसका और सिमियन बिन इज्ना का पीछा करते हुए पोर्टसईद से यरुशिलम तक गया था। उसे सिर्फ इतना ही मालूम था कि वह ''सौदामिनी'' के भूतपूर्व चीफ इंजीनियर हैं, सेठ इब्राहीम उनके मामा हैं। 'दर्शना' के भागीदार हैं और होने वाली 'दर्शना' फैक्टरी के भी भागीदार हैं। इसहाक की सूरत शक्ल में भी बहुत परिवर्तन हो गया था। उधर नाथन की पुरानी स्मृति भी बहुत क्षीण हो चली थी। इसीलिए उसे कुछ पता न लगा। लेकिन एक समय ऐसा आवेगा जब उसे असली बात सूचित कर देने की आवश्यकता होगी।

कप्तान, प्रोफेसर और सीता देवी ने महाशय इसहाक का विशेष रूप से स्वागत किया। उन लोगों को इस बात का डर बना था कि नाथन को जब मालूम होगा तो वह कितना क्रुद्ध होगा क्योंकि उन्हें खूब स्मरण था कि अपनी कथा कहते समय नाथन ने अन्य दोनों की अपेक्षा खूनी आँखों वाले हिन्दुस्तानी ही से अधिक भय प्रकट किया था।

शिव की भी वही अवस्था थी जो नाथन की। उसने अभी तक इसहाक को न देखा था। बिना किसी सूचना के इसहाक को अरब और मेटियो से मिलाना बहुत कठिन था। उसके माता, पिता और मामा ने स्वयं असली बात की सूचना देना उचित न समझा। उन्होंने सोचा कि सब-कुछ स्वाभाविक रीति से होना चाहिए।

लेकिन इसहाक ने सारी बात साफ कर देनी चाही। उन्होंने पहले ही कदम बढ़ाया। यद्यपि काम बड़े जोखिम का था, लेकिन देर तक छिपाये रखना उन्हें असह्य मालूम हुआ। उन्होंने नाथन को स्पष्ट बतला देना चाहा। जरा-सी बात का भी पता लगे बिना इसहाक से न रहा जा सकता था। उन्होंने देखा कि नाथन बड़े आश्चर्य से मेरी ओर देख रहा है और सीता देवी चिन्तित हैं। कप्तान

और प्रोफेसर भी मुलाकात को बड़ी सन्दिग्ध दृष्टि से देख रहे हैं। सिर्फ शिव ही ऐसा था जिसके चेहरे पर किसी प्रकार की शंका या सन्देह का चिह्न नहीं दिखाई पड़ता था।

नाथन की स्मृति बहुत क्षीण थी, लेकिन बिलकुल नष्ट न हो गई थी। वह मन ही मन सोचने लगा, इस आदमी को मैंने कहीं देखा है। कहाँ और कब, यह निश्चय न कर सकता था। इसके लिए पहली बार के प्रयास में असफल होने के कारण उसने फिर कोशिश करनी छोड़ दी। उसने उन्हें घर के मित्र के तौर पर स्वीकार किया। सीता देवी के अब जी में जी आया। कप्तान और प्रोफेसर को भी इसके लिए कुछ भी असन्तोष न हुआ कि वह पहचान न सका। वह जानते थे तब के और अब के इसहाक में जमीन आसमान का अन्तर है।

लेकिन इसहाक को इससे सन्तोष न हुआ। जैसे ही उन्हें अवसर मिला उसी दिन सन्ध्या में वह नाथन को अलग ले गए।

'नाथ', उन्होंने बड़े प्रेमपूर्ण और मधुर स्वर में कहा, 'नाथ मेरा हृदय अत्यन्त व्यथित हो रहा है, इसलिए मैं एक अत्यन्त लज्जास्पद और मर्मभेदी अपराध तुमसे कहने जा रहा हूँ।'

नाथन कुछ न समझ सका और बड़े आश्चर्य से बोल उठा—'क्या, महाशय इसहाक?'

इसहाक—'और साथ ही तुमसे उस अक्षम्य अपराध के लिए क्षमा चाहता हूँ। यद्यपि मैं उसके पाने के योग्य नहीं हूँ, मैंने उसका कोई प्रायश्चित नहीं किया हूँ, तो भी मैं तुम्हारी उदारता से वैसी आशा रखने के लिए बाध्य हूँ। बोलो, तुम मेरा उद्धार करोगे न?' और इसहाक का स्वर कम्पित हो चला।

नाथन—'आप क्या कह रहे हैं? आपने मेरा कोई कसूर नहीं किया।'

इसहाक—'तुम पहचान नहीं रहे हो, नाथ?'

नाथन—'मुझे जरा-जरा याद आता है कि मैंने आपको कहीं देखा है।'

इसहाक—'हाँ! देखा है, जाफावाले जहाज में, और और' वह आगे न बोल सके।

नाथ—'ओह! एकाएक जान पड़ा उसके हृदय पर कोई बड़ा आघात पहुँचा है।'

इसके बाद कितनी ही देर तक सन्नाटा छाया रहा।

इसहाक ने फिर बड़े दीन स्वर से कहा—'क्या मुझे क्षमादान दोगे?'

नाथन—'आप मेटियो के साथ थे।'

इसहाक—'हाँ! और अरब के साथ और उसके लिए अत्यन्त लज्जित हूँ, करीब पाँच वर्ष से। मैं अपनी सफाई नहीं देना चाहता, नाथ! लेकिन इतना अवष्य कहूँगा कि यद्यपि मैं उस समय पतित और शराब में मदमस्त रहता था, लेकिन तो भी मैं तुम्हें और तुम्हारे दादा को हानि न पहुँचाता। मेटियो के क्रूर हृदय का उस समय मुझे कुछ पता न था। मैं तुम्हारा मित्र बनना चाहता हूँ और यदि तुम आज्ञा दोगे तो मैं अपने भूत कृत्यों का प्रतिशोध करना चाहता हूँ।'

नाथन—"तबसे आप में बहुत परिवर्तन हो गया है।"

इसहाक—'मुझे भी जान पड़ता है।'

नाथन—'बहुत भारी परिवर्तन—सचमुच! मुझे अब आपसे जरा भी भय या घृणा नहीं मालूम होती, लेकिन उस समय की न पूछिये।' और उसने अपने हृदय के भाव को प्रत्यक्ष करने के लिए दोनों हाथ आगे बढ़ाये।

इसहाक और नाथन दोनों खुलकर गले मिले। इसहाक ने कहा—'अब हम दोनों मित्र हैं?'

नाथन—'सच्चे मित्र।'

इसहाक—'तो तुमने मुझे माफ कर दिया?'

नाथन—'यदि कोई माफ करने की बात थी।'

इसहाक का चेहरा आनन्द से खिल उठा और आनन्दाश्रु से आँखें डबडबा आईं। उन्होंने कहा—'धन्य भाग्य! आज मैं मुँह दिखाने योग्य हुआ।'

फिर जब दोनों लौट कर औरों से मिले तो इसहाक का मुँह चमक रहा था और नाथन भी स्मितमुख था। सीता देवी ने ताड़ लिया कि क्या बात हुई। कप्तान और प्रोफेसर ने समझ लिया कि दोनों के हृदय घुल-मिल गये। किसी ने कुछ चर्चा न चलाई। जब सब काम ठीक हो गया तो कितने ही दिनों के बाद नाथन ने सब बात शिव से कही।

उस सप्ताह चार दिन 'दर्शना' उड़ा। इसहाक ने बहुत जल्दी अपने को एक योग्य वैमानिक सिद्ध किया। उतने ही दिनों में उसका एक-एक पुर्जा उन्हें याद हो गया। उन्होंने चन्द्रनाथ के आविष्कार के प्रति अत्यन्त सन्तोष प्रकट किया। इसहाक के मृदु स्वभाव तथा यांत्रिक चातुर्य और धैर्य को देख लड़के और लट्टू हो गए। जब सप्ताह समाप्त हो गया और इसहाक के विदा होने का समय आया तो उन्होंने बड़ा अफसोस किया।

इसहाक ने कहा—'हम फिर जल्दी ही मिलेंगे।'

लड़कों ने एक साँस में कहा—'कब?'

इसहाक—'चौथी दिसम्बर को, नाथन की जन्मतिथि पर।'

इसहाक के जाने के थोड़ी देर पहले जबकि वहाँ कप्तान और प्रोफेसर ही उनके साथ थे, कप्तान ने कहा—'एक पत्र तुम्हें दिखाना था, इसहाक, मैं बिलकुल ही उसे भूल गया था। आज मुझे यह अपनी कोट की जेब में मिला। जब "सौदामिनी" बम्बई में आई, तभी बहुत से पत्रों के साथ यह भी मिला था।'

इसहाक ने पत्र को दो बार पढ़ा और लौटाते वक्त कप्तान से कहा—'यदि मैं इसे पहले देख सका होता।'

कप्तान—'क्यों?'

इसहाक—'मैं गया होता तो दोनों को पकड़ सकता था।'

कप्तान—'तो भी कोई परवाह नहीं।'

इसहाक—'लेकिन मैं उनका अड्डा जानता हूँ, अतः मैं उस समय जाता तो अवश्य उन्हें पकड़ने में सफल होता। अरब की कोई गिनती नहीं है, उसमें कोई बुद्धि नहीं है। वह मेटियो के हाथ की सिर्फ कठपुतली है। लेकिन मेटियो को पकड़ कर जेल में भेज देना हमारे लिए अत्यन्त उपयोगी होगा।'

चन्द्रनाथ—'हाँ! ठीक!! हमें धैर्य रखना चाहिए।'

इसहाक—'और आँख खोल कर देखते भी रहना चाहिए। मेरे मामा ने ठीक कहा है कि जब तक मेटियो स्वतंत्र है, तब तक खैरियत नहीं।'

सेठ जी ने नाथन की जन्मतिथि से एक सप्ताह पूर्व ही कप्तान को सूचना दी और 3 दिसम्बर के सायंकाल को ही आ जाने को लिखा। चार को साढ़े दस बजे बैंक में उपस्थित रहना था। दोनों लड़कों और प्रोफेसर के अतिरिक्त, यदि कष्ट न हो तो श्रीमती सीतादेवी को भी लेते आने को कहा था।

सीता जी ने, जबकि उनके पति पत्र पढ़ रहे थे, कहा—'कष्ट! मुझे वहाँ रहना आवश्यक है, है न, कप्तान?'

कप्तान—'इसके लिए हममें से कोई भी तुमसे अधिक अधिकार नहीं रखता।'

सीता—'मुझे बड़ी प्रसन्नता है जो तुम ऐसा खयाल करते हो। नाथ मेरा अत्यन्त प्यारा लड़का, उससे सम्बन्ध रखने वाली सभी बातें मुझे अपनी ओर आकृष्ट करती हैं। मैं तुमसे छिपाना नहीं चाहती कप्तान। यदि सेठ इब्राहीम ने मुझे निमंत्रित न भी किया होता तो भी मैं गये बिना न रहती, चाहे पीछे वहाँ धक्का भी खाना होता।'

कप्तान—'वह ऐसा नहीं कर सकते थे, सीता।'

सीता—'मुझे भी अब यही उम्मीद है और मैं उनकी बड़ी कृतज्ञ हूँ जो उन्होंने मुझे भी इसमें सम्मिलित किया है। लेकिन उन्हें पहले से ही ज्ञात होना चाहिए था कि मैं बड़ी उत्सुक हूँ।'

कप्तान—'वह इसे जानते हैं, सीता। तुम्हारे लिए विशेष करके लिखा है। हम लोगों से भी अधिक तुम्हें देख कर सेठ इब्राहीम खुश होंगे। वह जानते हैं कि तुम्हारा नाथन पर कितना अधिक स्नेह है। तुमने तभी से उस पर अत्यन्त प्यार करना आरम्भ किया जब से नाथन हमारे घर का एक व्यक्ति हुआ।'

सीता—'व्यक्ति ही नहीं, द्वितीय पुत्र।'

कप्तान—'हाँ! द्वितीय पुत्र।'

कप्तान का कहना बिलकुल ठीक उतरा। सेठ ने सीता देवी ही का सबसे अधिक स्वागत किया। उन्होंने कहा—'देवि, आपके कष्ट उठा कर यहाँ दर्शन देने से मुझे अपार आनन्द हुआ।' साढ़े दस बजने में अभी दो मिनट की देर थी। उनके पहुँचने के बाद ही इसहाक भी कमरे में आये और अद्धे की घंटी बजने के साथ ही दो वृद्ध पुरुष कमरे में प्रविष्ट हुए। दोनों की दाढ़ी, श्वेत, लम्बी

और घनी थी। रंग उनका बहुत ही गोरा और चेहरे पर झुर्रियाँ पड़ी थीं। उनकी पोषाक में बड़ा फर्क था। एक के शरीर पर लम्बा समूरी चोंगा था और दूसरे के शरीर पर लम्बा काला कोट। उनकी स्नेहपूर्ण दृष्टि एकत्र व्यक्तियों पर इस तरह पड़ रही थी कि जान पड़ता था, वह किसी स्नेह-पात्र की तलाश में हैं। उनके भीतर आते ही इसहाक ने अपने मामा के संकेतानुसार उन्हें कालीन पर मसनद के सहारे बैठाया।

सेठ इब्राहीम ने इस प्रकार कार्यवाही का आरम्भ किया—'यह दोनों श्रद्धेय महापुरुष मेरे मित्र सिमियन बिन इज़्रा के साथ मिलकर पूरी ढाल के अधिकारी हैं, सिवाय उस नाभि के जो शताब्दियों से किसी दूसरे के अधिकार में है।'

'मैंने पहले ही से इन दोनों महात्माओं के यहाँ पधारने का प्रबन्ध कर दिया, नहीं तो नाथन को इनके खोजने के लिए लिस्बन और मास्को की यात्रा करनी पड़ती।' कछुए की हड्डी की कमानी वाले चश्मे के धारण करने वाले तथा दीर्घ-कोटधारी वृद्ध महानुभाव की ओर इशारा करके उन्होंने कहा—'यह रुयलिबन-जदक़ लिस्बन-निवासी हैं और यह जिदालिया बिन इज़्राईल मास्को-निवासी। इस वृद्धावस्था में पोर्तुगाल और रूस ऐसे दूर देशों से बहुत कष्ट उठाकर यहाँ आना मेरी समझ में नाथन के वहाँ इनके पास पहुँचने के खतरे से बहुत कम था। नाथन को अब यह सिद्ध करना होगा कि यह सिमियन बिन इज़्रा का पौत्र है और फिर यह ढाल का अपना-अपना हिस्सा भी दे देंगे, फिर नाभि का प्राप्त करना बाकी रहेगा। वह कहाँ है, इसका पता तीनों टुकड़ों को मिलाकर उनके पीछे की ओर की लिपि के पढ़ने से मालूम होगा।'

'नाथन को लिस्बन और वहाँ से मास्को जाने में छह मास से कम न लगता। लेकिन समय के लगने से भी बढ़कर एक क्रूर और परम धूर्त शत्रु से सुरक्षित रहना सबसे बढ़कर बात थी। धूर्त मेटियो क्षण-क्षण और कदम-कदम पर उसके मार्ग में बाधक और प्राणों का गाहक है। हम उनसे अपरिचित हैं वह हमसे, लेकिन नाथन के हित ने हम सबको एक सूत्र में बद्ध करके आज यहाँ उपस्थित किया है। नाथन उनके लिए अपरिचित नहीं है, बल्कि उनकी जाति का एक व्यक्ति है। उन्होंने एक बार उसे देखा था जबकि नाथन होर पर्वत की एक गुफा में उस रात सोया था जिसमें कि ये सिमियन बिना इज़्रा के साथ पैट्रा के खजाने में मिले थे।'

नाथन जो अब तक बातों को बड़े ध्यान से सुन रहा था, इस पर अपनी जगह से उठा और दोनों बुजुर्गों के पास जाकर बारी-बारी उनके हाथों को चूमा। फिर उन्होंने भी उसको अपने पास करके उसके ललाट पर चुम्बन दिया।

सीता देवी की आँखें उस वक्त डबडबा आईं। शिव का गला भी रुद्ध हो गया जिसके कारण एक बार उसे धीरे से खाँसना पड़ा। सभी आदमी इस दृश्य से प्रभावित हो गए थे।

मास्कोवासी जिदालिया ने कहा—'तुम नाथन बिन एलीजर हो।'

नाथन—'हाँ, एलीजर मेरे पिता का नाम था!'

इस पर लिस्बनवासी रूयल ने कहा—'जैसा कि चर्मपत्र से मालूम होगा, जो हैरब् के वंश में मताथिया, सिमियन और यूहन्ना से होकर, हस्मन् की परम्परा में है। लेकिन इसके लिए हमें पहले प्रमाण-पत्र देखना होगा। हमें मालूम है कि तुम्हारे दादा हमारे परम मित्र महूम सिमियन बिन इज़्रा ने ढाल के तृतीयांश और प्रमाण-पत्र को एक भद्र पुरुष के हाथ में देकर तुम्हें भी उसकी संरक्षकता में छोड़ा और उस महानुभाव ने सब चीजों को इसी बैंक में जमा कर रखा है।'

कप्तान काश्यप—'हाँ, ऐसा ही।'

रूयल—'जिदालिया बिन इजाईल और मैं रूयल् बिन् जदक् दोनों ही अश्कनाजिमी और लेवी वंशज अर्थात् कर्मकांडी पुरोहित इस बात के लिए तैयार हैं कि यदि नाथन हस्मन् वंशज प्रमाणित हो गया तो हम अपने-अपने हिस्से वाला ढाल का भाग भी उसी को समर्पित कर देंगे। फिर तीनों भागों को एकत्र करके शायद हमें नाभि का भी पता मिल जाय और इस प्रकार सम्पूर्ण ढाल नाथन के हाथ में हो जाय। नाथन हस्मन् वंश की एक मात्र सन्तान और ढाल का सच्चा अधिकारी है।'

सेठ—'आप बैंक की रसीद अपने साथ लाये हैं न, कप्तान साहब?'

'यह है।' और कप्तान ने जेब से निकाल कर रसीद उनके हाथ में रख दी।

सेठ जी ने उनकी ओर देखा और फिर खजांची को बुलाकर कहा कि 'वज्र-कोठरी से उस पुलिन्दे को लाओ।'

सब चुपचाप प्रतीक्षा करने लगे। वहाँ के वातावरण में मानो विद्युत संचारित हो रही थी। चारों ओर पूरा सन्नाटा था, लेकिन सबके हृदयों की एक अनिर्वचनीय दशा थी।

अब खजांची भी आ पहुँचा। उसने चुपके से पुलिन्दे को सेठ के हाथ में रख दिया और बिना नजर उठाकर देखे ही वहाँ से चला गया।

पुलिन्दा बिलकुल उसी अवस्था में था जिसमें कि कप्तान ने उसे दिया था। बाल वाला कपड़ा वैसे ही सिला हुआ था। सुतली के जोड़ों पर दी हुई लाख की मुहरें वैसी ही थीं। कप्तान के नाम और पता वाला कागज भी वैसे ही चिपका हुआ था। सेठ ने उसे कप्तान के हाथ में देकर कहा—'कप्तान, आप इसके खोलने के अधिकारी हैं।'

सब लोग उनकी ओर देखने लगे। उन्होंने लेबिल को अलग कर दिया, मुहरों को तोड़ दिया और सुतली की गाँठ को खोल कर उसे निकाल कर अलग रख दिया। फिर कानविस को हटाकर उन्होंने मुहर किये हुए चोगे और ढाल वाले थैले को निकाला।

थैले में हाथ डालकर उन्होंने ऊँट वाले कपड़े से ढके ढाल के टुकड़े को बाहर निकाला। कपड़ा अलग गिरते ही, सुन्दर चित्रकारी से सुसज्जित रत्न-जटित सोने की ढाल का तृतीयांश बाहर निकल आया। पद्मराग, हीरा और नीलम की चमक से एक बार सब की आँखें चौंधिया गईं।

'ओहो!' शिव धीरे से एकाएक बोल उठा।

इसहाक स्तम्भित हो गया और नाथन ने सिर्फ मुस्करा दिया। दोनों वृद्धों ने उसे बड़ी गम्भीरतापूर्वक देखा। कप्तान को छोड़कर सभी की आँखें उस पर थीं। उन्होंने ढाल को फर्श पर रख दिया और फिर थैले के भीतर हाथ डाला। टटोलने के बाद वह चीज मिल गई जिसे वह ढूँढ़ रहे थे? उसे भी उन्होंने बाहर रखा, यह एक चिपटा गोला-सा सीसे का टुकड़ा था।

सबका ध्यान उसके रखे जाते ही उधर आकृष्ट हो गया।

सेठ ने पूछा—'यह क्या है?'

कप्तान—'गोली, जिसने सिमियन बिन इज्रा का प्राण ले लिया होता यदि 'यह' ढाल की ओर इशारा करके, 'सीने पर न होती। ढाल के चिपके हुए भाग पर हाथ रखकर 'यह इसी का निशान है।'

चर्मपत्र और ढाल

चिपटी गोली ने ढाल से भी बढ़कर उपस्थित व्यक्तियों के हृदय पर प्रभाव डाला। उसने उस खतरे का चित्र उनके सम्मुख अंकित कर दिया जिसमें होकर सिमियन बिन इज़्रा को जाना पड़ा था और नाथन को भी नाभि को हस्तगत करने के लिए जिसमें ही से गुजरना पड़ेगा, क्योंकि जिसने सिमियन पर गोली चलाई थी, वह अब भी उतना ही तत्पर, उतना ही सजग हो ढाल ही के फिराक में बैठा है। ढाल का चिपका तल और चिपटी गोली दोनों स्पष्ट कह रहे थे कि नाथ को मेटियो के हाथ से बचकर निकलने के लिए सबकी सहायता की अपेक्षा है।

लोगों की जिज्ञासा का खयाल करके कप्तान काश्यप ने कहना आरम्भ किया—

'मुझे विश्वस्त सूत्रों से मालूम हुआ है कि मेटियो अब भी था—'

सेठ ने बात काट कर कहा—'हम उसके बारे में पीछे विचार करेंगे। क्षमा करें कप्तान; हमारा दूसरा काम अब चर्मपत्र से है। हमें क्रमशः चलना चाहिए, अब दोनों बुजुर्गों की माँग पूरी करनी चाहिए, क्योंकि तभी नाथन को नाभिसहित सम्पूर्ण ढाल मिल सकेगी। उन्हें अभी ही विश्वास हो चुका है, यह मुझे मालूम होता है कि'—और उन्होंने दोनों वृद्धों की ओर देखा जिनपर स्पष्ट स्वीकारिता के चिह्न दिखाई पड़ रहे थे। 'नाथन उक्त भव्य वंश का उत्तराधिकारी है और उसे अपने दादा की वसीयत पूरी करनी है।'

जिदालिया ने दोनों की ओर से कहा—'और तब हम अवशिष्ट दोनों टुकड़ों को भी दे देंगे जो कि हमारे पास है।'

कप्तान काश्यप ने चोंगे की मुहर तोड़ डाली, ऊपर का चमड़ा हटा दिया और फिर चर्मपत्र को दोनों वृद्धों के हाथों में दे दिया। वह उनमें से एक-एक को इधर-उधर देखकर अलग रखते जाते थे, क्योंकि वह उनके काम के न थे। और अन्त में उन्होंने एक अत्यन्त पुराना, पीला, अत्यन्त कोमल चमड़ा निकाला। उन्होंने उसे फैला दिया और फिर वह दक्षिणावर्त इब्रानी लिपि की पंक्तियों को पढ़ने और आपस में राय करने लगे। जितना ही वह आगे बढ़ते जाते थे, स्याही तेज और अक्षर स्पष्ट होते जाते थे।

रुयल् की नाक पर एक जोड़ा मोटा कछुये की हड्डी की कमानी वाला चश्मा था और जिदालिया के हाथ में एक बृहत्प्रदर्शक शीशा था। दोनों ही चर्मपत्र को देखने में तल्लीन थे। सब

लोग चुपचाप बैठे थे। किसी ने उनके ध्यान को विकीर्ण करने का कुछ प्रयत्न न किया। वह बहुत धीमे स्वर में इब्रानी भाषा में आपस में बात भी करते जाते थे। शिव बड़े ध्यानपूर्वक देख रहा था कि उनकी अँगुली एक-एक पंक्ति से होती अन्त पर पहुँची। जब पढ़ चुके तो उन्होंने एक ठंडी साँस ली। इससे सबके हृदय में धैर्य हुआ।

रुयल ने कहा—'हमें विश्वास हो गया।'

जिदालिया ने बृहत्प्रदर्शक को अलग रख कर कहा—'पूर्णतया।'

चन्द्रनाथ ने बहुत नम्रता से कहा—'क्या मैं भी इसे देख सकता हूँ।

दोनों यहूदी वृद्धों ने उनके मुख की ओर बड़े आश्चर्य से देखा, उन्होंने पत्र को दे दिया और अब यह उनकी बारी थी कि प्रोफेसर चन्द्र की ओर देखें। यद्यपि वह दोनों ही चन्द्रनाथ से अधिक लम्बे और वृद्ध थे, लेकिन उनकी लम्बी श्वेत दाढ़ी बतला रही थी कि वह उन्हीं में से हैं। उनके विस्तृत ललाट और कोमल दृष्टि से उन्होंने जान लिया कि यह कोई पंडित पुरुष हैं। प्रोफेसर को उसके देखने में उतना समय नहीं लगा। इसका कारण यह भी था कि उन्हें बारीकी से परीक्षा करना नहीं था। उन्होंने देखा कि कैसे लिपि क्रमशः पुरातन इब्रानी लिपि से बदलती-बदलती आधुनिक लिपि तक पहुँच गई है।

प्रोफेसर ने चर्मपत्र पर हाथ रखकर कहा—'यदि यह सच्चा है तो नाथन एक अत्यन्त प्रतिष्ठित और पुरातन वंश से सम्बन्ध है।'

जिदालिया—'यह बिलकुल सच्चा है।'

रुयल् ने अपनी स्वीकृति सिर्फ सिर हिलाकर दी।

सेठ इब्राहीम—'और दूसरे पत्र?'

रुयल्—'वह जरूरी नहीं है।'

सेठ—'बिलकुल नहीं?'

रुयल्—'नहीं! नाथन के लिए वह बहुमूल्य हैं, हमारे लिए उनकी जरूरत नहीं।'

रुयल्—'नाथन को उन्हें रखना चाहिए और वह अवकाश के समय पढ़ेगा। अब हमें ढाल को जोड़कर आगे देखना है।'

दोनों वृद्धों ने अपने कपड़ों के नीचे से सिर के द्वारा वैसे ही चमड़े के थैले निकाले। उनमें से उन्होंने ऊँट के बालों के कपड़े से ढँके ढाल के टुकड़े बाहर किये। कपड़े हटाते ही फिर वही सोने की चमचमाहट, रत्नों की जगमगाहट, नक्काशियों की सजावट दर्शकों के हृदयों को आश्चर्यान्वित करने लगी। एक ही क्षण में सेठ इब्राहीम ने लेकर तीनों टुकड़ों को मिला दिया।

नाभि को छोड़कर सम्पूर्ण ढाल वहाँ मौजूद थी। किनारे पर बहुत सुन्दर नक्शकारी थी जिसमें कमल, पुष्प और लताओं का चित्र था। फिर तीन समकेन्द्रक वृत्त एक के बाद एक, जो रत्नों के जुड़ाव से बने थे और उनके भीतर विरुद्ध शिखरक त्रिकाणों से बना नीलम—जटित षट्कोण।

रत्न सभी महार्घ थे। वह दिन के प्रकाश में चमक रहे थे। गोल ढाल में पीत सुवर्ण दर्पण की भाँति चमक रहा था। कटे हुए किनारे दिखाई दे रहे थे। ढाल के नीचे बिलकुल उसके नाप की दरियाई घोड़े की मोटी खाल थी। बीचोंबीच एक गोल स्थान था जिसे नाथन को अभी प्राप्त करना था।

जिदालिया धीरे से बोले—'इधर से हमें पता नहीं लगेगा, नाभि का पता उस ओर से मिलेगा।'

सेठ जी ने ढाल को उलट दिया और टुकड़े अलग न हो जायें, इसके लिए नीचे कई किताबें रख दीं। अब उसकी आकृति घड़े की आधी पेंदी की-सी थी। रुयल् ने अपना चश्मा ठीक किया और जिदालिया ने बृहत्प्रदर्शक शीशा उठा लिया। बीच वाले गोल छेद के पास चारों ओर उस भूरे चमड़े पर हल्की लाल स्याही के कुछ चिह्न दिखाई पड़ रहे थे। यह अक्षर न थे। उनका अभिप्राय समझना असम्भव-सा मालूम होता था।

दोनों वृद्ध कितनी देर तक बड़े ध्यानपूर्वक देखते रहे। उनके चेहरे से जान पड़ने लगा कि उन्हें भी उनका मतलब ठीक नहीं लग रहा है।

'कृपया, जरा मुझे दीजिए।' प्रोफेसर चन्द्रनाथ ने बड़ी नम्रता के साथ जिदालिया की ओर बृहत्प्रदर्शक के लिए हाथ बढ़ाया। वृद्ध ने दे दिया और सब लोग प्रोफेसर की ओर देखने लगे। वह शीशे को खिसकाते हुए उस आकृति को देखने लगे और अन्त में एक ऐसे स्थान पर पहुँचे जहाँ के चिन्ह बिलकुल उड़ गये से मालूम होते थे, और यहीं सब भटक रहे थे।

शीशा लौटाते हुए उन्होंने कहा—'मैं समझता हूँ, यह किसी इमारत का नक्शा-सा है और यह रेखाएँ किसी पहाड़ में खुदी हुई कब्र को बतला रही हैं।'

रुयल् ने बड़ी गम्भीरतापूर्वक कहा—'हाँ! बिलकुल ठीक, लेकिन जानना यह है कि उसका द्वार कहाँ है?'

चन्द्र—'ओह! यहाँ उसके जानने की कुंजी नहीं है।'

रुयल्—'अवश्य होनी चाहिए। हम जानते हैं कि यह पर्वत में खुदा हुआ एक मकबरा है। हम जानते हैं कि यह खजाना—पेट्रा के नीचे छिपा हुआ है।'

चन्द्रनाथ ने आश्चर्य से कहा—'खजाना पेट्रा। खजाना पेट्रा के नीचे ढँका है!'

रुयल् ने उनके आश्चर्यजनक शब्दों पर कुछ न ध्यान देते हुए कहा—'नाभि का रहस्य उसी प्रवेश-द्वार पर निर्भर है। हमारा यहाँ का आना विफल हो जायगा, मेरे मित्र जिदालिया बिन इझ्राईल और मेरा इन ढाल के टुकड़ों का देना भी निष्फल चला जायगा, हमारे मित्र स्वर्गीय सिमियन विन इझ्रा की इच्छा नहीं पूर्ण हो सकेगी यदि मकबरे के प्रवेश द्वार का पता नहीं लग सका। नाथन बिन इलीजर—दर्शना का एकमात्र उत्तराधिकारी नाभि से वंचित रह जायेगा यदि उसका पता न लगा। नाभि इसी मकबरे में है, लेकिन उसके भीतर कैसे जाया जा सकता है? यह मिटी रेखाएँ यदि स्पष्ट होतीं तो काम बन जाता।'

चन्द्रनाथ मन में तर्क-वितर्क करते हुए बोल उठे—'कैसे छिपा है? और कहाँ?'

रुयल् ने कुछ आशान्वित होकर पूछा—'आप खजाना-पेट्रा को जानते हैं?'

चन्द्रनाथ—'पूर्णतया उसका नक्शा भी।'

रुयल्—'वहाँ दो दालान हैं जिनके द्वार बड़े हाल में प्रवेश करने से पहले वाली ड्योढ़ी में खुलते हैं। तीन सीढ़ी चढ़ने पर उत्तरी दालान में प्रवेश होता है और थोड़ा चलने पर फिर तीन सीढ़ी—कुल मिलाकर छह सीढ़ी। दालान के दूसरे छोर पर पूर्व की ओर पत्थर में खुदी हुई दो समाधियाँ हैं जो अब रिक्त हैं; लेकिन कभी उनमें दो शक्तिशाली पुरुषों के शव थे। वह उस उससे भी बढ़कर शक्तिशाली—पुरुष के रक्षक थे जो वहीं कहीं शान्तिपूर्वक सोया हुआ है। ढाल की नाभि उसी की संरक्षकता में है। यह नक्शा उत्तरी दालान, उसकी छहों सीढ़ियों और दोनों समाधियों का है।'

चन्द्रनाथ ने बड़ी सरलतापूर्वक कहा—'ठीक।'

रुयल्—'और वहीं कहीं पर दोनों समाधियों के बाद या नीचे कोई दूसरी दालान है जिसमें एक संगखारे की शवाधानी में वह महाबलशाली राजा ढाल की नाभि को छाती से लगाये सोया हुआ है।'

चन्द्रनाथ ने बड़ी जिज्ञासा और उत्सुकता के साथ कहा—'समाधियों के बाद या समाधियों के नीचे?'

रुयल्—'पहाड़ी में, लेकिन वह कहाँ से खुलेगा, यह नक्शे ही से मालूम हो सकता है।'

जिदालिया ने जो बराबर रुयल् की बात से सहमत होने के लिए अपने सिर को हिलाते जा रहे थे—चन्द्रनाथ के माँगने पर फिर बृहत्प्रदर्शक उन्हें दे दिया, लेकिन उनका सब प्रयत्न निष्फल गया और रहस्य न खुला।

शीशे को लौटाते हुए चन्द्रनाथ ने कहा— 'मुझे एक उपाय सूझता है जो किसी कदर हानिकारक भी हो सकता है और बिना नाथन और मेरे दोनों बुजुर्गों की सम्मति के मैं उसे काम में नहीं ला सकता।'

मेरी सम्मति दी हुई समझिये। नाथन ने कहा, उसका विश्वास चन्द्रा मामा पर वैसा था ही।

जिदालिया—'आप उसे बतावेंगे, प्रोफेसर महाशय?'

चन्द्रनाथ धीरे-धीरे कहने लगे—'यद्यपि मैं इसे निश्चयपूर्वक नहीं कह सकता, तथापि मुझे बहुत कुछ उम्मीद है कि अम्ल के प्रयोग से वह स्पष्ट हो सकेगा, लेकिन साथ ही उससे मिट जाने का भी डर है। ऐसिड से ढाल का नुकसान न होगा और न धर्म ही का—हाँ, इसका रंग कुछ बदल सकता है, सो भी उस थोड़े से स्थान पर जहाँ उसे लगाया जायगा लेकिन तो वह भी संदिग्ध है।'

इसके बाद चारों ओर पूर्ण नीरवता छा गयी।

उसी समय पिस्तौल की आवाज की तरह अकस्मात् और उच्च स्वर से शिव बोल उठा—'ठीक! क्या मामा, नाथन और आप सब भी नहीं देख रहे हैं कि यह सारा नक्शा नकल किया जा सकता है? हम दोनों इसको अच्छी तरह उतार सकते हैं। और फिर यदि उतने हिस्से की रेखा मिट भी गई तो कोई हर्ज नहीं, हमारे पास नकल तो बनी रहेगी।'

चन्द्र—'ठीक। शिव।'

दोनों वृद्धों ने भी इसे स्वीकार किया।

तब चन्द्रनाथ ने शिव से कहा—'तो तुम और नाथन औरों की देखरेख में तब तक इसको उतारो जब तक मैं किसी पास की रासायनिक दूकान से अम्ल लाता हूँ।'

नकल तैयार हो गई। चन्द्रनाथ ने एक लकड़ी की तीली के सिरे पर लपटे हुए रुई के फाहे के एसिड को धीरे-धीरे उस जगह पर लगाया जहाँ रेखा दिखाई नहीं दे रही थी। गहरी भूरी खाल का रंग बदल कर पीला हो गया और उस पर स्पष्ट लाल रेखाएँ उभड़ आईं। सब बड़े ध्यान से देख रहे थे और रेखाओं के उठते ही सभी की आँखें चमक उठीं। उनका रंग सिन्दूर की तरह लाल था और चमड़ा हर्दी की तरह पीला।

'बस!' शिव अधीर होकर बोल उठा, क्योंकि उसे डर मालूम होने लगा कि अधिक अम्ल के उपयोग से कहीं रेखाएँ जल न जायें।

और सचमुच अब उसकी जरूरत भी न थी। वहाँ दोनों समाधियों में से प्रत्येक के ऊपर अन्तिम सिरे की ओर दो हाथों का चित्र था। वह नीचे की ओर अँगुली का संकेत कर रहे थे। दोनों ही हाथों की संकेतक अँगुलियों का सिर एक स्थान पर मिलता था जो कि दोनों समाधियों के बीच में पड़ता था।

रुयल् ने कहा—'हाँ! दालान नीचे है।'

जिदालिया—'और अँगुलियों का सिरा ठीक उसी स्थान पर है जहाँ से नीचे जाने का मार्ग है।'

कप्तान—'और चट्टान वहाँ से खुल जायेगी?'

जिदालिया—'हाँ! पूरा जोर लगा कर दबाने पर।'

शिव ने बड़े आनन्द से कहा—'तो हमने पा लिया।'

नाथन की इच्छानुसार ढाल के टुकड़े फिर एक चमड़े के थैले में बन्द करके और चर्मपत्र को लपेट कर फिर सब को उसी पालवाले कपड़े में लपेट दिया गया और तब उसे अस्थायी तौर पर बैंक की वज्र-कोठरी में रख दिया गया।

सेठ जी ने कहा—'अब एक बजे का समय हो गया है, भोजन करने चलना होगा, लेकिन फिर तीन बजे क्या हम लोग एकत्र हो सकते हैं?'

सब 'हाँ' करके खड़े हो गए।

दूसरी बैठक में रुयल् ने बतलाया कि कैसे मेटियो ने दो बार मेरे हिस्से वाले ढाल-खंड को हथियाना चाहा था। पहिली बार सिमियन के सम्मुख ही कोशिश की थी। उसके विश्वास घात का पता पाकर उन्होंने उसे अपनी नौकरी से हटा दिया, लेकिन वह अपने साथ कई कागज चुरा ले गया था जिन्हें कि वह फिर न पा सके।

मेटियो सीधा लिस्बन गया। उसने रुथल के पास जाकर कहा कि मुझे मेरे मालिक सिमियन बिन इज्रा ने यह चिट्ठी देकर भेजा है। चिट्ठी पर सिमियन का नकली हस्ताक्षर था। उसमें मेटियो के बारे में लिखा था कि वह दर्शना-परिवार का वंशानुगत अत्यन्त विश्वासपात्र नौकर है। इसके द्वारा तुरन्त अपने हिस्से की ढाल भेज दीजिए। दोनों टुकड़ों को मिलाकर उसके पीछे की रेखाओं की कुछ गल्तियाँ ठीक करनी है। फिर अन्त में जाली दस्तखत था।

जाल पक्का न बन सका था, इसलिए रुयल् को सन्देह हो गया। हस्ताक्षर बहुत कुछ मिलता था। लेकिन पत्र के अनेक अधिक प्रशंसा-वाक्य और भाष-प्रकार सिमियन बिन इज्रा के लेखों के प्रतिकूल थे। उन्होंने मेटियो से कहा कि जब तक मैं स्वयं उनसे पत्र-व्यवहार द्वारा न निश्चित कर लूँ तब तक मैं इस पत्र पर अमल नहीं कर सकता। उन्होंने मेटियो के तब तक वहाँ रहने का इन्तजाम कर दिया।

रुयल् अपनी कथा को इस प्रकार कहते हुए बोले—'इस पर मेटियो ने बड़े विनयपूर्वक कहा कि मुझे अपने ही घर में रहने की आज्ञा दीजिए। मैंने कहा कि नहीं, दूसरे के घर में मैंने प्रबन्ध कर दिया है। वहाँ तुम्हें किसी प्रकार का कष्ट न होगा?' इस पर उसने रहने से इन्कार कर दिया।

शिव—'क्योंकि, मनोरथ सिद्ध होने की आशा जाती रही।'

रुयल्—'हाँ, बिलकुल यही।'

इसहाक ने पूछा—'और दूसरी कोशिश कब की?'

रुयल्—'एक वर्ष हुआ। उसने मेरे नौकर को प्रलोभन देकर मिला लिया। रात को दोनों मेरे घर में घुस आये। नित्य की तरह ही ढाल को अपने सीने पर बाँधे मैं चुपचाप अपने शयनागार में सो रहा था। वह चुपके से मेरे कमरे में चले आये। भीतर घोर अन्धकार था। उनमें से एक ने टटोलते हुए मुझे छू लिया। मैंने उसे पकड़ लिया। उसी समय दूसरे ने छुरा निकाल कर मेरे ऊपर चलाया, लेकिन वह उस आदमी के कन्धे पर लगा जिसको मैंने पकड़ रखा था और वह गिर कर कराहने लगा। इसी समय और नौकर दौड़ आये। उन्होंने चिराग जलायाः देखा गया तो वहाँ खून में सराबोर मेरा नौकर था और उसकी बगल में चाकू पड़ा हुआ था। दूसरे आदमी का वहाँ कुछ पता न था। वह व्यथा से विह्वल था और निश्चय हो रहा था कि जियेगा नहीं। उस समय उसने पश्चाताप किया। मुझसे क्षमा माँगी और स्वीकार किया कि दूसरा आदमी मेटियो था।'

शिव—'फिर वह मर गया?

रुयल्—‘उस समय नहीं। वह अच्छा हो गया। इसी एक अपराध के अतिरिक्त वह अपने सारे जीवन में हमारा बड़ा विश्वासपात्र नौकर रहा था। इसीलिए मैंने उसे माफ कर दिया।’

जिदालिया—‘और मास्को भेज दिया?”

रुयल्—‘हाँ! मुझे उस पर विश्वास था। लिस्बन में तो वह असफल रहा, लेकिन मेरे नौकर ने बताया कि वह मास्को जायगा। लेकिन कौन लिस्बन से मास्को जाकर जिदालिया बिन इज्राईल को सजग करे, कौन ऐसे मायावी से उनकी रक्षा करे? इसके लिए मैंने उसी नौकर पर विश्वास किया और मेरा विश्वास अयुक्त न हुआ।’

जिदालिया—‘अयुक्त नहीं हुआ, यही नहीं, बल्कि वह अत्यन्त युक्त सिद्ध हुआ। शोक, कि मैं पवित्रात्मा के उस महान् ऋण का प्रतिशोध न कर सका। अनजाने और अँधेरे में संयोग से उसने मेरे मित्र का प्राण बचाया, लेकिन जान-बूझकर प्रकाश में उसने मेरे प्राणों की रक्षा की।’

‘कैसे!’ नाथन ने बड़े आवेश के साथ पूछा और सब लोग साँस रोक कर वृद्ध की अगली बात को सुनने के लिए उत्सुक थे।

जिदालिया—‘मेरे ढाल देने से इन्कार करने पर जब मेटियो ने रिवाल्वर निकाल कर चलाया, उसी समय जान-बूझकर वह मेरे और उसके बीच में आ गया।’

शिव—‘और वह भाग गया?’

जिदालिया—‘रिवाल्वर की आवाज की खलबली में वह न पकड़ा जा सका।’

नाथन—‘और नौकर?’

रुयल्—‘उसने इस प्रकार अपने पहले पाप का सराहनीय प्रायश्चित किया और अपने आपकी बलि देकर मेरे मित्र को प्राणदान दिया।’

नाथन का काम

रात के समय जब सब लोग फिर एकत्र हुए तो चन्द्रनाथ ने उसी कथा को जारी रखते हुए कहा—'इन सब बातों से स्पष्ट मालूम पड़ रहा है कि मेटियो एक पूर्वनिश्चित क्रम के अनुसार काम कर रहा है। उसने पहले रुयल् पर कोशिश की, फिर जिदालिया पर और तब नाथन पर।'

सेठ—'और तीनों जगह असफल रहा।'

चन्द्रनाथ—'हाँ, लेकिन इससे जान पड़ता है, बटेविया से वह कहाँ-कहाँ होता गत वर्ष पोर्तुगाल पहुँचा, वहाँ से फिर रूस गया, वहाँ से फिर भारतवर्ष।'

सेठ—'और भारत से कहाँ?'

कप्तान काश्यप—'मेरे पास वह पत्र है जिसे मैंने एक मास हुआ, पाया था। आज इसी की चर्चा मैं पूर्वाह्न के समय करने जा रहा था कि मुझे विश्वस्त सूत्र से मालूम हुआ है कि मेटियो अब भी या कुछ समय पहले काहिरा में रहा है।'

सेठ—'ओह! मैंने रूखे तौर से आपको यह कहने से रोक दिया था कप्तान, लेकिन उससे मेरी इच्छा यही थी कि क्रमशः एक के बाद एक-एक काम होना चाहिए, सबको घाऊँ-माऊँ न कर देना चाहिए। मेटियो का पहले जिक्र आ जाने से हमारा ध्यान तत्कालीन काम से जरूर हट जाता। अब यह समय है, मेटियो के सम्बन्ध में विचार करने का।'

कप्तान—'क्या मैं पत्र को पढ़ दूँ। यह स्वयं अपने आशय को स्पष्ट कर देगा।'

'मेरी पत्नी, प्रोफेसर और इसहाक इसे देख चुके हैं। यह है।' पत्र खोलकर कप्तान काश्यप ने पढ़ सुनाया। इसके बाद बिलकुल नीरवता छा गई।

सेठ इब्राहीम ने उस नीरवता को भंग करते हुए कहा—'यदि काहिरा में न होगा, तो शायद अरब चरों के साथ पोर्टसईद या स्वेज के करीब नहीं होगा।'

इसहाक ने अपने मामा को सम्बोधित करते हुए कहा—'मामा, जब कप्तान काश्यप ने पहले-पहल मुझे पत्र दिखाया, तो मैंने कहा कि यदि यह मुझे पहले मालूम हुआ होता तो मैं वहाँ गया होता और अरब तथा मेटियो दोनों को पकड़े बिना न छोड़ता। लेकिन पत्र तीन महीना पहले का लिखा हुआ है, अतः अब कुछ निश्चित नहीं कहा जा सकता। फिर भी मैं समझता हूँ, अब भी।'

कप्तान—'मैंने कह दिया था कि जो कुछ हुआ, सो अच्छा हुआ। अभी समय बीत नहीं गया है। नाथन का हित बिना मेटियो को जेल में बन्द किये नहीं साबित हो सकता है।'

सेठ—'इसमें कोई शक नहीं। समय अब अनुकूल आया है। लेकिन इसहाक, काम बड़ा खतरनाक है। धैर्य, निर्भीकता और शांतिपूर्वक विचार की इसमें पद-पद पर आवश्यकता है। मैं बहुत खुश हूँ—बेहद खुश हूँ जो तुम इसके लिए इतना उत्साह दिखा रहे हो। मैं तुम्हारे विचारों से बिलकुल सहमत हूँ।'

यह तै पाया कि इसहाक जल्दी ही मिस्र के लिए रवाना हो जायें और वहाँ पहुँचने पर जो उचित उपाय समझें, उसके अनुसार काम करें।

कप्तान ने कहा—'और खर्च वर्च के बारे में क्या होना चाहिए?'

सेठ—'वह सब मुझ पर छोड़ दीजिए। प्रश्न मौके से उठा है, इसलिए मुझे यह कहने की इजाजत दीजिए कि बैंक में मेरे मित्र सिमियन बिन इन्ना पर्याप्त से भी अधिक धन जमा कर गये हैं जिसमें से नाथन के लिए तथा उसके दादा की वसीयत की पूर्ति के लिए यथेष्ठ खर्च किया जा सकता है। यदि आज वह यहाँ होते तो वह भी यही कहते!' और गद्गद् स्वर में कहने लगे, 'वह मेरे अत्यन्त स्नेहभाजन और श्रद्धाभाजन सगे बड़े भाई थे। चर्मपत्रों में नाथन पढ़कर देखना कि उन्होंने कितना धन मेरे पास जमा किया है।'

कप्तान—'और तार अथवा पत्र-व्यवहार किस पते पर।'

सेठ—'वह आपसे पत्र-व्यवहार रखेगा, साथ ही एक प्रतिलिपि मेरे पास भी भेज देगा। जब-जब मौका आयेगा आप, प्रोफेसर, मैं, नाथन और शिव—मैं नहीं समझ सकता कि क्यों न उसकी सम्मति से फायदा उठाया जाय—यहीं पर मिलकर कर्त्तव्य पर विचार करेंगे।' सीता देवी की ओर मुँह करके 'और इसके कहने की आवश्यकता नहीं कि हमारी देवी सीता भी इसमें सम्मिलित होंगी क्योंकि यह उनके बेटे का काम है। हममें से सबसे अधिक उनका अधिकार इन कामों पर है।'

सीता जी की आँखें चमक उठीं और आनन्द के मारे मुख आरक्त हो गया। उन्होंने इसके लिए कृतज्ञता प्रकट की।

सेठ—'हम लोगों को अत्यन्त आनन्द होगा यदि दोनों श्रद्धेय रुयल् और जिदालिया भी यहाँ रह कर अपनी सम्मति से हमें फायदा पहुँचाएँ। मैं उनकी सेवा के लिए सर्वदा तैयार रहूँगा। यह अपना घर समझकर यहाँ जब तक चाहें, रह सकते हैं।'

रुयल्—'लेकिन मुझे तुरन्त लिस्बन लौटना है।'

जिदालिया—'और मुझे मास्को।'

रुयल्—'मेरा बोझ उतर गया।'

जिदालिया—'और मेरा भी।'

सेठ—'लेकिन आप दोनों महानुभावों को आगे के परिणाम को जानने का अधिकार है। इसलिए जैसा कुछ होगा, मैं उसको पत्र द्वारा या किसी और तरह से आप लोगों को सूचित करूँगा।'

वहाँ से विदा होने के समय चर्मपत्र नाथन ने ले लिये, लेकिन ढाल को वहीं सुरक्षित समझकर बैंक में ही रहने दिया।

दोनों वृद्ध पुरुषों से जो कि स्वजातीय, हितचिन्तक और उसके पितामह के परम मित्र थे— नाथन को अलग होना बहुत ही कष्टमय प्रतीत हुआ। और सब लोग भी इससे प्रभावित हुए बिना न रहे। दोनों पुरुष इतने अधिक वृद्ध थे कि वह फिर नाथन को देख सकेंगे, यह कम सम्भव मालूम हो रहा था। नाथन उनके लिए उस स्मृति का जीवन-चिन्ह है जो उनके और स्वर्गीय सिमियन के बीच में थी। वह उस वंश का एकमात्र उत्तराधिकारी बच रहा था जो किसी समय अत्यन्त प्रतापशाली यहूदी जाति का शिरोभूषण था। फिर उन्होंने उसके ललाट पर चुम्बन दिया और शिर पर हाथ रखकर अश्रुपूर्ण नेत्र और विकम्पित स्वर से इस्राईल के ईश्वर के नाम से आशीर्वाद दिया।

इसहाक को यात्रारम्भ से पहले अपनी माँ से मिलना और उससे अपने नये प्रोग्राम के बारे में समझना आवश्यक था, क्योंकि जबसे उन्होंने अवकाश लिया था, तब से माता आशा कर बैठी थी कि अब बेटा आँखों से ओझल न होगा। इसीलिए निश्चित हुआ कि आज काश्यप-मण्डली के साथ वह भी हैदराबाद जायें और कल को लौट कर मिस्र की यात्रा करेंगे।

महीने के बाकी दिन काश्यप-परिवार, प्रोफेसर और नाथन ने काश्यप-भवन ही में बिताये। चर्मपत्रों के पढ़ने में प्रोफेसर चन्द्रनाथ ने नाथन की बड़ी सहायता की। उनके बिना उनके कुछ अंश को वह न पढ़ सकता।

बैंक को जमा देखने से मालूम हुआ कि नाथन के दादा ने अपने पौत्र के लिए पूरी सम्पत्ति जमा कर रखी है। एक पत्र के पढ़ने से यह मालूम हुआ कि सेठ इब्राहीम नाथन के दादा के खजांची ही न थे, बल्कि नाथन के संरक्षक भी। उन्हें वह अधिकार दिया गया था कि अपने कर्त्तव्य पालन के लिए जो चाहें सो खर्च कर सकते हैं। नाथन को यह आदेश दिया गया था कि आर्थिक विषयों पर वह बराबर उनकी सम्मति ले और नाभि के प्राप्त करने के प्रयास में भी उनकी सलाह ले। उसे भयंकर मायावी मेटियो से सजग रहने के लिए अच्छी प्रकार कहा गया था।

एक पत्र में ढाल का संक्षिप्त इतिहास भी दिया था। ढाल पर के तीनों समकेन्द्रक वृत्त विरुद्ध शिखरक त्रिकोण राजा दाउद की बुद्धि के चमत्कार थे। पुरातन समय में एक बार वह ढाल नाथन के वंश में रही। इस वंश ने थोड़े समय के लिए यहूदी गौरव को फिर पुनरुज्जीवित किया था। पुरोहित-राजाओं के नाम पर कितने ही दिनों तक यरुशिलम पर शासन किया था। यह लोग एक ही साथ पुरोहित और राजा दोनों थे। पहले ढाल का मध्य भाग साधारण ही था, लेकिन इन्हीं राजाओं ने उसे और कोई सुन्दर रूप दिया जिसे सिमियन बिन इज्रा के भाग्य में देखना न बदा

था। यह नाथन के लिए था कि वह उसे प्राप्त करके अपने पास रखे, क्योंकि वह पुरोहित-राजाओं के वंश का एक मात्र उत्तराधिकारी था।

इस अवसर पर शिव ने, जो कि वहाँ मौजूद था, नाथन के मुख की ओर एक नये भाव से प्रेरित होकर देखा।

शिव—'यह कौन थे, मामा?'

चन्द्र—'तुम्हें हथौड़ा वाले यहूदी का नाम मालूम है, शिव?'

शिव—'हाँ, बाइबिल की पुस्तकें पढ़ते समय मैंने एक बार उनका नाम पढ़ा था। विजेता वीर की भाँति जिसका यश फैला, वही न मामा?'

चन्द्र—'हाँ, वह सचमुच एक योद्धा था।'

शिव—'तो यह ढाल उसी की है?'

चन्द्र—'मैं नहीं कह सकता। मेरा विचार ऐसा नहीं है। वह पुरोहित-राजा नहीं था। वह एक पुरोहित-योद्धा था। उसका भाई सिमियन थस्सी—जिसे दाही भी कहते हैं—नाथन का पूर्व पुरुष था और वही आदिम पुरोहित-राजा था। उसका उत्तराधिकारी यूहन्ना हुआ। उसके पाँच पुत्र थे जिनमें से दो का नाम मालूम नहीं है और उन्हीं में से एक की परम्परा में नाथन है।'

शिव—'लेकिन ढाल—यह किसकी है?'

'शायद चर्मपत्र से मालूम हो' और चन्द्रनाथ इब्रानी लेखों को देखने लगे।

लेकिन वहाँ इसके बारे में कुछ न था। अनुमान से जान पड़ता था कि वह और भी पुरातन समय से चली आती है। सिमियन थस्सी या उसके उत्तराधिकारियों ने नाभि को उसमें और जोड़ दिया। यह उसकी नक्काशी से मालूम होता था जो निःसन्देह उसे और भी प्राचीन काल से संबद्ध करती थी।

ढाल के तीन टुकड़े पाँच सौ वर्षों से सिमियन, रुयल् और जिदालिया के वंश में चले आते थे। वंशावली के आधार पर इन तीनों खानदानों में यह धारणा थी कि दर्शना ही इसके असली अधिकारी हैं।

कुल्हाड़े से ढाल के टुकड़े किये गए थे। जब यह टूटी न थी, तो समाधि के वीरों की छाती से बँधी हुई रखी थी। समाधि खजाना से भी अधिक प्राचीन है। डाकू अरबों ने एक समय कब्र को तोड़ डाला और फिर ढाल उनके हाथों से खरीद से या किसी तरह एक अरब सौदागर के हाथ में आ गई। सिमियन, रुयल् और जिदालिया के पूर्वजों ने किसी तरह खबर पाकर उसे खरीदने की बातचीत की जिस पर अरब ने अपने कुल्हाड़े से तीन टुकड़े करके बेच दिया।

पीछे यह नियम हुआ कि हर पचासवें वर्ष तीनों खानदानों के प्रतिनिधि खजाना-पेट्रा में एकत्र हों। वहाँ गुसरीत्या वह सब भागों को मिलाकर देखें। दसवीं बार की मुलाकात के बाद जो भी दर्शना-वंश का कनिष्ठ उत्तराधिकारी हो, उसके हाथ में उसकी उन्नीसवीं जन्मतिथि को तीनों ही टुकड़े सौंप देना चाहिए। फिर उसके ही ऊपर नाभि के प्राप्त करने का भार रहेगा।

दसवीं मुलाकात से पूर्व ढाल के पीछे की ओर का नक्शा भी न देखा जाना चाहिए, यह भी नियम था। वास्तव में यह ढाल यहूदी जाति के गाढ़ के समय में धैर्य धारण का ज्वलन्त चिह्न थी। पुरोहित राजाओं के समय जैसे उन्होंने अपने ही ऊपर विश्वास किया, वैसे ही उन्हें फिर भी करना चाहिए। दाऊद के चामत्कारिक चिन्ह उनकी शक्ति के उदाहरण थे।

यह सब सिमियन बिन इज्रा के हाथ से लिखा हुआ था। इसकी स्याही तेज थी जिससे जान पड़ता था कि शायद दसवीं मुलाकात के बाद लिखा गया हो। वहाँ लिखा था कि ढाल मिलने के बाद जल्दी ही नाथन को नाभि के प्राप्त करने के लिए उठ खड़ा होना चाहिए। अरब उसके मार्ग में बाधक होंगे। अरब कब्र खोद डालने, मन्दिर तोड़ डालने में बहुत मशहूर हैं, अतः नहीं कहा जा सकता कि कब उस कब्र को खोद डालें जिसमें कि नाभि है। मेटियो उन अरबों से मिलकर इसमें बहुत बाधा डालेगा। वह ऐसा मायावी शत्रु है कि जिससे नाथन को अत्यन्त जागरूक रहना होगा। उसे ढाल का इतिहास मालूम है। उसने बहुत से चर्मपत्रों की प्रतिलिपि भी कर ली है। वह क्रूर, धूर्त, लोभी और साहसी है। वह जैसे होगा, वैसे नाथन को उसके अधिकार से वंचित करना चाहेगा। वह चाहेगा कि किसी तरह नाभिसहित सम्पूर्ण ढाल मेरे हाथ में आ जाय।

चर्मपत्र के लेख का खयाल करके कप्तान ने कहा 'जल्दी! क्या इसहाक से बिना कुछ सुने ही?'

चन्द्र—'मैं तो ऐसा ही समझता हूँ, लेकिन इन सब बातों के साथ सेठ इब्राहीम को एक पत्र लिखकर पूछो कि क्या करना चाहिए।'

शिव—'आपने कहा था कि यह देरी कोई देरी नहीं है। यदि महाशय इसहाक मेटियो को पकड़ कर पुलिस के हाथ में दे सकें तो यह बहुत ही अच्छी बात होगी। मेटियो मार्ग का सबसे बड़ा कंटक है।'

कप्तान—'और अरब भी।'

नाथन—'विशेष कर मेटियो से सम्बन्ध रखने वाले।'

चन्द्र—'सेठ इब्राहीम को लिखो। शिव का कहना बिलकुल ठीक है, मेटियो की गिरफ्तारी सबसे अधिक वांछनीय है। अरबों की अपेक्षा उसी से मैं अधिक भय समझता हूँ। वह पत्र तुमने रक्खे हैं न प्रताप, जिन पर मेटियो की अँगुलियों का निशान है?'

कप्तान—'हाँ! मैंने उन्हें बड़े यत्न से रख दिया है।'

शिव—'कौन पत्र?'

तब कप्तान ने "सौदामिनी" पर की मेटियो की सभी कार्रवाई कह सुनाई। उन्हें इतना तो मालूम था कि बटेविया में मेटियो और इसहाक का साम्मुख्य हुआ था, लेकिन उन्हें यह न मालूम था कि उसने कागज-पत्रों की भी उल्टी-पल्टी की थी।

चन्द्रनाथ—'जब स्वेज की ओर हम चलें, तो उन पत्रों को न भूलना, उनकी वहाँ शायद हमें जरूरत पड़ेगी।'

नाथन ने आश्चर्य के साथ कहा—'कब आप चल रहे हैं, मामा?'

चन्द्रनाथ—'मैंने कहा—हम।'

शिव आँखें फाड़कर बोल उठा—'हम? क्या आपका अभिप्राय हम सभी से है—अर्थात् नाथन तथा तुम और बाबू जी, मामा?'

चन्द्रनाथ—'हाँ! यही नाथन की नाभि-प्राप्ति का मतलब पेट्रा पर चढ़ाई करना है और ऐसी चढ़ाई में हमें सभी शक्तियों की आवश्यकता है। आगे कैसे-कैसे करना होगा, मैं इसे अभी नहीं कह सकता, लेकिन हमें मिस्र होकर जाना पड़ेगा। इसहाक इस समय चर का काम कर रहे हैं। वह हमारा रास्ता साफ कर रहे हैं और हमें उनके कार्य में किसी प्रकार भी बाधक न होना चाहिए।'

कप्तान—'इसी से प्रश्न का उत्तर मिल जाता है, चन्द्र।'

चन्द्र—'लेकिन, तुम्हें सेठ इब्राहीम को लिखना होगा?'

कप्तान—'हाँ! मैं तुरन्त लिखने जा रहा हूँ।'

शिव—'चढ़ाई की पूरी तैयारी करनी पड़ेगी, मामा?'

चन्द्र—'बिलकुल ठीक! और इसमें कुछ समय लगेगा। हमें जल्दी से काम न लेना होगा। सब बातों पर पहले से ही भली प्रकार विचार कर लेना होगा।'

सेठ इब्राहीम ने अपनी राय प्रोफेसर की राय के समान ही दी। उन्होंने अपने पत्र में लिखा कि इसहाक की सूचना इसमें बाधक न होकर साधक होगी। आप लोगों को यात्रा आरम्भ करने से पूर्व यह जान लेना चाहिए कि मेटियो कहाँ है।

इस पर उन्होंने प्रतीक्षा करनी शुरू की। इन सारे दिनों को उन्होंने उड़ने के कार्य में लगाया। 'दर्शना' एक दर्जन बार बाहर चला गया और अबकी नाथन और शिव को संचालन का भी भार दिया गया। चन्द्रनाथ उनके साथ पिछली सीट पर बैठते थे और उनके चलाने का निरीक्षण करते थे। कप्तान काश्यप भी चन्द्रनाथ के साथ चढ़े और उन्होंने वायु-समुद्र की यात्रा का भी अच्छा आनन्द उठाया। सीता देवी यद्यपि लड़कों को मशीन से अत्यन्त सम्बद्ध देखकर किसी प्रकार उनके उड़ने-उड़ाने से सहमत भी हो गई थीं, लेकिन जब कप्तान पहले-पहल सवार हुए तो वह बहुत घबड़ा उठीं और तब तक उनके हृदय को चैन न आया और जब तक कि उन्हें फिर सकुशल विमान से उतर कर जाते न देखा।

सीता ने असन्तोष प्रकट करते हुए कहा—'आप बहुत भारी हैं, कप्तान।'

कप्तान—'नहीं प्रिये, मैंने तो अपने आपको तूल-सदृश हल्का पाया। यह तो विष्णु की गरुड़ सवारी-सा मालूम होता था। यह एक तरह का जहाज है जिसका समुद्र असीम दूर तक फैला हुआ है—ऐसा जहाज है जो स्वेच्छापूर्वक उस निस्सीम समुद्र की दसों दिशाओं में विचर सकता

है। सीता तुम्हें मालूम नहीं, चन्द्रनाथ और दोनों लड़कों का इस पर असाधारण प्रभुत्व है, यह उनकी अँगुलियों पर नाचता है।'

सीता—'देखना, कहीं उसकी मुहब्बत के जाल में न फँस जाना?'

कप्तान—'मैं तो जल-समुद्र और जलयान के प्रेमपाश से बद्ध हो चुका हूँ सीते, भला उससे मुक्त होकर कैसे इस नूतन प्रेम में फँस सकता हूँ?'

महीने के अन्त में इसहाक का तार मिला, वह संक्षिप्त था—'अकाबा तक देखा, पत्र जाता है।'

सेठ इब्राहीम को भी एक प्रति मिली थी और वह उनके लिए काफी थीं। उन्होंने उसी समय कराँची आने के लिए पत्र भेजा।

तार स्वेज से भेजा गया। इसहाक ने स्वयं अकाबा तक मेटियो का पीछा किया और फिर यह स्वेज लौट आये जहाँ से उन्होंने तार और पत्र भेजा। अपनी अनुपस्थिति में अवश्य उन्होंने किसी भी विश्वासपात्र व्यक्ति को उस पर नजर रखने के लिए छोड़ा होगा। शायद उन्होंने अब तक उसे पुलिस के हवाले भी कर दिया हो, तो भी आश्चर्य नहीं। चाहे जो कुछ हो, यह सफलता बहुत थोड़े ही समय में हो गई। पत्र से सब बातें खुलेंगी। तब तक 6 जनवरी को सेठ जी ने अपने घर पर सबको बुला कर यात्रा की तैयारी के विषय में सलाह करनी चाही।

चढ़ाई

'हम अभी इसे नहीं कह सकते कि इसहाक के पत्र में क्या होगा। लेकिन तो भी यह निःसन्देह है कि उन्होंने उसका पता लगा लिया है और अकाबा तक उनका पीछा भी किया। और यह हमारे लिए इतना काफी है कि अब हम अपने प्रोग्राम का कोई खाका खींच सकते हैं।'—सेठ इब्राहीम ने कहा।

चन्द्र—'और पत्र में प्राप्त होने पर उसे भर सकते हैं, क्यों?'

सेठ—'हाँ! और आप क्या वहाँ जाने के लिए तैयार हैं, प्रोफेसर भारद्वाज?'

चन्द्र—'बिलकुल तैयार।'

सेठ—'मैं इसे सिद्धवत् समझ लेता हूँ कि कप्तान भी वहाँ जाने के लिए सन्नद्ध होंगे।'

कप्तान ने बड़े जोश के साथ कहा—'निस्सन्देह, मैं खुद सब देखना चाहता हूँ।'

सेठ—'नाथन को जाना ही होगा।'

शिव—'हम सभी जा रहे हैं।'

सेठ—'बिलकुल ठीक! यही मुझे भी आशा थी। यदि मैं आज अवस्था में कुछ कम होता तो मैं भी आप लोगों का साथ देता। आप पाँचों मिलकर मेटियो और उसके पचास अरबों को अच्छी तरह परास्त कर सकते हैं। शायद शस्त्रार्थ होने की नौबत आये, इसलिए आप लोगों को खूब गोली गट्ठा से मजबूत होकर जाना चाहिए।'

कप्तान—'मुझे भी खयाल आया था।'

सेठ—'लेकिन आपका सबसे उत्तम हथियार होगा, 'दर्शना।'

कप्तान—'दर्शना! आप विमान को कह रहे हैं? मैंने उसका खयाल न किया था।'

शिव—'लेकिन मैंने और नाथन ने इसका खयाल किया था।'

सेठ—'यदि ऐसा, तो उसके आगे के बारे में तुम्हारी क्या राय है?'

नाथन—'उसे साथ ले जाना और जबलतूर की घाटियों में कहीं उसके लिए एक शाला तैयार करना। हमें कहीं अड्डा बनाकर तब वहाँ से काम करना होगा।'

शिव—'अत्यन्त गुप्त अड्डा।'

नाथन—'आस-पास खूब देखभाल कर—'

शिव—‘कि स्थान कैसा है।’

नाथन—‘और इसका निश्चय कर लेने पर कि मार्ग साफ है, हम विमान द्वारा पेट्रा जा सकते हैं। हम दोनों की राय है कि हमें रात को वायुयान का उपयोग करना चाहिए, दिन को नहीं और नाभि के लिए खोज भी हमें रात ही में करनी चाहिए।’

सेठ—‘बहुत ही सुन्दर और युक्तियुक्त विचार है। स्थान ही की स्थिति काफी न होगी और वहाँ के लोगों का भी पता लेना होगा।’

शिव—‘हाँ! मेरा उनसे भी मतलब है।’

सेठ—‘हमें अभी तक नहीं मालूम हो सका कि मेटियो का क्या हुआ। यदि इसहाक ने उसे अभी न गिरफ्तार करा पाया और वह निकल गया तो पहले हमें उसका पता लगाना होगा। आपने प्रोफेसर, क्या ‘‘दर्शना’’ के उपयोग पर विचार किया था?’

चन्द्रनाथ—‘हाँ! यह खयाल मेरे दिमाग में उठा था, लेकिन मैं अधिक इस पर न विचार कर सकता था। यह लाभप्रद होगा।’

सेठ—‘अत्यन्त! मैं तो इसके लिए खास तौर से आपको सम्मति दूँगा। परिस्थिति के अनुसार चाहे इसमें कुछ परिवर्तन भी करना हो किन्तु ‘‘दर्शना’’ को आप अपने साथ जरूर ले जाइयेगा और जैसा कि नाथन ने कहा, जबलतूर की घाटियों में कहीं प्राकृतिक शाला ढूँढ़ना। लेकिन प्रश्न यह है कि क्या आप उसे पुर्जा-पुर्जा अलग करके ले जा सकते हैं जिसमें नि कोई उस पर सन्देह न कर सके?’

चन्द्र—‘यह तो बिलकुल आसान है, हम उसे कल के तौर पर पुर्जे-पुर्जे को अलग-अलग बक्सों में रखकर ले जा सकते हैं और मिस्त्री चुंगी घर का कर भी चुका सकते हैं।’

सेठ—‘और फिर उस प्राकृतिक शाला में उसे फिर जोड़कर तैयार कर सकते हैं?’

चन्द्र—‘शिव और नाथन की सहायता से और यदि इसहाक मौजूद रहे, तब तो और बहुत जल्दी उसे तैयार किया जा सकता है। उसके रहने से हमें बहुत आसानी होगी।’

सेठ—‘तो प्रोफेसर महाशय, मेरी यही सलाह है कि आप पुर्जे-पुर्जे अलग करके उन्हें स्वेज के लिए पार्सल कर दें और आप एकाकी वहाँ जायें।’

सबकी इच्छा के अनुसार ही चन्द्रनाथ ने कहा—‘अकेला क्यों?’

सेठ इब्राहीम—‘मुझे एक प्रश्न पूछने दें। क्यों, मेटियो ने आपको कभी देखा है?’

चन्द्र—‘मुझे उम्मीद नहीं, किन्तु शायद कभी देखा हो।’

सेठ—‘क्या आपने मेटियो को देखा है?’

चन्द्र—‘नहीं!’

सेठ—‘इसी कारण मैं कहता हूँ कि आप अकेले विमान के साथ जाइये। मेटियो ने, सम्भव है, अपने आदमियों को कप्तान, नाथन और शायद शिव का भी हुलिया बताया होगा। लेकिन

आपके बारे में शायद वह कुछ न बतला सकता होगा। यह निश्चित है कि उसने स्वेज और पोर्टसईद तथा शायद इस्माईलिया में भी अपने चर रखे होंगे। लेकिन वह आपका खयाल न रख सकेंगे और इस प्रकार बिना सूचित किये आप स्वेज में उतर सकते हैं। इसलिए यह बहुत अच्छा होगा कि आप अकेले कराँची से सीधे जहाज द्वारा स्वेज जाइये।'

चन्द्र—'और तीनों? जासूस उन्हें पहचान लेंगे।'

सेठ—'लेकिन ऐसा करने पर वह जान सकेंगे कि तुम्हारा उनसे कुछ सम्बन्ध है। यह तो पहली बात हुई। अच्छा, जब तुम स्वेज में उनसे मिलो तो फिर आगे क्या करना चाहिए, यह स्वयं निश्चय कर लेना। इसहाक वहाँ तुमसे मिलेगा। सीनाई की पहाड़ियों में एक गुप्त अड्डा खोज कर ठीक करना अत्यन्त उपयोगी और आवश्यक होगा। लेकिन यह और अन्य अपेक्षित बातें तुम लोग स्वयं सोचना, मैं इन्हें तुम्हारे ऊपर ही छोड़ता हूँ। मैं स्वेज के आगे की बात कुछ भी नहीं जानता।'

चन्द्र—'लेकिन स्वेज तक तो सेठ तुमने बहुत ठीक सोचा है।'

कप्तान—'हमें इसहाक के पत्र की प्रतीक्षा करना आवश्यक है, लेकिन मैं इसमें कोई कारण नहीं देखता कि क्यों न यात्रा की तैयारी तब तक कर ली जाय।'

सीता देवी, जो अब तक उनके पास चुपचाप बैठी हुई थीं, की ओर देखकर कहा—'मैं समझता हूँ सीता, हमें तीन-चार दिन कराँची में अभी और ठहरना होगा।'

सीता—'यात्रा की तैयारी के लिए?'

कप्तान—'हाँ, हमें ऐसी यात्रा के लिए बहुत-सी चीजों की आवश्यकता होगी और कराँची छोड़कर और जगह वह आसानी से नहीं मिल सकती।'

सेठ—'और इससे देवी जी, मुझे एक अच्छा मौका हाथ लग गया। मैं चाहता हूँ कि आप मेरी बहन से मिलें।'

सीता—'मैं बहुत दिनों पहले उनसे खूब मिली हूँ, सेठ जी। लेकिन उसे इतने वर्ष बीत चुके हैं कि उन्हें यदि स्मरण भी न हो तो कोई आश्चर्य नहीं।'

सेठ—'वह बातों को बहुत कम भूला करती है। मैं नहीं समझता कि वह आपको भूल गई होगी। लेकिन मुझे यह न मालूम था कि आपकी उससे मुलाकात है।'

सीता—'विवाह से पूर्व सेठ जी! आप उनसे सीता भरद्वाजी के विषय में पूछियेगा तो।'

सेठ—'मैं अवश्य पूछूँगा और मेरी इच्छा है कि आप फिर अपने पूर्व परिचय को उज्जीवित करें। वह आजकल मेरे घर ही पर आई है। क्या आप आज सायंकाल को उसके पास जायेंगी?'

सीता—'बड़ी खुशी से।'

दोनों स्त्रियाँ मिलीं और उन्होंने अपना समय बहुत आनन्दपूर्वक बिताया। मर्द यात्रा की वस्तुओं के खरीदने में लगे हुए थे। बीच ही एक दिन इसहाक की माँ भी सक्खर सीता के साथ

गई। दोनों ही का इस यात्रा से समान सम्बन्ध था। इसहाक की माँ, उम्र में सीता की माँ-सी लगती थी। उनका सारा जीवन शोकपूर्ण बीता था। यौवन ही में पति का वियोग हो गया। इसहाक की पिछले दस वर्षों तक वही अवस्था थी। उसने नौकरी छोड़ी तो उन्हें आशा हुई थी कि शेष जीवन पुत्र के साथ आनन्दपूर्वक बीतेगा। लेकिन इसहाक तुरन्त ही एक दूसरे ही संकटपूर्ण कार्य में लग पड़ा। सीता के मिलने से उन्हें उस कष्ट का भार बहुत-सा हल्का होता मालूम पड़ा।

कराँची लौटने से पूर्व ही इसहाक का पत्र आ गया। तार की भाँति वह भी दो प्रतियों में आया था और वहाँ उन्होंने सेठ की प्रति ही को पढ़ा। इसमें लिखा था कि मैं पोर्टसईद में पता लगाने के लिए दो-तीन दिन ठहर गया जिसका फल भी हुआ। एक बात मैंने खासकर देखी, पाँच-छह वर्ष पहले जिन आदमियों से मेरा खूब परिचय था, वह भी अब मुझे न पहचान सके, मेरी शक्ल-सूरत में इतना परिवर्तन हो गया है। मेरे असली नाम ने और भी मेरे काम में मदद दी, क्योंकि उन्हें तो मूसा मालूम है।

बहुत खोज और इनाम-बख्शीश द्वारा मुझे मालूम हो गया कि कप्तान रामनन्दन सहाय का लिखना बिलकुल ठीक था। पोर्टसईद से इस्माईलिया होते रेल द्वारा मेटियो काहिरा गया। वह काहिरा में कुछ दिन रहा और अहमद अब भी वहीं है। फिर मैं वहाँ से पता लगाते हुए स्वेज आया। स्वेज में फिर उसका सुराग न मिल सका कि वहाँ से वह कहाँ गया। मैं स्वेज के प्रधान होटल में ठहरता हूँ। यहाँ हिन्दुस्तानी कौंसल और पुलिस के प्रधान अफसर भी बराबर आते और ठहरते हैं। मैंने एक भारतीय पर्यटक के तौर पर परिचय प्राप्त कर लिया।

आपस में कितना गपशप होता था। मैंने घुमाते-घुमाते बात का रास्ता ऐसे बदला कि मेटियो का जिक्र छिड़ सके और अन्त में मुझे इसमें सफलता हुई।

एक दिन बदमाशों का जिक्र छिड़ पड़ा। इसी बीच में मैंने भगोड़ों की बात ला दी। पुलिस के प्रधान ने कहा कि हिन्दुस्तानी लोग बदमाशों को सजा दिलाने के लिए बड़े उत्सुक हैं। मैंने इसका उदाहरण माँगा। इस पर उसने कहा कि कुछ महीने पहले एक हिन्दुस्तानी कप्तान स्वेज पर ठहरा और किनारे पर उतरकर मेरे पास आया। उसका यह सब करने का तात्पर्य क्या था?— सिर्फ यही कि एक ऐसा बदमाश मैंने आपके यहाँ देखा है, आप उसे देखते ही गिरफ्तार करें। यह कप्तान रामनन्दन की बात का दूसरा प्रमाण था।

कौंसल ने पूछा कि क्या आपने इस पर कुछ कार्यवाही की। इस पर पुलिस अफसर ने कहा, नहीं। सिर्फ एक आदमी के ऐसा कह देने मात्र से ऐसा करना युक्तिसंगत न था। और काहिरा ऐसे बड़े शहर में इस प्रकार की मोटी-मोटी हुलिया से आदमी का पता कैसे लगाया जा सकता है? ऐसा करना समय, शक्ति और बुद्धि का अपव्यय करना होता। इस प्रकार के जरा से पता के भरोसे काम करने से महाशय पदवृद्धि और साथ-साथ वेतनवृद्धि नहीं हो सकती।

मैंने फिर कौतूहल प्रकट करते हुए पूछा—'आपने उस हुलिया से किसी आदमी का कभी कुछ पता भी पाया।' इस पर उसने बतलाया हाँ, करीब एक महीना होता है, स्वेज होकर एक वैसा ही आदमी गया है। वह देखने में माल्टा-निवासी मालूम होता था। मैं उसे जानता हूँ। मैंने उसे पहले भी पोर्टसईद में बहुत बार देखा है, वह यहाँ से अकाबा को गया, लेकिन इस तरह के कमजोर प्रमाण पर मैं उसे गिरफ्तार न कर सकता था।'

इसके बाद का प्रवाह दूसरी ओर हो गया। दूसरे दिन अकाबा जाने और वहाँ से शीघ्र लौट आने के बारे में पता लगाया। मुझे मालूम हुआ कि वहाँ से जाने के लिए किसी अरब को धो का सहारा लेना पड़ेगा और वहाँ से लौटने का कोई निश्चय नहीं है। इन्हीं खोजों में मुझे यह भी पता लगा कि मेटियो अब भी अकाबा में ही है। इसीलिए मैंने पत्र और तार भेजा तथा आप लोगों के उत्तर की प्रतीक्षा में हूँ।

यह पत्र का संक्षिप्त मजमून था।

तुरन्त ही तार दिया गया—'आ रहा हूँ—भारद्वाज।'

दस दिन बाद जब चन्द्रनाथ स्वेज में उतरे तो वहाँ बड़ा हल्ला मच गया। यह उनकी लम्बी दाढ़ी और छोटे कद के कारण उतना नहीं था जितना कि उनके साथ के असवाब के कारण जो कि किनारे पर ढोकर लाया जा रहा था। इसहाक सासून को भी यह देखकर बड़ा आश्चर्य हुआ। उन्होंने पहले तो अन्य तीनों के बारे में पूछा। इसका उत्तर उन्होंने दे दिया। फिर उन्होंने पूछा कि यह दुनिया भर का जंजाल क्या है जिसके उत्तर में उन्होंने बताया कि यह तुम्हारा "दर्शना" है। जिस पर इसहाक ने पूछा, पुर्जा-पुर्जा अलग करके? और प्रोफेसर ने बताया 'हाँ' और साथ ही बहुत से फाजिल पुर्जे और बहुत-सा पेट्रोल भी है। इसहाक ने थोड़ी देर सोचने पर बड़े आनन्द के साथ कहा—'खूब।'

अभी उनके तीनों साथी न आये थे। इसी बीच में उन दोनों को अपने प्रोग्राम पर विचार करने का पर्याप्त मौका मिला। उन्होंने इसे बहुत जरूरी समझा कि कप्तान, नाथन और शिव इस होटल में न ठहर कर दूसरे होटल में ठहरें। यह निश्चय था कि मेटियो के जासूस आस-पास लगे होंगे और देखते ही तीनों को पहचान लेंगे। इसलिए उनके स्वागत करने की अपेक्षा किसी वक्त घूमते-घूमते नया परिचय प्राप्त करना ही अच्छा होगा। इसीलिए इसहाक उनसे आगे ही से मिलने और सजग करने के लिए पोर्ट-इब्राहीम गये। वहाँ वह एक सप्ताह तक रहे और तब तक चन्द्रनाथ अपने ही ढंग पर इधर काम कर रहे थे।

चारों ओर किम्वदन्ती फैली हुई थी कि यह 'दाढ़ीशाह' बड़ा भारी वैज्ञानिक और ज्योतिषी है। वह वहाँ आगामी चन्द्रग्रहण की परीक्षा के लिए आया है और वह सारा असवाब तरह-तरह के यंत्र हैं जिनमें ग्रहण के वक्त चन्द्रबिम्ब को देखेगा। चन्द्रनाथ को इस अफवाह का पता न था, लेकिन इतना तो वह जानते थे कि यहाँ वाले मुझे और मेरे असवाब को कौतुकाक्रान्त हृदय से

देख रहे हैं। उन्हें शायद इससे किसी आफत में भी पड़ जाना पड़ता लेकिन खैरियत थी कि वह उनके व्यक्तित्व को पवित्र समझते थे।

जब इसहाक पोर्ट-इब्राहीम से लौटकर आये तो उन्होंने खबर दी कि वह आ रहे हैं और उसी समय उन्होंने अफवाह के बारे में भी कहा। इस पर इसहाक के साथ सलाह लेने के बाद उसका खंडन न करके प्रोफेसर ने ऐसा रुख बदला कि वह और भी पक्की हो गई।

तीनों आदमी एक दूसरे ही होटल में उतरे। उन्होंने चन्द्रनाथ और इसहाक से भेंट भी न की। पीछे उन्होंने इस प्रकार मुलाकात और परिचय प्राप्त किया कि गोया उन्होंने इससे पहले एक-दूसरे को देखा भी न था और मुसाफिर में संयोगवश वह एक दूसरे से मिल पड़े हैं। शिव ने जब अफवाह को सुना तो वह ठठाकर हँसा और बोल उठा—'वाह रे दाढ़ीशाह!'

कप्तान ने इसहाक से मेटियो के बारे में पूछा जिस पर उन्होंने बतलाया—'मुझे जहाँ तक मालूम हुआ है, वह अब भी अकाबा ही में है क्योंकि वह अभी स्वेज नहीं लौटा।' उन्होंने यह भी बतलाया—'यहाँ मुझे कोई ऐसा आदमी न मिल सका जिस पर विश्वास करके जासूसी के काम पर नियुक्त किया जा सके।'

कप्तान काश्यप ने पूछा—'तो पुलिस-अफसर ने आगे कोई कार्यवाही न की?'

इसहाक—'नहीं! और न आगे ही वैसी आशा है।'

कप्तान—'मैं अपने साथ लंगटू के मुकदमे की गवाहियों आदि की नकल और पुलिस के उस विज्ञापन की एक प्रति—जिसमें मेटियो की हुलिया और पकड़ने वाले को पाँच हजार का इनाम छपा था—भी लाया हूँ। वह पत्र भी मेरे पास मौजूद है जिन पर मेटियो की अँगुलियों के निशान हैं। इसके बाद शिव और नाथन की गवाही और आवश्यक होने पर तुम्हारी और चन्द्र की भी दी जा सकती है। यदि मैं सारी बात उनके सम्मुख रखूँ तो क्या तुम्हें विश्वास है इसहाक, तब भी पुलिस अफसर कुछ न खयाल करेगा?'

थोड़ा सोचकर इसहाक ने कहा—'बहुत करेगा। लेकिन उचित होगा यदि आप कौंसल द्वारा इस बात को उनके सम्मुख रखें।'

कप्तान—'हमारे लिए यह बहुत अच्छा होगा यदि मेटियो धर दबाया जाय।'

इसहाक—'ठीक! इसके लिए अवश्य प्रयत्न होना चाहिए। मुझे इसमें सफलता नहीं हुई, लेकिन मैं इतना जान सका कि वह कहाँ है। कौंसल आपकी बात ध्यान देकर सुनेंगे और आप आसानी से पुलिस अफसर का ध्यान आकृष्ट कर सकेंगे। यह आप स्वयं करें, इससे आपके स्वेज आने का कारण भी यही मालूम होगा। मेरा और चन्द्र का जिक्र बीच में न आने दीजिएगा। अब भी हमें परस्पर अपरिचितप्राय रहने की आवश्यकता है। यदि हम लोग भी इसमें गवाही देने आयें, तो मालूम हो जायगा कि हम सब एक दूसरे से सम्बद्ध हैं।'

अड्डा

कप्तान के स्वेज आने के तीन दिन बाद उन्होंने आपस में इस बात पर विचार किया कि अपना गुप्त अड्डा कहाँ रखा जाय जहाँ से आगे का काम आसानी से किया जा सके। आखिर इस विषय में लड़कों की ही राय पक्की रही और निश्चय हुआ कि सीनाई प्रायद्वीप की शून्य पार्वत्य उपत्यकाओं ही में कहीं देखना चाहिए। कप्तान को समुद्र ही से अधिक वाकफियत थी। उन्होंने कहा कि तुम्हीं लोग प्रायद्वीप के पूर्वी भाग में ऐसी जगह कहीं तजवीज करो जहाँ पहाड़ियाँ समुद्र तट तक पहुँच गई हैं।

कप्तान—'अकाबा की खाड़ी बिलकुल जनशून्य है। जहाज या अगिनबोट वहाँ बहुत कम जाते हैं। अकाबा के साथ सामुद्रिक वाणिज्य एक तरह से बिलकुल है ही नहीं। अरब धो के सिवाय वह सारी खाड़ी ही परती—अर्थात् पोतों के यातायात से वंचित और अपरिचित है। यदि पूर्व की उपत्यकाओं में हमें कोई उपयुक्त स्थान मिल जाय तो वहाँ हम ताक में लगी आँखों से भी बच जायेंगे।'

कप्तान की बात की पुष्टि करते हुए इसहाक ने कहा—'इसी वजह से मैं आसानी से अकाबा न जा सका क्योंकि जाने का किसी प्रकार प्रबन्ध हो जाने पर भी लौटने का कोई निश्चय न था। यात्री अधिकतर स्थलमार्ग—अर्थात् कारवाँ का रास्ता ही ग्रहण करते हैं। सामुद्रिक मार्ग को नहीं।'

चन्द्रनाथ—'और मरुभूमि पार करते वक्त उन्हें जब्ल-केथराईन के मठ से होकर जाना पड़ता है। हमें उससे बचकर रहना चाहिए। नाथन और शिव के कथनानुसार हमें एक प्राकृतिक विमानशाला और अड्डा ढूँढना चाहिए और सो भी प्रायद्वीप के पूर्वीय भाग में समुद्र से ज्यादा दूर नहीं। अब सामान लें जाने की बात है।'

इसहाक—'इसके दो उपाय हैं।'

नाथन—'कौन-से?'

इसहाक—'किसी शेख से मिलकर उसके द्वारा ऊँट, हम्माल आदि का बन्दोबस्त करके एक काफिला तैयार कर 'का' और रासमुहम्मद की परिक्रमा करते हुए वहाँ पहुँचे।'

कप्तान—'यह करना असम्भव है।'

शिव—‘क्यों?’

कप्तान—‘क्योंकि इससे हम शेख के हाथ के बन्दी हो जायेंगे। फिर हमारा जान-माल उसके हाथ में होगा।’

नाथन—‘और हम अपने अड्डे को गुप्त भी न रख सकेंगे।’

चन्द्रनाथ—‘और निस्सन्देह शेख के सन्देह के भाजन होंगे।’

कप्तान काश्यप—‘और यह बहुत बुरा होगा। वह या तो हमें छोड़ भागेंगे अथवा उससे बढ़कर कुछ अनिष्ट करने पर उतारू हो जायें तो भी आश्चर्य नहीं। वह अगर सारे बक्सों को तोड़-फोड़ कर देखने लगेंगे तो भी कौन उन्हें रोकेगा? हम एक ऐसे मुल्क में जा रहे हैं जहाँ शान्ति और व्यवस्था का नाम नहीं है।’

इसहाक—‘मैं आपसे बिलकुल सहमत हूँ, मैंने सिर्फ यात्रा के उपायों के तौर इसका जिक्र किया जिनका कि इस देश में प्रचार है। यह स्पष्ट है कि हम ऐसा नहीं कर सकते। इससे हमारा लक्ष्य ही जाता रहेगा। दूसरा उपाय यह है कि एक धो खरीद कर उस पर सामान लाद लिया जाय और फिर स्वयं खेकर यहाँ से रवाना हुआ जाय। हम उसके द्वारा स्वेज की खाड़ी की दक्षिणी सीमा तक पहुँच सकते हैं। हम अपने गन्तव्य स्थान को छिपाये रख सकते हैं। चन्द्रनाथ के द्वारा यह अफवाह फैलने में देर न लगेगी कि ‘दाढ़ीशाह’ कहीं ऐसी जगह पर जा रहा है जहाँ से ग्रहण अच्छी तरह से देखा जा सके।’

कप्तान—‘हाँ। ठीक ढंग है।’

चन्द्रनाथ—‘अच्छा! जब यह निश्चित हो चुका तो आगे देख लिया जायेगा।’

यह निश्चित हुआ कि चन्द्रनाथ और इसहाक पोर्ट-इब्राहीम जायें और वहाँ एक मजबूत धो का दाम-काम करें। लेकिन पक्का करने से पहले विशेषज्ञ के रूप में कप्तान काश्यप को ले जायें जो उसकी परीक्षा करेंगे।’

कप्तान—‘अड्डा निश्चित कर लेने पर धो से हटाकर सामान को वहाँ पहुँचाने के लिए सिपावा और रास्ता की भी आवश्यकता होगी और यह सब कुछ धो के नाम पर खरीदा जा सकता है। पुर्जों के जोड़ने की सभी आवश्यक वस्तुएँ तुम्हारे पास है न, चन्द्र!’

चन्द्र—‘एक छोटी-सी आलपीन तक।’

कप्तान—‘और जब तुम लोग धो के लिए जाते हो, तब तक मैं कौशल से बातचीत करता हूँ। अभी ही उससे खूब परिचय हो चुका है। मैं उनके सामने सब सबूत रखता हूँ और जब वह मेरी पीठ पर रहेंगे, तो पुलिस अफसर भी अवश्य मेरी बात सुनेगा और तदनुसार करेगा। स्वेज छोड़ने से पूर्व ही हमें यह निश्चय हो जाना चाहिए कि मेटियो की गिरफ्तारी की पूरी फिक्र की जा रही है। यदि रास्ते का कंकड़ मेटियो किसी प्रकार हटाया जा सके, तो हम सुरक्षित, स्वतंत्र और सफल हो सकते हैं।’

कौंसल ने कप्तान की सम्पूर्ण बातों को बड़े ध्यानपूर्वक सुना। मेटियो के क्रूर कर्मों को सुनकर उनकी उत्सुकता और भी बढ़ गई। कप्तान ने बड़ी सावधानीपूर्वक सिर्फ उतनी ही बातें कहीं जिनके द्वारा मेटियो की गिरफ्तारी अनुचित नहीं कही जा सकती। उन्होंने बीच में चन्द्रनाथ और इसहाक का नाम तक न आने दिया। उनका सारा कथन कागज-पत्रों और नाथन तथा शिव की साक्षियों पर निर्भर था। कौंसल ने ताड़ लिया कि अभी इससे भी अधिक प्रमाण बाकी बचे हुए हैं, लेकिन उन्होंने उनके बारे में अधिक पूछ ताछ न की। उन्हें यह पक्का यकीन हो गया कि कप्तान का पक्ष बहुत दृढ़ है।

उन्होंने कहा—'मैं आपके साथ पुलिस अफसर के पास जाऊँगा, या यदि आप पसन्द करें तो हम दोनों आपके होटल ही में आयें। यही बल्कि अच्छा होगा।'

कप्तान—'क्यों?'

कौंसल—'जिसमें वह यह न समझे कि मैं उस पर दबाव डालता हूँ। शायद वह अस्वीकार भी कर दे यदि उसे मालूम हो कि यह मामला पहले मेरे पास आया है। फिर मैं उस पर इसके लिए बल दे रहा हूँ। वह बड़ा भड़कीला आदमी है। हम उसे गपशप में लावेंगे। मैं आपकी ओर रहूँगा।'

जब कप्तान काश्यप लौटकर अपने होटल में आये, तो उन्होंने देखा कि नाथन और शिव अत्यन्त उत्सुक और घबराये हुए दिखाई पड़ रहे हैं। उनके चेहरों ही से मालूम हो रहा था कि वह कोई विशेष और साधारण बात कहना चाहते हैं। इसीलिए वह तुरन्त सीधे अपने प्राइवेट कमरे में गये।

शिव—'हमने उसे देखा है।'

पिता ने लड़कों ही के समान उत्तेजित होकर पूछा—'मेटियो को? ठीक कहते हो?'

शिव—'इतना ठीक और निस्सन्दिग्ध जितना कि यह सूर्य चमक रहा है।'

कप्तान—'तुम दोनों ने देखा?'

नाथन—'दोनों ने?'

कप्तान—'और उसने भी तुम्हें देखा?'

शिव—'नहीं, यदि यह काठ की झिलमिलियाँ पारदर्शक नहीं हैं। हम दोनों उन्हीं के पीछे होकर उनकी फाँकों में से बाहर की ओर देख रहे थे और एकाएक नाथन बोल उठा—'यह देखो मेटियो है!' मैंने पूछा—'कहाँ है?' और तब इसने मुँह के इशारे से बतलाया। वह शिर नीचे किये जा रहा था, जान पड़ता था किसी विचार में लीन है। मुझे पहले सन्देह हुआ कि यह वही है या कोई दूसरा आदमी। लेकिन नाथन निश्चिंत था। फिर उसने मुँह ऊपर को उठाया जिससे मेरा सन्देह जाता रहा।'

नाथन के चेहरे की आकृति गम्भीर हो उठी थी। लड़कों को ऐसी अवस्था में अकेले छोड़ना बड़ा खतरनाक था, क्योंकि शायद मेटियो ने उन्हें देख लिया हो। सम्भवतः वह जानता है कि

वह और कप्तान तीनों स्वेज में हैं। इसीलिए जब मुलाकात का समय आया तो कप्तान अपने साथ लड़कों को भी लिवा ले गए।

कप्तान ने सब बात कह सुनाई। सबूत में कागजों और शिव एवं नाथन को भी पेश किया। उसी समय उन्होंने अपना मुँह जंगलों की ओर फेरा। वह खुला था। सूर्य अस्त हो चुका था, एक पीला-सा प्रकाश सामने की सड़क पर पड़ रहा था।

'ओह! यह आपका आदमी मौजूद है।' कप्तान कौंसल तथा अफसर के साथ बात करते-करते ही चिल्ला उठे।

'कहाँ?' और पुलिस अफसर उठ खड़ा हुआ।

'वह? और कप्तान ने मेटियो की ओर इशारा किया जो कि होटल के द्वार की ओर आ रहा था।

'सच?' और कहने के साथ ही अफसर ने तुरन्त दिल में निश्चय कर लिया।

वह जल्दी से चल पड़ा। जरा ही देर बाद उन्होंने दरवाजे की सीढ़ियों पर चीख सुनी। मेटियो भूमि पर हाथ-पैर मार रहा था और उसके ऊपर चार-पाँच दरबान लगकर दबाये हुए थे। जब वह सीढ़ी के ऊपर झाँक रहे थे, उसी समय एक रिवाल्वर दागने की आवाज आई। एक दरबान वहीं लुढ़क गया। उसने मेटियो को पकड़ लिया और धक्का मार कर नीचे गिरा दिया। पुलिस अफसर ने रिवाल्वर उठा ली। अब भी उसके मुँह से धुआँ निकल रहा था।

इस गोलमाल और रिवाल्वर की आवाज से एक छोटी-सी भीड़ वहाँ एकत्र हो गई। उनमें से दो आदमी निकल सलाम करके अपने अफसर के पास आ खड़े हुए। अफसर की आज्ञानुसार वह वहाँ से मेटियो को पकड़ कर ले गये।

आहत दरबान एक पास के कमरे में लाया गया। गोली कन्धे से चली गई थी जिससे उसकी जान बच रही थी। घाव खतरनाक न था। कप्तान काश्यप के मलहम ने बहुत जल्द से चंगा करना शुरू किया।

धो को देखने के लिए जो उधर दो आदमी गये थे, उन्होंने एक नाव तजवीज की। दाम के साथ ही इसहाक ने कहा कि पहले इसे किसी विशेषज्ञ द्वारा दिखाया जाय। कप्तान ने देखकर बतलाया कि धो ठीक है। धो बहुत सुन्दर और मजबूत थी। ऊपर तख्तों से पटी और सामान को वर्षा आदि से बचाये रखने का इन्तजाम था। यद्यपि आजकल कोई भय न था, उसके बीच में एक बड़ा भारी मस्तूल था, साथ ही एक विस्तृत पाल भी था, एक अतिरिक्त पाल माँगे के पास रखा हुआ था और एक फाजिल मस्तूल लम्बे-लम्बे नाव पर रखा हुआ था। यह सब इसलिए कि रास्ते में कहीं कोई चीज टूट-फूट जाय, तो काम का हर्ज न हो। पतवार और डाँड़ भी बहुत अच्छे थे, लेकिन बेचने वाला दाम असम्भव बतला रहा था। चन्द्रनाथ के दाम पर वह हँस पड़ा और कहा कि दोनों को अपनी अपनी बात छोड़कर बीच में मिलना चाहिए और अन्त में तीन-चौथाई दाम तै पाया।

कुछ दिन बाद जब सब-कुछ ठीक हो गया तो कौंसल और दूसरे आदमियों के सम्मुख ही प्रोफेसर ने कप्तान और दोनों साथियों को दक्षिण की ओर साथ चलने के लिए आमंत्रित किया। इसहाक भी साथ ही थे। यह भी अफवाह चारों ओर फैल गई कि महान वैज्ञानिक नजूमी 'दाढ़ीशाह' ने एक बड़ा-सा धो खरीदा है और ग्रहण देखने के सभी यंत्रों के साथ किसी उपयुक्त स्थान को जा रहा है। जैसे ही पहाड़ों पर ऊषा का प्रकाश पड़ा, उन्होंने कूच कर दिया। उन्हें यह न मालूम हुआ कि दर्शकों के झुंड में मेटियो के जासूस भी खड़े-खड़े सब कुछ देख रहे हैं। उन्हें यह आशा न थी कि मेटियो फिर बच कर निकल सकता है।

शिव और नाथन को अपने दिल का बहुत-सा बोझा उतर गया सा मालूम हुआ। स्वेज में आकर ऐसी भीषण घटना को देखकर उन्हें बड़ा तर्द्दुद पैदा हो गया। जैसे ही पाल खड़ा किया और उसमें प्रातःकालीन हवा भरी, उन्हें भी अपने भीतर बड़ा परिवर्तन जान पड़ा। प्रोफेसर भरद्वाज फिर चन्द्रा मामा थे। स्वेज और पोर्ट-इब्राहीम के मकान धीरे-धीरे दूर होने लगे। इसके साथ ही साथ उनकी आकृति भी छोटी होने लगी। अन्त में वह आँखों से ओझल हो गये।

पाल की छाया में चुपचाप लेटा रहना! चेहरे पर ठंडी और स्वच्छ सामुद्रिक हवा का लगना! 'का' के बालुकामय तट का विस्तृत मैदान! सीनाई प्रायद्वीप के संगखारे की बिखरी हुई पहाड़ियाँ। रात-दिन चलते गये। उन्हें बराबर जहाज और स्टीमर मिलते रहते थे, क्योंकि यह वाणिज्य का प्रधान मार्ग है। अन्त में वह रास-मुहम्मद की नोक पर पहुँच गए और थोड़ी देर बाद उसकी परिक्रमा करते हुए वह उत्तर के शान्त समुद्र में चले। यहाँ कोई स्टीमर नहीं आता। अपने को छोड़कर उन्होंने कोई दूसरा पाल वहाँ न देखा। इस प्रकार वह तीन दिन इस समुद्र में बढ़ते गये, तब उन्हें पहाड़ियों के बीच में एक पीत वर्ण की उपत्यका दिखाई पड़ी जो कि समुद्र तट तक बढ़ती चली आई थी। इन पहाड़ियों के बीच से एक सूच्याकृति सर्वोच्च शिखर दिखाई पड़ता था।

उनको दिखाते हुए चन्द्रनाथ ने कहा—'यदि मैं भूल नहीं करता तो उम्मशयर उस प्रायद्वीप की सबसे ऊँची चोटी।'

बालू की ओर इशारा करते हुए कप्तान काश्यप बोले, 'और यदि मैं भी भूल नहीं करता, तो यही स्थान है जहाँ हमें उतरना चाहिए। वह बिलकुल एकान्त है। दोनों पहाड़ियों के बीच में हम अपना खीमा खड़ा कर सकते हैं और वहीं आधार ठीक करके 'दर्शना' को जोड़कर तैयार किया जा सकता है।'

अब धो को किनारे की ओर फेरा गया। थोड़ी देर में वह लोग थाह जल में पहुँच गये और फिर कुछ आगे बढ़कर सब लोग उतर गये। धो को खींच कर किनारे के पास ले गये। सब सामान ढो-ढोकर किनारे पर ले जाया गया। धो जब बिलकुल खाली हो गयी, तो उसे ढकेल कर तट पर ले गए और वहाँ खूँटा गाड़कर उसे बाँध दिया। उस रात उन लोगों ने वहीं तट ही पर विश्राम किये।

अगले दो-तीन दिन वह पहाड़ियों को फाँदने और उपत्यकाओं को ढूँढने में लगे रहे। 'दर्शना' के लिए अब एक छायादार जगह और चौड़ी आधार भूमि—जिस पर थोड़ी दूर दौड़कर वह उड़ सके—की आवश्यकता थी। चौथा दिन होने को आया, लेकिन अब भी उन्हें कोई उपयुक्त स्थान न मिला। अन्त में वह लोग कुछ निराश हो चले। उसी दिन नाथन और शिव और भी आगे बढ़कर पहाड़ियों पर चढ़ उतर रहे थे। इसी समय वह ऐसे स्थान पर पहुँचे जहाँ के चट्टान बहुत-से गिर गए थे और उन पर मिट्टी जमकर भूमि समथर हो गई थी। वर्षा का पानी पहाड़ी से उतरकर जो उस रास्ते बहा था, यद्यपि अब वहाँ एक बूँद भर भी न था, तथापि वह वहाँ पीली-पीली कुछ घास और छोटे-छोटे पौधे छोड़ गया था। लड़कों ने ऊपर चढ़कर आवाज दी और थोड़ी देर में सब लोग वहाँ पहुँच गये। उन्होंने वहाँ देखा कि स्थान 'दर्शना' के आधार और छाया दोनों के लिए अत्यन्त अनुकूल है।

अब सारा खीमा और असबाब वहाँ लाया गया। विमान वाले बक्सों को खोला और थोड़ा-थोड़ा करके सभी पुर्जे तिरछी खड़ी चट्टान के नीचे रखे गये। पेट्रोल के पीपे भी उठाकर वहाँ लाये गये। यह बड़ी मेहनत का काम था जिसमें कई दिन लगे और उन्होंने इस सभी काम को बड़े उत्साह और आनन्दपूर्वक किया। उन्होंने आधार-भूमि से छोटे-छोटे पत्थरों के ढेलों को चुनकर फेंक दिया। झाड़ियाँ भी काट डालीं जिसमें 'दर्शना' को दौड़ने में बाधा न पहुँचे। उन्होंने भिन्न-भिन्न भागों को जोड़ दिया। तारों को कस दिया, पक्ष फैला दिये, वायुपंखा को मुँह पर लगा दिया। इंजन को उसके स्थान पर जोड़ दिया। स्तम्भक को लगा दिया और फिर एक-एक पुर्जे की खूब देख-भाल की। इस सब काम में एक सप्ताह लग गया और अन्त में 'दर्शना' एक प्रकांड बाज की तरह पर फैलाये हुए बैठा दिखाई पड़ा।

उस विस्तृत जनशून्य भूमि पर गम्भीर नीरवता छाई हुई थी। यह सिर्फ रात ही को न रहती थी, जबकि आकाश में चमकीले तारे नाचते दिखाई पड़ते थे, बल्कि दिन में भी वह वैसी ही रहती थी। काम करते वक्त उनकी धीमी-सी आवाज भी बहुत ऊँची मालूम होती थी जिसमें कभी-कभी वह स्वयं डर जाते थे।

शिव—'इंजन यहाँ कितना भयंकर शोर मचायेगा। वह साधु यदि इसे सुने तो क्या हो? वह अवश्य काँपने लगेंगे।'

इसहाक—'और समझेंगे कि शैतान फिर एक बार दुनिया की ओर आया है।'

चन्द्रनाथ—'हमें इससे बड़ा सावधान रहना चाहिए? यह बड़ा अच्छा हुआ जो हमारा रास्ता उधर से नहीं है। हमें खाड़ी पार कर अरबा के खपर से होकर जाना है। हमें बहुत ऊँचे से होकर उड़ना होगा। लेकिन चाहे कितना ही ऊँचे से उड़ें, हम सिर्फ 'दर्शना' के आकार को छिपा सकते हैं, उसकी आवाज तो तब भी आयेगी और होर पर्वत वाले अरब उसे अवश्य सुन पायेंगे। यही हमें बस कठिन प्रश्न है।'

कप्तान—'लेकिन इसका कोई हल नहीं है। हमें हथियारबन्द रहना होगा। अन्त में शायद लड़ना भी पड़े।'

चन्द्रनाथ—'लेकिन तभी, जबकि और सभी मार्ग रुद्ध हो जायें। और दूसरी बात है, इस पहाड़ी और रेगिस्तान प्रदेश के अज्ञात वायुमण्डल पर अधिकार जमाना। इस प्रकार के प्रशान्त वायुमण्डल देखने ही में प्रशान्त मालूम होते हैं इनमें कितने ही भयंकर वायु के थैले बवंडर होते हैं।'

नाथन ने विश्वासपूर्वक कहा—'लेकिन तुम्हारी स्तम्भ कल, मामा, वायु की सभी चालों को छका देगी। हम अवश्य विजयी होंगे।'

पेट्रा

शिव—'कब ग्रहण लगेगा, मामा?'

चन्द्रनाथ—'नवें दिन ग्यारह बज कर सात मिनट पर। प्रायः सर्वग्रास होगा।'

शिव—'क्या ग्रहण की रात्रि को ही खजाना नहीं जा सकते?'

चन्द्र—'जा क्यों नहीं सकते। लेकिन यह सब वातावरण की अवस्था पर निर्भर है। हमें अब प्रोग्राम भी बनाना है?'

कप्तान—'तो चन्द्र तुमने प्रोग्राम भी बनाया है?'

चन्द्र—'हाँ! मैंने एक प्रोग्राम सोचा है, लेकिन उसमें कमी-बेशी करने का आपको पूरा अधिकार है।'

शिव ने बड़ी उत्सुकतापूर्वक कहा—'और साथ मुझे ले चलोगे, या नाथ को?'

चन्द्र—'नहीं? मैं अकेला ही जाऊँगा। मुझे इस स्थान के वायु तरंगों का ज्ञान नहीं है। साथ ही मुझे पेट्रा का रास्ता, उस पर के विशेष चिह्न और उतारने के लिए आधारभूमि का भी पता लगाना है।'

शिव—'लेकिन यह तो आपको पहले ही मालूम है, मामा?'

चन्द्र—'नक्शे में इन सबका ज्ञान बहुत मोटा-मोटी होता है। लेकिन यह तुम्हें स्मरण रखना चाहिए शिव, कि नाथन को छोड़कर हम सभी के लिए यह देश नया है। हमें प्रमाद से खतरे में न पड़ना चाहिए क्योंकि फिर हमें सुधार करने का मौका हाथ न लगेगा।'

शिव को इस भय का कोई कारण न मालूम हो सका, उसने पूछा—'क्यों मामा, यहाँ तो वायु बन्द कमरे की तरह शान्त है।'

चन्द्र—'यहाँ नीचे मेरे बच्चे वहाँ मेघ रहित नील आकाश को दिखा कर नहीं। और नीचे भी सर्वदा ऐसा ही नहीं रहता। यह एक तूफान ही की महिमा है जिसने इन चट्टानों को बालू से ढँककर आधार के योग्य बना दिया है और 'दर्शना' को शरण भी मिली है। तूफान की कृपा से ही हमें यह जगह मिली है और उसी की अकृपा से वह छीनी भी जा सकती है।'

नाथन—'होरव यहाँ से दूर न होगा?'

चन्द्र—'बिलकुल चन्द मीलों के फासले पर, ठीक उत्तर।'

दूसरे दिन कप्तान काश्यप ने पूछा—'तुम्हारा प्रोग्राम क्या है, चन्द्र?'

इसके उत्तर में उन्होंने एक नक्शा निकाला और उसे फर्श पर फैला दिया। चारों ओर सभी जने बैठ गए। हम इस समय, जहाँ तक मुझे खयाल है, इसी जगह है और उन्होंने एक स्थान पर पेंसिल से स्वास्तिक चिह्नित कर दिया। और दूसरे स्थल पर चिह्न करते हुए कहा—'और यहाँ पेट्रा है। ठीक यहाँ से उत्तर-पूर्व। और वह फासिला सौ मील का होगा। मैं यहाँ से सीधा उड़ना नहीं चाहता, बल्कि इस रास्ते से होते हुए खाड़ी को इस स्थान पर पार करते और उन्होंने पेन्सिल से मार्ग-चिह्न अंकित कर दिया, इस प्रकार अकाबा न पड़ेगा और पेट्रा में पूर्व की ओर से आना पड़ेगा। इस प्रकार पचास मील बढ़ जायेंगे। सब दूरी डेढ़ सौ मीलों की, और आते-जाते तीन सौ मील की होगी।'

कप्तान—'यह घूम-घुमाहट क्यों, चन्द्र?'

चन्द्र—'मैं अब उसे बतला रहा हूँ। मैंने पूरे तीन सौ मील की यात्रा बतलाई। यदि तरंगें प्रतिकूल न हुई तो सूर्यास्त से सूर्योदय तक के बारह ही घन्टे मैं लेता हूँ। इतने से आना-जाना और वहाँ से उतर कर देखना-सुनना भी हो जायगा।'

इसहाक—'कहाँ? पेट्रा में?'

चन्द्र—'पेट्रा से थोड़ा पूर्व की ओर की अधित्यका पर। इस नक्शे से देश की पूरी हालत मालूम नहीं हो सकती। यह होर पर्वत है और पेट्रा इसके नीचे के खण्डहरों में है। इसके आगे की भूमि एक अधित्यका और न समथर है। इस मैदान से पहाड़ी की ओर एक या डेढ़ मील की दूरी पर नाला या 'सीक' है। इस पर ही खजाना है। बीच-बीच में और नाले भी इधर-उधर गये हैं लेकिन 'सीक' के से नहीं। यहीं पहाड़ियाँ काटकर हजारों गुफाएँ बनाई गई हैं, लेकिन सभी प्रदेश जनशून्य हैं।'

कप्तान—'लेकिन, यह घूम-घुमाहट क्यों, चन्द्र।'

चन्द्र—'दो या तीन कारणों से। पहला कारण तो मैं बतला ही चुका हूँ, अकाबा से बचना, क्योंकि वहाँ से जाने पर वह इंजन की भर सुनेंगे और शायद शक्ल भी देख लें। और दूसरे यह कि हीर पर्वत के अरब या जो कोई भी दूसरे मेटियो से मिले होंगे, वह अरबा के रास्ते से ही हमारी प्रतीक्षा करते होंगे।'

कप्तान—'हाँ! रास्ते से, विमान से नहीं।'

चन्द्र—'ठीक! पैदल अथवा शायद हमें इतना मूर्ख समझते हों कि हम अकाबा में ऊँट और मार्गप्रदर्शक का प्रबन्ध करके आगे बढ़ेंगे। स्मरण रखो कि मेटियो के जासूस अकाबा में मौजूद हैं। वह हमारी खबर पाते ही होर पर्वत के अरबों को सूचना दे देंगे। हमें अकाबा के जासूसों की आँखों में धूल झोंकना है और ऐसा करना है जिसमें होर वाले अरब भी ताकते रह जायें। वह अरब के रास्ते से हमारी प्रतीक्षा कर रहे होंगे। उन्हें यह भी खयाल होगा कि हम दक्षिण की ओर

से उस ध्वस्त गुफाबस्ती में प्रवेश करेंगे। उन्हें यह कभी न खयाल होगा कि हम सीक से होकर प्रविष्ट होंगे। सेठ इब्राहीम के कथनानुसार हमारा सर्वोत्तम अस्त्र 'दर्शना' है जिससे वह बिलकुल अपरिचित भी हैं और इस प्रकार हम अचानक वहाँ पहुँच जायेंगे। मैं चाहता हूँ कि पहले चक्कर के बाद प्रथम इसहाक को ले जाऊँ और उसे सीक में छोड़ आऊँ। विमान को उसके किनारे ही छोड़कर हम नीचे जायेंगे और वहाँ गुफाओं में एक अच्छा स्थान ढूँढ़ेंगे। इसहाक खूब हथियार बन्द और कितने ही दिनों के भोजन के साथ जायगा। इसहाक का रहना ठीक करके मैं वहाँ से लौट आऊँगा। किसी अकेले आदमी के लिए इसमें सन्देह नहीं कि पेट्रा बड़ी भयानक जगह है। अरबों का डर एक ओर, जो कि दिन में कभी-कभी यहाँ घूमा करते हैं, पड़ता और दूसरे वह जनशून्य मुर्दों का स्थान स्वयं अत्यन्त वीभत्स जान पड़ता है। पेट्रा फौलाद के-से कड़े दिल के आदमी के लिए है।'

इसहाक ने हँसते हुए कहा—'मेरा दिल इरिडियम का है चन्द्र, तुम इसकी कुछ परवाह न करो।'

चन्द्र—'नहीं! लेकिन अरब, जानते हो, कितने क्रूर होते हैं?'

इसहाक—'लेकिन वह भी देखेंगे कि मैं कोई कोहँड़-बतिया नहीं हूँ।'

चन्द्र—'सो मैं जानता हूँ! दूसरी बार मैं प्रताप को ले जाऊँगा और इसहाक तुम उनके सीक के द्वार पर मिलोगे। और तीसरी बार नाथन और शिव।'

कप्तान—'फिर विमान का क्या होगा?'

चन्द्र—'यहाँ तक उसका विभाग कर डालेंगे जिसमें आसानी से सीक तक इसे पहुँचाया जा सके और फिर तीन-चार गुफाओं में भिन्न-भिन्न भागों को रख देंगे।'

कप्तान—'बहुत ही अच्छा प्रोग्राम है, चन्द्र! हम पाँचों मिलकर इस काम को जल्द कर डालेंगे। लेकिन भोजन की भी वहाँ हमें आवश्यकता होगी?'

चन्द्र—'भोजन, आग्नेय अस्त्र आदि सभी चीजें पर्याप्त परिमाण के साथ ले चलनी होंगी।'

सबने एक स्वर से चन्द्रनाथ के प्रस्ताव को स्वीकार किया।

चन्द्रनाथ की प्रथम यात्रा सफल रही। उन्हें आने जाने और वहाँ ठहरने में कुल मिलाकर आठ घंटे लगे। अर्द्धचन्द्र के प्रकाश से मार्ग के विशेष स्थानों को उन्होंने अच्छी तरह अंकित कर लिया। खाड़ी पार करने पर होर पर्वत की युग्म चोटियाँ खास संकेत थीं। स्तम्भक का लाभ लौटते समय उन्हें मालूम हुआ जबकि उतरते समय बिना चक्कर काटे ही पक्षी की भाँति दर्शना भूमि पर आ बैठा और बहुत थोड़ी ही दूर आगे की ओर दौड़ा।

दूसरे दिन खूब अँधेरा हो जाने पर इसहाक और चन्द्रनाथ दोनों उड़े। पूरे ग्यारह घंटे बाद चन्द्रनाथ लौटे। कप्तान ने पूछा, 'वह सुरक्षित तो है न?'

चन्द्रनाथ—'हाँ?' उस समय तो था जब मैंने उसे छोड़ा। जाते वक्त जितना समय लगा, उससे बहुत जल्द में लौटा हूँ। सीक में आगे जाने और गुफाओं में अनुकूल स्थान ढूँढ़ने में हमें तीन घण्टा लगा था। वह सारा स्थान जनशून्य और स्तब्ध था।'

अगली रात को कप्तान भी उड़े और नाथन तथा शिव अकेले पीछे रह गए। उस रात्रि के समय इस प्राणिशून्य स्थान पर प्रतीक्षा करते उन्हें एक-एक घण्टा एक-एक दिन मालूम हो रहा था। वह सायँ-सायँ करके बात कहते थे। बार-बार अपनी घड़ियाँ निकाल कर देखते थे कि जरूर उन्हें कोई बाधा हुई है। चन्द्रनाथ नौ घन्टे बाहर रहे और जब दोनों उन्हें खोलने के लिए दौड़कर उनकी बैठकी पर गये, तो उनके मुख से पूरी थकावट प्रकट हो रही थी। नौ घन्टे जान पड़ते थे, नौ दिन बीत गये।

नाथन—'पिता जी, अच्छी तरह तो है?'

चन्द्र—'हाँ।'

शिव—'और इसहाक!'

चन्द्र—'वह भी। सामने ही इसहाक इन्तजार कर रहे थे, इसलिए मुझे आगे जाने की जरूरत न पड़ी। सब खैरियत है।'

शिव—'आज अब हमारी बारी है?'

चन्द्र—'आज नहीं, कल रात को।'

शिव और नाथन दोनों—'कल रात को?'

चन्द्र—'तुम लोग भी सारी रात जाग कर बिताये हो और मेरी भी वही दशा है, इसलिए दिन में हमें खूब सो लेना चाहिए और अभी भी दो-ढाई घंटा वक्त है। हमें सभी चीजें यहाँ छोड़ जानी पड़ेंगी, केवल आवश्यक सामान हाथ से ले चलना होगा। कल आधी रात को वह हमसे मिलेंगे।'

'दर्शना' अभी तक कभी तीन आदमी को न ले गया था। लेकिन चन्द्रनाथ को इस पर पूरा विश्वास था, क्योंकि इसहाक का वजन इन दोनों के वजन के बराबर था। दोनों लड़के पीछे की बैठकी पर कस दिये गए। 'दर्शना' कुछ आगे दौड़कर धरती छोड़ आकाश की ओर उड़ा। कुछ चक्कर काटने के बाद वह बहुत ऊपर उठ गया। अंधकार फैला हुआ था। तारे निकल आए थे और नवोदित चन्द्र की स्वर्णमयी किरणें तमाम पहाड़ियों, उपत्यकाओं और समुद्र को रंजित कर रही थीं। जितना जितना ऊपर उठते जा रहे थे, ठंडक बढ़ती जाती थी। अन्त में वह इतने ऊपर पहुँच गये कि दिन में भी वहाँ से 'दर्शना' न दिखलाई देता।

तिकोना महान् प्रायद्वीप जान पड़ता था, विस्तृत समुद्र में कोई छाया है। उसकी ऊँची पहाड़ियाँ भी छायामात्र दिखलाई पड़ती थीं। रासमुहम्मद पर मिलने वाली अकाबा और स्वेज की दोनों खाड़ियाँ जान पड़ रही थीं, जैसे दो सड़कें हैं। उनके उस पार जहाँ-तहाँ आलपीन की नोंक के बराबर रोशनी दिखाई पड़ती थी।

धरती का रूप बहुत संकुचित हो गया था। सर्दी असह्य हो पड़ी थी। निस्तब्ध आकाश में तारे चमक रहे थे। हिमांशु इस समय सचमुच हिमांशु हो रहे थे। उस उन्नतांश में भूमि से बहुत ऊपर दर्शना को उड़ते घण्टे पर घण्टे बीत रहे थे। साढ़े ग्यारह बजे का समय था जबकि चन्द्रनाथ ने धीरे धीरे उसका उन्नतांश कम करना शुरू किया। जैसे, जैसे नीचे हो रहे थे, सर्दी भी वैसे ही वैसे घटती जा रही थी। धीरे-धीरे नीचे की छाया कुछ प्रशस्त हो चली। और अब दूर पूर्व दिशा में होर पर्वत की यमल चोटियाँ भी दिखाई पड़ने लगीं। चन्द्रनाथ ने सीधा उनकी ही तरफ मुँह किया। कावा काटते हुए दर्शना सीक के प्रवेश मार्ग से कुछ ही दूर ऊपर उतरा। कप्तान काश्यप और इसहाक, जो उनकी प्रतीक्षा में थे, आगे दौड़े और जल्दी से फीते खोल कर उन्हें बैठकी से बाहर निकाला। अब बारह बज कर चालीस मिनट हो गये थे। भोजन-सामग्री, आग्नेय अस्त्र आदि सभी चीजें विमान से उतारी गई। सब कुशल रहा। कोई दुर्घटना नहीं घटी।

उन्होंने जल्द-जल्द विमान को खोल दिया और अब बैठकी पहियों के सहित आसानी से नीचे ढकेल कर लाई जा सकती थी। चन्द्रमा के प्रकाश में विमान की वारनिश दर्पण की तरह चमक रही थी और दूर से भी आसानी में दृष्टि को आकृष्ट कर सकती थी। जैसे-जैसे चन्द्रनाथ और इसहाक भिन्न-भिन्न भागों को अलग-अलग कर रहे थे, वैसे ही वैसे कप्तान और दोनों लड़के नीचे छाया में पहुँचाते जा रहे थे। उन्होंने खूब मेहनत की और ढोआ-ढाई में उन्हें चार बार आना-जाना पड़ा। बैठकी को ढकेलते हुए वह सीक में ले गये। सीक में अंधकार था, बीच में पत्थर और खड़बड़ जगहें थीं। उस अंधकार में वह अपने बिजली के मशालों को काम में नहीं ला सकते थे, क्योंकि उनका दूर तक दिखाई देना उनके हित में अनिष्कर था। बड़ी मुश्किल से पसीने-पसीने होते वह कितनी ही देर के बाद खजाना के पास पहुँचे।

और कोई भी उपयुक्त स्थान न देख कर निश्चय हुआ कि बैठकी को ढकेल कर बड़े हाल में रखा जाय। जिस समय यह उसे ढकेल कर छहों सीढ़ियों को पार कर हाल में उसे लिये जा रहे थे, उन्हें यह न मालूम था कि अन्धकार से दो तेज आँखें उनकी सभी गतिविधि को देख रही हैं।

ढ़ाल की नाभि

वह उसे हाल में रखकर गुफा में लौटे। उन्हें यह न मालूम हुआ कि वह देख लिये गए हैं। बहुत परिश्रम करने तथा बहुत देर तक जगने के कारण वह लोग लेटते ही घोर निद्रा में डूब गए। जब उनकी नींद खुली तो सूर्य बहुत चढ़ आया था।

उनके हृदय में सबसे भारी भय यही था कि होर पर्वत वाले अरब कहीं खबर न पा जायें, नहीं तो फिर अवस्था भयंकर और निराशापूर्ण हो जायगी। उन्हें बहुत सन्देह था कि यह लोग मेटियो से मिले होंगे। ऐसे भी उनकी क्रूरता प्रसिद्ध थी। उन्होंने यद्यपि उनकी आँखों में धूल झोंक दिया और बिना जाने ही यह खजाना तक पहुँच गये, तथापि खतरा अब भी शिर से हटा न था।

जब सूर्य अस्त हो गया और नीलवसना रात्रि ने प्रवेश किया तो वह खजाना में गये। सबके हाथों में बारह-बारह कारतूसों से भरी रिवाल्वरें थीं। उन्होंने अपनी जेबों में भी कितने ही कारतूस रख छोड़े थे। सबके हाथों में एक-एक बिजली के मशाल थे जिनमें नई बैटरियाँ लगी हुई थीं। चन्द्रनाथ ने कई मरी हुई अतिरिक्त बैटरियाँ भी अपनी जेब में तैयार रखी थीं। यह निश्चय हुआ था कि मशाल तब तक जलाये जायें जब तक कि दालान के भीतर न पहुँच जायें।

वह सायबान में जाकर थोड़ी देर के लिए खड़े हो गये। उनमें से किसी को भी न मालूम हुआ कि बड़े हाल के कोने से कोई चीते की तरह चिपक कर उनकी ओर बराबर कान और आँख लगाये हुए है। उसका हृदय इस उत्कट इच्छा से भरा हुआ है कि उस निधि को छीन कर अपने हाथ में करूँ।

वह घूम कर सायबान से होते हुए उन सीढ़ियों पर जा पहुँचे जो उत्तरी दालान के द्वार पर लगी हुई थीं। भीतर अन्धकार ठोस और काला-सा मालूम होता था। चन्द्रनाथ ने अपने मशाल की बटन दबाई और प्रकाश की धारा-सी बह चली। अब वह लोग पूर्वी कोने की ओर चले। दोनों समाधियाँ एक चट्टान में बहुत पास ही पास थीं। उनके नीचे एक भारी गुफा है, इसका उनमें कोई भी ऐसा चिह्न न था।

कप्तान ने ढाल पर के नक्शे को भली-भाँति समझ लिया था। वह जानते थे कि दोनों अँगुलियाँ दोनों के छोर पर बीचों बीच की ओर इशारा करती हैं और वहाँ बराबर दबाने की आवश्यकता है। वह वहीं जमीन पर घुटनों के बल बैठकर बीच के थोड़े से उभड़े पत्थर को

धक्का देने लगे। उन्होंने पहले आहिस्ते से ढकेला, फिर कुछ और जोर से, अन्त में पूरे जोर से। उनके पैर पीछे को खिसकने लगे, लेकिन समाधियाँ तथा पत्थर जैसे के तैसे ही रहे। वह पसीने-पसीने हो रहे थे। अब धीरे-धीरे निराशा बढ़ रही थी।

कप्तान ने इसहाक को कहा कि पैरों को खूब जोर से पकड़ रखो। अब उन्होंने फिर जान तोड़ कर जोर लगाया। जरा ही देर में समाधियों वाला सारा चट्टान हिलने लगा, जान पड़ा वह किसी कल पर रखा है। थोड़ी ही देर में समाधियाँ ऊपर को उठ कर छत से जा लगीं और नीचे गुफाद्वार निकल आया।

चन्द्रनाथ ने झट मशाल को नीचे उस विवर में किया, वह चौकोर तथा चार-पाँच हाथ गहरा था। लड़कों को कूद कर नीचे पहुँचते देर न लगी। चन्द्रनाथ को छोड़कर सभी नीचे पहुँच गए। कप्तान और इसहाक ने प्रोफेसर का पैर सम्भाल कर उन्हें धीरे से नीचे उतारा। गुप्त दर्शक अब दालान से द्वार की सीढ़ियों पर इस तरह लेट गया था कि सिर्फ आँखें सबसे ऊपर वाली सीढ़ी से जरा ऊपर रहें। अब वहाँ उसे देखने के लिए ऊपर उठी समाधि की खोलियाँ थीं और एक जगह फर्श के नीचे से प्रकाश आ रहा था। दालान में आगे बढ़ने के लिए उनकी हिम्मत न हुई। वह अभी आगा-पीछा ही कर रहा था कि प्रकाश, जो विवर से ऊपर की ओर आ रहा था, बन्द हो गया और दालान में फिर अँधेरा गुप हो गया।

शिव ने बगल से एक गली जाती हुई देखी। कप्तान आगे बढ़े और पीछे से एक कतार से दूसरे चारों आदमी चले। आगे बढ़ते-बढ़ते वह एक सीढ़ी के ऊपर पहुँचे। उससे उतर कर वह एक छोटी कोठरी में पहुँचे।

कप्तान ने नीचे उतर कर कोठरी के मध्य में एक बहुत लम्बी-सी सन्दूक देखी। उसी समय अन्य चारों ने भी अपने मशालों को जला दिया और हजारों वर्ष से अन्धकारपूर्ण उस पाताल-गुफा में दिन का-सा उजाला हो गया।

यह सन्दूक असल में एक शवाधानी थी जो एक प्रकांड बिल्लौर चट्टान से गढ़कर बनाई गई थी। ढक्कन के अंचलों और सन्दूक के चारों ओर की भित्तियों पर बड़े सुन्दर बेल-बूटे कटे हुए थे।

कप्तान ने नाथन को आगे बढ़ने का इशारा किया, क्योंकि बढ़ने का सबसे पहले उसी का अधिकार था। वह आगे हुआ और पीछे से सब लोग।

ढक्कन के ऊपर ढाल का-सा नक्शा था—यही तीन समकेन्द्रक वृत्त, जिनके भीतर विरुद्ध शिखरक त्रिकोणी का षट्कोण के भीतर कोई नाम था। नाम पढ़ा न जाता था।

कप्तान ने नाथन से पूछा—'क्या ढक्कन उठाया जाय?'

नाथन ने सिर झुकाकर—'हाँ' कहा।

ढक्कन भारी था। कप्तान और शिव ने उसे एक तरफ से पकड़ा, चन्द्रनाथ और इसहाक ने दूसरी ओर से और पूरा जोर लगाकर उसे उठाकर दीवार के सहारे खड़ा कर दिया।

नाथन चकित हो गया। जरा ही देर में उसका हृदय भर आया। कप्तान का चेहरा पीला हो गया। उन्हें अपनी आँखों पर विश्वास न होता था। क्योंकि वहाँ शवाधानी में सोने वाला सिमियन बिन इज्रा या उसका प्रतिरूप कोई था जो लम्बाई को छोड़कर बिलकुल उनके समान था। ऊपर डाला हुआ मलमल सफेद रंग से बदलकर भूरा हो गया था। दाढ़ी छाती पर पड़ी हुई थी और वहीं छाती पर ढाल की नाभि थी जो सोने की तथा उन्नतोदर थी। बिजली के मशाल के प्रकाश में उस नाभि के ऊपर रत्नों द्वारा लिखा हुआ यह नाम जल उठा था।

नाथन के पास नाभि देखने के लिए आँखें न थी और वही अवस्था कप्तान की भी थी। दूसरे भी नाभि की अपेक्षा सोने वाले के शान्त चेहरे से ही अधिक प्रभावित हुए थे। नाथन ने झुककर अपना ओष्ठ भूतपुरुष के ललाट पर रखा और एक ही क्षण में वह शव अलक्षित हो गया। सभी चकित हो गए। शवाधानी में नाभि और थोड़ी-सी राख के अतिरिक्त कुछ न बाकी रह गया। चुम्बन के धक्के से सारा वस्त्र और उस पर का रंग गिर कर राख हो गया।

इसहाक को सबसे पहले होश हुआ। उन्होंने कहा—'यह बिलकुल सम्भव था।'

कप्तान—'तो नाथन, नाभि उठाओ।'

नाथन ने ढाल की नाभि को उठाकर कप्तान के हाथ में दिया।

चन्द्रनाथ ने कहा—'अब हमें लौटना चाहिए। ढक्कन को आओ फिर रख दें और फिर आगे बढ़ें।'

ढक्कन फिर जहाँ का तहाँ रख दिया गया। कप्तान के मशाल को छोड़कर और सभी बुझा दिए गए। सब सीढ़ियों को पार कर गली में चले। कप्तान आगे-आगे थे। अभी मुख-विवर पर नहीं पहुँचे थे कि उन्होंने ऊपर से कुछ आवाज सुनी, कोई ऊपर दालान में चल रहा है। उन्होंने झट मशाल बुझा दिया। उनके पीछे-पीछे जो दूसरे आ रहे थे, उन्होंने भी अभिप्राय समझ लिया। सब लोग थोड़ी देर ठमक गये और उन्होंने भी देखा कि ऊपर कोई बड़ी सावधानी से चल रहा है।

वह बहुत देर तक वहाँ ठहर नहीं सकते थे, क्योंकि द्वार के ढक्कन के लग जाने का डर था। और यदि एक बार वह बन्द हो गया तो फिर पाँचों को कोई भी रास्ता निकलने को न मिलेगा। जैसे ही कप्तान ने इस खतरे का खयाल किया उन्होंने ठान लिया कि ऊपर जाकर खतरे में पड़ना यहाँ के खतरे से अच्छा है।

प्रतापनारायण काश्यप ने अपनी जेब से एक सुतली का टुकड़ा निकाला। उसका एक छोर अपने हाथ में रखकर उन्होंने अपने पीछे के चारों आदमियों को भी उसे पकड़ा दिया। दूसरा छोर इसहाक के हाथ में था जो सबसे पीछे था। कप्तान रस्सी पकड़े आगे बढ़े। सब उनसे पीछे-पीछे चले और बहुत ही आहिस्ते-आहिस्ते पंजों के बल वह मुँह पर जमा हुए।

उनमें से किसी ने भी अपना मुँह न खोला। रस्सी को पकड़े हुए सब लोग चुपचाप खड़े थे। किसी भी खतरे के लिए वह तैयार थे। अँधेरा बड़ा सख्त था, उसमें फाड़-फाड़ कर देखने के प्रयत्न से उनकी आँखें दुखने लग गईं। इसहाक का हाथ पकड़कर दीवार के साथ बैठने का इशारा किया, एक क्षण ही में वह उनके कन्धे पर चढ़े और इसहाक खड़े हुए। अब कप्तान ऊपर दालान में थे। दूसरी, तीसरी, चौथी बार इसी तरह प्रोफेसर, नाथन और शिव भी ऊपर पहुँच गये। अब इसहाक ने कूद कर ऊपर के किनारे को पकड़ा और थोड़ी देर में वह बाहर थे। कप्तान ने मशाल जलाने के लिए धीरे से कहा और झट अपना मशाल भी जला दिया।

एकाएक उस राशीकृत अन्धकार में आग-सी लग गई। उन्होंने देखा कि बिलकुल उनके पास ही एक अरब खड़ा हुआ है जो देखने में उनका ही साथी मालूम होता है।

इस प्रकार की तीक्ष्ण धार के मुँह पर पड़ते ही वह स्तब्ध-सा हो गया। उनकी भी आँखें चौंधिया गई थीं और कुछ क्षण के लिए वह यह देखने में असमर्थ रहे कि दालान में एक सातवाँ आदमी भी है जो उनसे अलग खड़ा उनकी ओर देख रहा है। धीरे-धीरे उसकी आँखें जल उठीं, उसके ओठ चिपक कर बन्द हो गए। उसके लिलार पर बल आ गया। उसके हाथ छूटने और बन्द होने लगे। उसका सारा शरीर ऐंठ गया। यह सारी दशा सेकेण्डों के अन्दर हो गई। वह बड़े जोर से चिल्ला उठा। वह अभी मुश्किल से सिर्फ इतना ही पहचान चुके थे कि यह मेटियो है और उसी समय बिजली की तरह कड़क कर वह अरब पर झपटा। उसने अरब को उठाकर जमीन पर पटका लेकिन तुरन्त ही अरब उसके ऊपर आ गया। उसने अपने मजबूत हाथों से मेटियो को उठाकर खड़ी समाधिवाली खोली पर दे पटका। यदि वह जरा नीचे पटकता, तो मेटियो लुढ़ककर कर नीचे चला जाता, लेकिन जरा-सा ऊपर होने के कारण धक्का लगते ही चट्टान हिली। मेटियो चट्टान और बीच के पत्थर के बीच में आ गया और उसने उसे पीस दिया।

सब लोग निश्चल पत्थर की तरह खड़े-खड़े देखते रहे, वहाँ कुछ करना उनके वश में न था।

अरब ने अपनी जबान में कहा—'हाशल्लाह!'

इसहाक ने कहा—'अहमद।'

अरब ने पीछे फिर मुस्कराहट के साथ कहा—'तुम मुझे पहचानते हो। आप कौन हैं, ख्वाजा?'

इसहाक ने एक कदम बढ़कर प्रकाश सामने करके कहा—'हम पहले एक दूसरे से बहुत मिले हैं।'

अरब ने बड़े आश्चर्य से कहा—'आहो! मूसा!!'

इसहाक—'हाँ! लेकिन अब वह नहीं, अहमद।'

'और यह कौन है?' चन्द्रनाथ की ओर इशारा करके पूछा।

चन्द्रनाथ ने स्वयं शुद्ध अरबी में कहा—'इसी आदमी का दोस्त, जिसे तुम मूसा कहते हो।'

'इन तीनों की तो मैं ताक में था' अहमद ने कप्तान और दोनों नवयुवकों की ओर संकेत किया, लेकिन मुझे तुम्हारी प्रतीक्षा न थी, मेटियो ने मुझसे कहा था कि यह तीनों आयेंगे, लेकिन तुम तो पाँच हो जिनमें से एक तो मूसा है और दूसरे "दाढ़ीशाह" हैं, यदि मैं गलती नहीं करता।'

इसहाक—'ठीक, अहमद मेरा दोस्त "दाढ़ीशाह" ही है। लेकिन तुम यहाँ कैसे आये?'

अहमद—'मेटियो ने मुझे भेजा।'

इसहाक—'पेट्रा से?'

अहमद—'नहीं! स्वेज से। मैं काहिरा में था जहाँ से उसने मुझे बुलाया, क्योंकि खजाना ढूँढ़ने का समय आ पहुँचा था। मैं जब स्वेज आया तो मुझे मालूम हुआ कि मेटियो गिरफ्तार हो गया। वह जेल में था और मैं उससे मिल न सकता था। लेकिन उसकी पहले की बातें मुझे याद थीं। मैं स्वेज से रेगिस्तान के रास्ते अकाबा पहुँचा और जब तुम यहाँ पहुँचे तो मैं खजाना में मौजूद था।'

इसहाक—'आज?

अहमद—'और कल रात को भी जबकि भिनसहरे के समय आप लोग गाड़ी को ढकेल कर बड़े दालान में ले गये थे।'

इसहाक—'कहाँ?'

अहमद—'बड़ी दालान के आखीर में। जब आप लोग चले गये, मैंने हाथ से टटोल कर गाड़ी देखा। वह बड़ी विचित्र-सी मालूम पड़ी। मुझे यह न समझ में आया कि आपने उसे खजाना में क्यों रखा। मैं आपके लौटने की प्रतीक्षा करता रहा।'

इसहाक—'क्यों अहमद?'

अहमद—'उस धन पर कब्जा करने के लिए जिसके बारे में मेटियो हमसे कहा करता था—क्या आपको मालूम नहीं है? मुझे बस उसी धन की आवश्यकता थी। मैं उस पर अपना अधिकार जमाना चाहता था। मैंने देखा कि आप लोगों ने अपने जादू से चट्टान को हटा दिया। और जब आप सब भीतर चले गये तो मैं धीरे-धीरे आगे बढ़ा, लेकिन मैं नीचे न गया। इसी समय मेटियो आया!'

इसहाक—'क्या उसके आने की आशा थी?'

अहमद—'नहीं! वह तो कैदी था, मैं कभी ऐसी उम्मीद न कर सकता था। तब तक सूर्य न चमका। यही सूर्य जो आप लोगों के हाथों में है—मैं उसे देख भी न सका था। उसने मुझे देखा कि मैं आप लोगों के साथ खड़ा हूँ। उसने शायद मुझे आपका आदमी बन गया समझा और यह खयाल आते ही वह पागल हो गया और वह मेरे ऊपर झपटा और उसने अपनी जान से हाथ धोया।'

इसहाक—‘और धन, खजाना, अहमद?’

अहमद—‘वह न मेटियो का था, न मेरा था। मेरा और मेटियो का उसके लिए आपसे झगड़ने का हक न था। खुदा ने उसे आपकी किस्मत में लिख दिया था। उसने यह भी लिख रखा था कि मेटियो यहीं मरेगा। यह उसी लिखने के मुताबिक तीनों आदमियों के साथ आप और ‘दाढ़ीशाह’ आये, मैं अहमद उस बारीताला की कलम के सामने अपना शिर झुकाता हूँ।

इसहाक—‘क्या और लोग भी हमारे यहाँ होने के विषय में जानते हैं।’

अहमद—‘और लोग? होर पर्वत के अरब? नहीं! लेकिन अब वह जान जायेंगे। कल भी आप लोग वहीं छिपे रहें जहाँ आज छिपे थे, इसी प्रकार परसों भी और फिर अपनी गाड़ी लेकर चले जाइयेगा।’

इसहाक—‘दो दिन में तो वह सब इकट्ठा होकर हमारे रास्ते ही को बन्द कर देंगे।’

अहमद—‘एक दिन में वह ऐसा कर सकते हैं बल्कि कुछ घण्टों में ही कर सकते हैं। लेकिन अहमद इन दो दिनों में सब जगह हल्ला कर देगा कि आपमें से एक ‘दाढ़ीशाह’ है। उन्हें पहले ही से यह मिल गई है। वह सुनते ही एकत्र हो जायेंगे, लेकिन बड़े आदर और स्नेह के साथ, कि कैसे ‘दाढ़ीशाह’ ग्रहण और आकाश की बातें बतलाता है।’

‘अवश्य!’ चन्द्रनाथ ने बड़ी गम्भीरता के साथ कहा।

उपसंहार

जब वह लोग अपने छिपने की जगह पर आये तो कप्तान ने पूछा—'क्या तुम उस पर विश्वास कर सकते हो, चन्द्र?'

चन्द्र—'अवश्य! ऐसा न करना भारी मूल होगी। जिसे हम भय समझ रहे हैं, हो सकता है, वह उलट कर आनन्द का कारण हो जाय।'

इसहाक—'बिलकुल ठीक! हमें शायद अपने प्राणों के लिए एक भयानक गिरोह से लड़ना पड़ता, लेकिन अब अहमद की सहायता से हम बहुत आराम से लौट सकते हैं।'

चन्द्र—'और इससे हानि भी नहीं, बल्कि हम समय बचा भी सकेंगे।'

शिव—'कैसे?'

अब उस चक्कर की आवश्यकता न होगी, हम सीधे यहाँ से अपने अड्डे पर पहुँच सकते हैं और दिन में भी उड़ सकते हैं।

इसहाक—'और उड़ने का क्रम वही?'

चन्द्र—'हाँ! पहले नाथन और शिव ग्रहण के समय, फिर सूर्योदय के समय कप्तान और मध्याह्न को तुम।'

अब उनको यह विश्वास हो गया था कि अरब कष्ट न देंगे। इसलिए 'दर्शना' के भिन्न-भिन्न अंग और अन्य सामान को वह खजाना ही में उठाकर ले गये।

तीसरे दिन प्रातः से ही अरब आने शुरू हुए। पहले थोड़े-थोड़े, फिर उससे कुछ अधिक और दोपहर से तो झुण्ड के झुण्ड आने लगे। सभी 'दाढ़ीशाह' की करामात देखने के लिए बड़े आदरभाव से आ रहे थे। वह सभी आकर खजाना के सामने जमा होने लगे। पहले रात को पाँचों आदमी बड़े आनन्द से सोये थे। लोगों को बाहर जमा देख कर अहमद हाल में आया और 'दाढ़ीशाह' को बाहर ले गया और फिर लोगों के सम्मुख उनकी भूरि-भूरि प्रशंसा की और चन्द्रनाथ ने भी एक अच्छा लेक्चर अरबी में दे डाला।

उन्होंने ग्रहण की एक सीधी-सादी ज्योतिषशास्त्र, सम्बन्धी व्याख्या की। उन्होंने उन्हें ठीक समय बतलाया कि कब पृथ्वी की छाया चन्द्रबिम्ब को स्पर्श करेगी। कितनी देर तक ग्रहण रहेगा और कब मोक्ष होगा। उस वक्त चन्द्रमा कहाँ रहेगा, यह भी उन्होंने अँगुली से इशारा करके

बताया और वहाँ से वह दिखाई न दे सकता था, इसलिए कहा कि हमें सीक के ऊपर वाली अधित्यका पर रहना होगा और जिस समय ग्रहण होगा, उसी समय मैं अपने दो मित्रों के साथ चन्द्रमा की ओर उड़ूँगा, आप लोग उस समय अपनी आँखों से यह देखेंगे। आप लोगों को यह भी देखना चाहिए जब सुबह के वक्त मैं लौटूँगा। सारी श्रोतृमंडली ने बड़ी शान्ति के साथ सुना।

जब बैठकी बाहर निकाली गई तो सभी उसे सीक के ऊपर पहुँचाने के लिए दौड़ पड़े। वह उससे हाथ लगाकर अपने आप को धन्य समझते थे। चन्द्रनाथ के कहने के मुताबिक अहमद ने कुछ आदमियों को चुन लिया और उन्होंने सभी सामानों को उठाकर अधित्यका पर पहुँचा दिया।

दोनों करामातों को देखने का समय जैसे-जैसे नजदीक आता जा रहा था, वैसे ही वैसे लोगों की बेकरारी भी और बढ़ रही थी।

कनटोप लगाने से पहले ही कप्तान ने चन्द्रनाथ के हाथ में कागज में लपेटी कोई चीज देकर धीरे से कहा—'ढाल की नाभि।' चन्द्रनाथ ने उसे लेकर अपनी कोट के निचले जेब में रख लिया और फिर कनटोप और अँखढक्का लगाकर बैठकी पर जा बैठा। यद्यपि उनकी हुलिया के परिवर्तन से दर्शकों को आश्चर्य जरूर हुआ, लेकिन किसी ने कुछ न कहा। उन्होंने समझा कि अँखढक्का भी उसी जादू का अंग है। नाथन और शिव पिछली बैठकी पर कस दिये गए।

सब ठीक हो गया। रात्रि नीरव थी। चन्द्रमा आकाश में बहुत ऊपर उठ चुके थे। अरबों को जरा इधर-उधर खिसका कर बीच में 'दर्शना' के दौड़ने के लिए थोड़ी जगह बना ली गई। इसहाक घड़ी हाथ में लिए विमान के बगल में खड़े देख रहे थे कि कब बड़ी सुई सैंतीसवीं लकीर को छूती है।

'हाँ! ग्यारह बजकर सैंतीस।' इसहाक बोल उठे।

विमान आगे दौड़ा और कुछ ही क्षणों में धरती छोड़ कर आकाश की ओर उठा। ठीक उसी समय भूच्छाया ने चन्द्रबिम्ब को स्पर्श किया। आश्चर्य से स्तम्भित हो अरब बोल उठे—'उफ्!' दर्शना ऊपर चढ़ते-चढ़ते थोड़ी देर में आँखों से ओझल हो गया। फिर सब लोग बैठकर विमान और भूच्छाया के सम्बन्ध में बात करने लगे। जैसे-जैसे अँधेरा बढ़ता जाता था, उनकी आवाज भी धीमी पड़ती जाती थी। वह उपच्छाया को बड़े कौतुकाक्रान्त हृदय से देख रहे थे। लेकिन जब चन्द्रमा बिलकुल काला हो गया और चारों ओर पूरा अँधेरा छा गया तो अपनी-अपनी चादरें ओढ़ सब चुपचाप पड़ रहे। सभी दाढ़ीशाह के लौटने की बाट जोह रहे थे।

अभी कुछ अँधेरा ही था, तभी इसहाक ने 'दर्शना' की भनभनाहट सुनी। उन्होंने कप्तान को सूचित किया और दोनों आकाश की ओर देखने लगे। जरा ही देर में विमान उनके सिर पर था। अरबों में आवाज को सुनते ही खलबली मच गई। 'दर्शना' चक्कर काटते-काटते एक प्रकांड पक्षी की भाँति भूमि पर आ बैठा।

दर्शकों में से एक ने पूछा—'और दोनों नवयुवक ख्वाजा? क्या चन्द्रमा के पीछे तो नहीं रख आये?'

चन्द्रनाथ ने मुस्कराते हुए कहा—'नहीं! मैंने जब्ल-मूसा के आगे एक पहाड़ पर उन्हें छोड़ दिया।'

'और चन्द्रमा ख्वाजा?'

चन्द्र—'बहुत दूर महासमुद्र पर अब भी वह प्रकाश कर रहा है। आज रात को वह और भी अधिक प्रकाश के साथ उगेगा।'

अरब अत्यन्त सन्तुष्ट हो गया। उसने बड़ी आदर-भरी दृष्टि से 'दाढ़ीशाह' की ओर देखा।

सूर्योदय के समय कप्तान को लेकर 'दर्शना' उड़ा। चन्द्रनाथ ने बैठकी पर लात देते ही कहा—'इसहाक, मैं मध्याह्न तक यहाँ आ पहुँचूँगा, तुम अहमद से ठीक कर लो कि वह स्वेज में हमसे मिले।'

इसहाक—'बहुत अच्छा।'

'दर्शना' भनभनाता उड़ चला, प्रातःकाल के प्रकाश में कितनी ही दूर तक लोगों ने देखा कि वह दक्षिण दिशा में सोनाई के पर्वतों की ओर जा रहा है। ग्यारह बजे दोपहर को दर्शना फिर दिखाई दिया। पहिले-पहिल इसहाक ने उसे देखा, उसके बाद एक ने और फिर दूसरों ने सारा झुंड आसमान की ओर नजरें उठाकर देखते हुए पागलों-सा मालूम होता था। विमान अरब के ऊपर से उड़ता हुआ आया। वह बड़े आश्चर्य से देखा किये जब कि 'दर्शना' होर पर्वत के ऊपर से होता हुआ उनके शिर पर आकर धीरे से भूमि पर पर फैलाये आ बैठा।

इसहाक तैयार थे। उन्होंने एकत्र अरबों से अल्बिदा कहा और यहाँ से अड्डे की ओर उड़े। सूर्यास्त से बहुत पहले ही पाँचों आदमी फिर एक जगह हो गए।

उस एकान्त पहाड़ी स्थान पर उन्होंने नाभि को भली प्रकार देखा, वह गोल नीचे चमड़े से ढकी और सिर्फ बीच के नाम को छोड़कर सब सोने की थी।

जब वह देख रहे थे तो सूर्य की किरणें उससे लगकर जल-सी रही थीं। सारा नाम हीरों से लिखा था जिनमें छोटे-बड़े सभी प्रकार के थे, लेकिन वह सभी बड़ी शुद्ध जाति के थे।

शिव ने पूछा—'यह क्या नाम है, मामा?'

चन्द्र—'इसका उच्चारण तुम्हारे लिए बहुत कठिन मालूम होगा।'

शिव—'तो इसका मतलब।'

चन्द्र—'प्राण, एक एवाद्वितीयः प्राणः।'

X   X   X

अहमद स्वेज में उनसे मिला और धो उसे दी गई।

ढाल के टुकड़े को नाभि के साथ मिलाकर एक चतुर कारीगर ने जोड़ दिया, उसकी अब की सुन्दरता देखने ही से मालूम हो सकती है। वह अब भी सेठ इब्राहीम की वज्र-कोठरी में बन्द उस दिन का इन्तजार कर रहा है जबकि नाथन यहूदी जाति के भूत गौरव की रक्षा के लिए उसे काम में लायेगा।

नोट्स